Pas de clémence pour Titus

Thierry Viala

Pas de clémence pour Titus

Roman Policier

© 2021 Thierry Viala

Éditeur : BoD-Books on Demand
12-14 rond-point des Champs-Élysées, 75008 Paris
Impression : Books on Demand, Norderstedt, Allemagne

Illustration : X.X.

ISBN : 978-2-8106-1279-6
Dépôt légal : Janvier 2021

Ce livre est une œuvre de fiction. Les noms, les personnages, les lieux et les événements sont le fruit de l'imagination de l'auteur ou sont utilisés fictivement.

Toute ressemblance avec des personnes réelles, vivantes ou mortes serait pure coïncidence. D'autre part, ceci est un roman, et toute erreur doit donc être nécessairement interprétée comme étant un acte de fiction.

PS : Il serait vain de chercher le village de Saint Orfons sur la carte du département de l'Hérault, cette commune n'existe que dans l'imagination de l'auteur.

Thierry Viala.

J'ai décidé de ne plus rien décider,
d'assumer le masque de l'eau,
de finir ma vie déguisé en rivière,
en tourbillon, de rejoindre à la nuit
le flot ample et doux, d'absorber le ciel,
d'avaler la chaleur et le froid, la lune
et les étoiles, de m'avaler moi-même
en un flot incessant.

Jim Harrison – Poème du chalet (Cabin Poem)

Du Même Auteur

Chez le même éditeur :

Mortelles Résurgences en Clapas

CHAPITRE 1

Tout autour de lui, l'air et l'espace étaient chargés d'une sorte de noirceur comme si quelque chose de terrible et de probable, allait se produire, quelque chose dont la nature qui l'entourait avait conscience.

Il leva les yeux au ciel et espéra un orage qui anéantirait tout. C'était un après-midi agité, avec des instants éclairés par un ciel lumineux et par moments des bourrasques qui emportaient les nuages jusqu'au sommet des Cévennes, bien plus loin. Une journée singulière, mais ce n'était pas une journée pour mourir.

Il reprit sa course. Ses muscles étaient encore contractés et endoloris. Son cœur battait à une vitesse inquiétante. Sa fuite effrénée était une tentative désespérée d'échapper à ses agresseurs. Le sol était jonché de feuilles de chênes et de branches d'arbres. Dans ce secteur et à cette heure avancée de la journée, il savait qu'il ne trouverait personne qui pourrait lui venir en aide. Son salut, si salut, il y avait, il ne le devrait qu'à lui-même.

Parvenus sur le parking, lorsqu'ils tentèrent de l'assommer par surprise, il avait fait un mouvement de côté ce qui lui permis d'éviter le coup de matraque ou de gourdin, il ne savait pas trop. Ce réflexe lui avait sans doute sauvé la vie. Puis, immédiatement, profitant du bref instant de surprise, il s'était lancé dans cette fuite éperdue.

Coup de chance, il connaissait bien les lieux, mais par malheur, c'était également le cas pour ses poursuivants, il le savait. Et lui, malheureusement, n'avait plus vingt ans depuis bien longtemps.

Il était parvenu à la plaine de Cambounet et son chemin dans le creux pierreux qui progressivement se rétrécissait avant de dégringoler en d'innombrables lacets vers le fond du ravin.

Ses membres le faisaient toujours souffrir, mais il courait dans le sentier sinueux et caillouteux. Il parvint à prendre de la vitesse grâce à la pente. Il entendait derrière lui le bruit des pas et les insultes de ses agresseurs. Il était entièrement focalisé sur sa fuite, de manière presque animale. Chaque respiration, chaque battement de cœur, chaque mouvement orchestrait ses pas, accompagné de bourrasques qui fouettaient les arbres.

Il traversa rapidement la forêt de chênes verts pour se diriger vers la descente qui conduisait au ravin, mais la pente était raide et les roches rendues glissantes par les pluies de la veille. Il était envahi par une terreur panique. Il perdit l'équilibre et s'affala dans le lit caillouteux et ruisselant du Lamalou. Ce n'est qu'en se rétablissant et en reprenant sa course désespérée, qu'il réalisa qu'il venait de perdre ses lunettes. Effectuant un rapide demi-tour, il fut soulagé de les retrouver intactes sur un petit rocher.

Mais le temps perdu avait permis au groupe qui le poursuivait de se rapprocher. Aujourd'hui, il ne prendrait pas le temps d'admirer le décor sauvage et grandiose qui l'entourait. Le vent soufflait par rafales et devenait de plus en plus violent, le ciel s'obscurcissait, signe évident de la proximité de la tempête qui était annoncée. Levant les yeux, il voyait les nuages rouler, poussés par un vent puissant.

Dans sa course folle, il ne sentit pas la douleur lorsqu'une pierre jetée par l'un des agresseurs à ses trousses atteint violemment son omoplate droite. La peur décuplait sa volonté, le rendait insensible à la souffrance, lui donnait de la force, lui donnait de la vitesse. À présent, le vent s'avançait en hurlant à la mort et en sifflant entre les roches.

Il courait de façon désespérée, jusqu'à sentir ses muscles brûler, à présent, il était persuadé qu'il avait peu de chances de leur échapper. Volontaire et tenace, il essaierait jusqu'au bout. Le chemin devenait de plus en plus étroit et dangereux.

Mais il connaissait cet endroit comme sa poche, sautait sur les roches et les rochers marqués par les stigmates laissés par les passages de l'eau au fil des siècles. Il n'avait pas le temps d'apprécier le travail d'érosion qui avait lentement taillé le calcaire en grottes et en marmites. Il voulait dans un premier temps atteindre l'arche, le grand arc de pierre qui lui rappelait la forme des arcs-boutants des cathédrales.

Pourtant, peu à peu, la fatigue et les crampes l'obligèrent à ralentir sa course. Sa progression était de plus en plus difficile. Il avait à présent l'impression qu'un grand désespoir prenait possession de son corps et de son esprit un peu comme si une personne malveillante lui avait administré un tranquillisant en tentant de lui faire comprendre qu'il était enfin temps de se reposer et de ne plus lutter contre son destin. Il était terrorisé. Son cerveau se mit soudain à enregistrer tous les sons qui lui parvenaient : le bruit de l'eau, le cri des oiseaux, le souffle du vent. Un hibou grand-duc hulula en haut de la paroi rocheuse qui luisait encore sous le ciel bleu de cette fin de journée d'hiver. Quand ils crient si près, c'est que quelqu'un va mourir, disait toujours sa grand-mère.

Les bruits de pas étaient tout proches à présent, juste derrière lui, à dix mètres peut-être ? songea-t-il.

Puis il tourna la tête de côté afin de voir les falaises et il sentit un petit vent qui soufflait sur l'une des pentes, à guère plus de quinze mètres. Non…il ne s'agissait pas seulement de vent mais d'une sorte d'expiration qui lui arracha un frisson. Juste au-dessus de lui, les nuages avaient pris une teinte rouge, presque pourpre. Il contempla alors le décor admirable qui l'entourait, songea un instant, combien une vie humaine est insignifiante et éphémère et mourut, il ne vit pas le coup venir, et ne ressentit aucune douleur.

CHAPITRE 2

Un mois plus tard, entre deux articles consacrés pour l'un à l'examen de la santé du Père Noël, passée au crible par les médecins et un autre à la nouvelle éruption de l'Etna qui avait déclenché un séisme de magnitude 4,8, paru une demi-page dans le Clapasien concernant la « Mystérieuse disparition d'un professeur d'histoire à la retraite » un sujet traité par Titoan Coustou.
« Il a disparu depuis un mois sans laisser aucune trace. C'est devant cette équation sans solution pour l'instant que butent les gendarmes. Arcisse Poissenot, 56 ans, un enseignant d'histoire à la retraite, célibataire, s'est volatilisé le 25 novembre dernier à Montpellier. Il n'a toujours pas été retrouvé malgré la mise en œuvre d'un important dispositif de recherches comportant entre autres des équipes cynophiles.
Après avoir envisagé toutes les pistes, de l'accident à la disparition volontaire ou l'acte criminel en passant par le suicide, les enquêteurs avouent être démunis. Le juge d'instruction Henri Mulquinier, qui multiplie les initiatives dans ce dossier toujours actif pour « disparition inquiétante », vient de décider de lancer un appel à témoins.

En quatre semaines d'investigations, la vie sans histoire de ce sympathique néo retraité a été décortiquée, analysée de fond en comble par les enquêteurs pour tenter de trouver un indice permettant de savoir ce qu'il était advenu de cet homme sans histoire. Mais aucun élément n'est apparu pour orienter les enquêteurs vers la moindre piste. Ses environnements familiaux, inexistants il est vrai, sociaux et professionnels ont été passés au crible. Sans résultat non plus. En fin d'après-midi, la veille de sa disparition, le quinquagénaire avait été aperçu par un voisin devant son domicile, descendant de son véhicule Citroën C3 gris, vieux d'une dizaine d'années. Ledit véhicule stationnait toujours devant la petite maison où logeait le très discret Monsieur Poissenot. Il est à noter que les papiers d'identité, le portable du disparu ont été retrouvés à son domicile. *"Nous avons remué ciel et terre*, explique le lieutenant-colonel David Baquetier, officier de permanence du groupement de gendarmerie de l'Hérault. *Compte tenu du peu d'informations en notre possession et de la durée de sa disparition, nous avons de fortes inquiétudes, car il ne souffrait pas de dépression, ni de problème de santé et n'avait aucune raison de disparaître, pas de souci financier connu."*

Circonstance aggravante, la nuit suivant la disparition d'Arcisse Poissenot, la tempête a fait rage obligeant la majorité de la population de l'agglomération montpelliéraine à rester confinée chez elle une journée entière. La tramontane avait soufflé fort dans la nuit, dépassant les cent kilomètres heure en rafales. Elle s'était renforcée vers la fin de nuit du 25 au 26, pour atteindre ensuite cent trente-sept kilomètres heure à Montpellier, en fin de matinée. L'absence du professeur en retraite n'avait été signalée qu'une semaine plus tard, par une amie Canadienne inquiète de n'avoir pas de nouvelles de sa part. »

En avril, un nouvel article du même Titoan Coustou vint livrer un tragique épilogue à cette disparition.

« Ce mardi après-midi, des randonneurs ont fait une macabre découverte sur la commune de Saint-Orfons, non loin de Montpellier, où en pleine forêt, en s'approchant d'un bosquet, dans un endroit très difficile d'accès, ils ont découvert un cadavre au sol. Le corps semblait pendu à une grosse branche d'arbre détachée du tronc. Des lambeaux de vêtements étaient éparpillés au pied du chêne.

De nombreux gendarmes ont immédiatement quadrillé la zone, rendant impossible l'accès aux différents sentiers de randonnée qui quadrillent la commune.

Deux magistrats du parquet de Montpellier et un médecin légiste se sont rendus sur place. La scène où se trouvait le corps a été gelée pour permettre tous les relevés ADN et autres indices par les techniciens de la cellule d'identification criminelle du groupement de gendarmerie de l'Hérault. »

« Le parquet de Montpellier a confirmé que le corps découvert dans un bois proche de Saint-Orfons, mardi 8 avril dans l'après-midi est bien celui d'un homme. Une autopsie doit être réalisée ce vendredi en matinée afin de savoir s'il s'agit du cadavre d'Arcisse Poissenot, 56 ans, un enseignant d'histoire à la retraite, célibataire, disparu de son domicile depuis le 25 novembre dernier. Compte tenu de l'état dans lequel se trouvait le corps lorsqu'il a été retrouvé, il était évident que le décès remontait à plusieurs semaines, voire plusieurs mois

Arcisse Poissenot avait été vu pour la dernière fois devant son domicile de la rue des Tourterelles où il habitait depuis plus de 5 ans.

Malgré une forte mobilisation des gendarmes aidés d'un hélicoptère et de chiens, dont un Saint-Hubert, chien spécialisé dans la recherche de personnes, provenant de la Compagnie de Gendarmerie d'Auch (Gers), les investigations n'avaient depuis lors rien donné. »

Le vendredi matin paru un nouvel article :

« Le corps retrouvé pendu au pied d'un arbre, mardi 8 avril, dans les bois de Saint-Orfons, est bien celui d'Arcisse Poissenot. Des examens dentaires effectués lors de l'autopsie l'ont confirmé. Le procureur de la République de Montpellier, Eric Racol, l'a annoncé lors d'une conférence de presse ce jeudi 10 avril. Il a également précisé qu'aucun signe d'agression n'était apparent. La piste du suicide par pendaison reste donc la piste privilégiée par l'enquête. Le retraité de 56 ans avait disparu de son domicile depuis le 25 novembre dernier. »

CHAPITRE 3

Titoan Coustou avait passé un excellent week-end en randonnée, à arpenter les chemins de la Côte Bleue, vers les calanques de Méjean entre Martigues et Marseille. Il possédait déjà à son actif quelques marches de bon niveau et conservait encore en mémoire les superbes vues sur les falaises, la mer, le ciel bleu. Ce matin-là, le soleil laissait tomber sur les rues une douce clarté, qui ne brûlait pas, il marchait d'un pas léger vers son journal Le Clapasien, bien que gêné par les ampoules aux pieds causées par sa rude marche de la veille.

Tout à ses souvenirs, il fut surpris lorsque Florentin Ventadour, qui semblait l'attendre, lui sauta carrément dessus dès son arrivée en bas de l'immeuble du journal. Ce dernier s'avança vivement vers lui et lui glissa d'une voix nerveuse :

— Titoan ! Il faut absolument que je te parle ! affirma-t-il, d'un ton qui n'admettait pas de réplique, en jetant sa cigarette dans le caniveau.

— Oh là ! Vieux pirate ! Qu'est-ce qui se passe ? Je te sens bien angoissé, presque nerveux, je ne te reconnais pas !

— Non, pas angoissé, mais stimulé ! Il faut qu'on cause !

— Tu as perdu un pari ? Ton équipe préférée a perdu un match ? Plus grave, l'équipe de Montpellier s'est fait étriller à domicile ? Rassure-toi ce ne sera ni la première ni la dernière fois.
— Mais non, mais non, ce n'est pas ça. Cela n'a rien à voir, tu n'y es pas. Allons au café du coin, nous y serons mieux pour discuter.
— Ah-là, je te reconnais ! Ce lieu ressemble davantage à mon Florentin ! L'homme aux belles phrases, le meilleur journaliste sportif du coin, celui qui passe plus de temps à l'extérieur du journal qu'au siège.
— N'exagère pas, petit. Ce n'est pas ma faute si l'inspiration me vient mieux dans le brouhaha des bars, des cafés et des stades que dans le silence feutré des salles de rédaction.
— Le petit, comme tu dis il a quarante balais et il a déjà bien roulé sa bosse.

De guerre lasse, Titoan céda et ils se rendirent non loin de là au café qui faisait l'angle du Boulevard Louis Blanc. Un petit établissement tenu par une Colombienne très sympathique dont le breuvage sud-américain, était aussi délicieux que les croissants livrés par le boulanger voisin.

À cette heure matinale, un lundi, les clients étaient plutôt rares. Pour tout dire, ils n'étaient que cinq dans l'établissement en comptant la patronne Laura. Celle-ci semblait avoir une quarantaine d'années, elle était brune, portait un jean, un chemisier blanc, une queue-de-cheval dépassait de sa casquette Atletico Nacional.

— Bon, je t'écoute.
— Tu devrais prendre des notes.

— OK, vas-y, maugréa Titoan, en soufflant et sortant de son sac de berger un bloc de papier et un stylo.
— C'est à propos de l'affaire Poissenot.
— D'accord et….
— Deux cafés s'il vous plaît ! lança Florentin à la serveuse, qui lui sourit en acquiesçant de la tête.

Quelques instants plus tard, Laura leur apporta deux tasses de café Quindio.

Florentin la remercia puis revint vers Titoan. Ils ne touchèrent pas au sucrier, aucun des deux n'avait l'habitude de sucrer le café.

— C'est au sujet de la mort d'Arcisse Poissenot, le professeur d'histoire.
— Je connais le sujet, j'ai suivi l'affaire avec le plus grand intérêt depuis le début. J'ai fait plusieurs papiers sur le suicide de ce pauvre homme.

Florentin hocha la tête, rajustant ses lunettes avec son pouce et poursuivant en considérant son ami :

— Je sais… je sais. La police a conclu à un suicide, il n'y avait pas de place pour un homicide, ou un accident dans les conclusions de leur enquête.
— Tout à fait. Rien ne peut laisser place à une suspicion de crime ou d'accident d'après les résultats du légiste. Plusieurs mois après la disparition de la victime, vu l'état du corps, il lui aurait été difficile d'en tirer des conclusions différentes. N'oublie pas que celui-ci a été découvert dans une zone reculée et difficile d'accès.
— Je sais, mais…

— Mais quoi ? Il s'est pendu, il avait une corde autour du cou. Enfin du cou, de ce qui en restait lorsqu'on l'a retrouvé....
— Épargne-moi les détails macabres de cette découverte sordide. Il avait quand même une fracture du crâne.
— Fracture causée par le choc du corps contre le sol quand la branche a cassé, lors de la tempête.
— C'est là encore une supposition du légiste.
— Tu sais que je ne mets que rarement en doute l'opinion des professionnels, quel que soit leur métier. Et puis ce n'est pas simple de faire une analyse complète plusieurs mois après la mort.
— Je sais, je sais.
— N'empêche que les promeneurs ont retrouvé le corps en état de décomposition avancé, quasiment réduit à l'état de squelette. À partir de là, difficile d'en tirer des conclusions différentes.

Un couple pénétra dans le petit établissement, les conversations moururent brusquement. Tous les regards des clients présents dans le café se retrouvèrent braqués sur l'homme et la femme qui venaient de pousser la porte, qui sans se démonter parcoururent des yeux la salle et allèrent s'installer à une table proche de l'enceinte qui laissait s'échapper de la musique colombienne. Les dialogues reprirent.

— J'ai lu tous tes articles sur ce sujet. Je sais tout cela. Mais ne me raconte pas que tu es persuadé à cent pour cent qu'il s'agit d'un suicide.
— Et pourquoi pas ? Quelle autre cause ? Un paisible prof d'histoire, retraité... qui lui en voudrait ? Et pour quelles raisons ? Où veux-tu en venir exactement, Flo ?

— Peut-être nulle part, je veux seulement te faire comprendre que tout n'est pas clair dans cette histoire.
— Quoi par exemple ?
— La corde justement, ne me dis pas que tu n'y as pas pensé ?
— Quoi la corde ?
— La corde ! Comment a-t-il fait pour se trimballer avec une corde de chez lui à Saint-Orfons ?
— La corde aurait pu poser problème. Mais le professeur Poissenot a pu transporter la corde dans son sac à dos. Sac à dos que la police a retrouvé en lambeaux à côté du corps. On peut supposer qu'il s'est rendu en stop non loin du lieu de sa mort, car je le vois mal le faire avec une corde sous le bras. Donc elle était dans le sac à dos.
— C'est possible, ton raisonnement se tient.
— Il semblait avoir tout prévu en laissant également sa voiture à son domicile, son portable et ses papiers. Tout cela pour qu'on ne le retrouve pas trop tôt ou bien pour qu'il ne se laisse aucune chance de changer d'avis, je ne sais pas. Je l'ai écrit cela, tu ne l'as pas lu ?
— Si, si, bien sûr…
— Alors qu'y a-t-il ?

Florentin Ventadour but un peu de café, soufflant d'abord sur la surface de la tasse pour le refroidir, puis rompit le silence :

— Les preuves racontent parfois des histoires que la vérité contredit. Hier matin vers onze heures, j'ai reçu un appel de Sabine Audet, une ancienne amie. Elle vit au Québec depuis plus de trente ans. On s'était perdu de vue, poursuivit Florentin.
— Et… le coupa Titoan.

— Sois patient mon bonhomme. Elle connaissait Arcisse Poissenot. Si j'ai bien compris ils ont fait leurs études ensemble, du moins une partie de leurs études, car si lui s'était spécialisé en Histoire, elle vers la Sociologie, puis la Médecine.
— OK. Elle le connaissait, depuis plus de trente ans.

Titoan prenait des notes sur son carnet tout en observant attentivement son ami. Le regard de Florentin se déplaça et se porta sur une petite armoire non loin du comptoir dans laquelle étaient rangés de nombreux romans dont il savait que la majorité d'entre eux avait pour auteur Gabriel Garcia Marquez.

— Elle m'a assuré au téléphone qu'ils continuaient à correspondre par mail depuis des années de façon régulière. En fait, ils avaient eu une aventure lorsqu'ils étaient étudiants, cela n'avait pas marché. Elle était partie au Canada, ils s'étaient retrouvé grâce à des réseaux sociaux, genre copains d'avant ou d'école ou de fac, je ne sais plus trop... Mais bon, en résumé, ils avaient renoué des contacts amicaux et se donnaient des nouvelles régulièrement. C'est elle qui a alerté la Direction de la Sécurité Publique pour disparition inquiétante d'Arcisse Poissenot.
— Tu vas donc me dire qu'elle ne croit pas au suicide.
— Evidemment qu'elle n'y croit pas, sinon nous n'aurions pas cette discussion.
— Cela sous-entend que tu n'y crois pas non plus.
— Exactement.
— Bien alors dis-moi pourquoi. Je t'écoute, quels sont tes arguments ?
— OK Tout d'abord, Poissenot, n'avait aucun problème, pas de difficulté financière, pas de désespoir sentimental, cela faisait longtemps qu'il était divorcé, pas de rupture familiale

non plus car il n'avait pas d'enfant, plus de parents, frères ou sœurs, aucun problème de santé. Et il n'était pas dépressif. Comment expliquer son geste alors ?

— Je ne sais pas, la solitude peut-être…L'excès de solitude ? Voilà un motif ! Le suicide est rarement un choix froidement raisonné. C'est la plupart du temps une réaction à des sentiments de solitude, de désespoir, d'inutilité ou d'abandon d'une grande intensité. Tu me dis qu'il n'était pas dépressif, je vais me permettre de nuancer. Il n'était pas soigné pour dépression. Et puis le suicide est une affaire privée. La plus privée qui soit.

— D'accord, d'accord ! Mais Sabine m'a donné un élément qui nous était inconnu jusqu'à présent.

Titoan porta son attention vers le jeune couple qui était rentré dans le café peu de temps auparavant, ils prenaient leur petit déjeuner, en silence, chacun rivé à l'écran de son portable.

— Lequel ?
— Son ami Arcisse était inquiet.
— Inquiet ? demanda-t-il incrédule, juste inquiet ? Cet argument te suffit ? Et pour quelles raisons cette inquiétude ?

Florentin pencha la tête imperceptiblement, lança un coup d'œil vers les autres tables du café puis reporta son regard vers Titoan.

— Elle ne sait pas. Elle pourrait sans doute te donner plus d'éléments si tu l'appelles. En tout cas avant sa disparition, elle m'a affirmé qu'il lui avait écrit un message suffisamment inquiétant pour qu'elle tente de le contacter, mais il n'avait pas répondu à son appel.
— C'était quand ?
— De très bonne heure, le matin de sa disparition.

— En a-t-elle fait part à la Police ?

— Oui, mais ils n'ont pas donné suite. Pour eux, c'est un suicide, voilà tout, un parmi les 10 000 qui ont lieu chaque année en France. Tu sais comment ça marche. Les enquêteurs se forgent leur propre avis dès qu'ils obtiennent les premiers témoignages ou indices et ensuite, leur opinion faite. Il s'instaure un processus presque inconscient pour en chercher la confirmation.

— Je comprends, mais que disait le message ?

— Je ne sais pas. Elle est restée évasive lors de son coup de fil. Je te demande de l'appeler. Mon grand-père disait que pour connaître la réalité, il faut toujours écouter les femmes, elles sont souvent uniques témoins fiables du déroulement réel des histoires privées. Ecouter ne veut pas dire prendre pour argent comptant tout ce qu'elles disent, mais c'est toujours utile.

— Toi tu es du genre à écouter les femmes quand cela t'arrange. Mais c'est d'accord, les nouveaux éléments que tu m'apportes m'intéressent, je pense que je peux me permettre d'y consacrer un peu de temps, car je n'ai rien à me mettre sous la dent actuellement. Si Max, le Rédac Chef l'accepte bien sûr. Mais si je n'accroche pas, si les éléments ne me paraissent pas intéressants, j'abandonne, c'est d'accord ?

— On est en phase ! Et puis pour Max, tu sais très bien qu'il ne peut rien te refuser. Et comme tu le dis souvent, le journaliste est un déchiffreur d'indices.

— Rien me refuser c'est le dire vite, cela fait six mois que je n'ai pas eu de congés et si cette affaire prend de l'ampleur et s'il ne s'agit pas d'un suicide, mes vacances en Irlande ne sont pas pour demain.

— Bon si tu es d'accord, tu appelles Sabine. Mais il fait encore nuit au Québec, le décalage entre Montpellier et le Québec est de six heures, il va te falloir attendre un peu avant de la contacter, tiens voici son numéro, fit Florentin en lui donnant un petit bout de papier.
— Que disait le vieux proverbe chinois ? Le chemin le plus long commence par un premier pas. J'ai encore une question Flo.
— Cela m'aurait étonné que tu n'en aies pas, curieux comme tu l'es. Vas-y, je t'écoute.
— Je suis comme ça quelqu'un qui pose des questions.

Il but une gorgée de son café fort et riche en arôme en regardant le plafond qui représentait un ciel ensoleillé peint en trompe l'œil.

— Tu l'as connu comment cette Sabine, vieux pirate ?

Florentin rit doucement, soutint le regard de son ami, mais il ne réagit pas à la question. Puis il considéra le poster géant de la Cité Perdue de Tayrona qui se trouvait face à lui et dans le dos de Titoan et lui glissa :

— C'est une longue histoire, je te la raconterai peut-être plus tard, mais cela n'a rien à voir avec cette affaire.

Son ami ne répliqua pas, il regarda son complice et collègue d'un air pensif, mais accepta la réponse d'un sourire en hochant la tête.

— Au fait, ta randonnée sur la Côte Bleue s'est bien passée ?
— Super. Beaux paysages, des couleurs fantastiques. On a emprunté le sentier des douaniers de Méjean vers la calanque de l'Erevine. Nous avons fait le retour par le vallon sauvage du Pérussier. En cheminant le long du littoral, j'ai pu

admirer de magnifiques points de vue sur la rade de Marseille et les îles du Frioul.

— Tu as raison d'en profiter à quarante ans, tu peux encore crapahuter. Mais tu n'étais pas tout seul ?

— Non, nous étions une quinzaine.

— Et combien de jolies femmes ?

— Je te vois venir… J'étais là pour me rapprocher de la nature, pour me ressourcer, pour libérer mon esprit et faire un peu de sport, pour entretenir ma forme.

— C'est cela oui... Les femmes te courent après, malgré ton physique d'intello ...imagine si en plus tu étais beau ?

— Oui bon… J'ai noté quelques contacts.

— Et bien….. Voilà…convint Florentin dans un grand éclat de rire.

CHAPITRE 4

Installé à son bureau, le dos bien calé dans son fauteuil de cuir noir, Titoan avait attendu 15 heures avant d'appeler. Il ouvrit son cahier, bien déterminé à prendre note de l'ensemble des éléments qui lui sembleraient utiles. Estimant que l'heure était venue, il prit son téléphone et composa le numéro de Sabine Audet.

Quelques instants plus tard, une voix féminine au léger accent québécois lui répondit.

— Oui, bonjour, qui est au bout du fil ?

— Bonjour Madame Audet, c'est Titoan Coustou, le journaliste.

— Bonjour, Titoan. Florentin m'a prévenu par SMS de votre appel, mais appelez-moi Sabine, ce sera plus simple et plus convivial.

— D'accord.

— Je vous remercie d'avoir accepté de m'appeler ainsi que de reprendre l'enquête bâclée par les Services de Police.

— Attendez Sabine, je n'ai pas encore pris ma décision, tout dépendra des éléments que vous m'apporterez. D'autant plus qu'une enquête minutieuse a été menée par des personnes très expérimentées dans le domaine.

— Oui je comprends bien, concéda-t-elle dans un souffle. Mais il est impossible qu'Arcisse se soit suicidé. Il n'était pas suicidaire. La police estime avoir fait son boulot et ses conclusions ne heurtent personne. Leur raisonnement est le suivant, c'est le suicide d'un retraité, seul sans famille, il se justifie pleinement parmi les milliers de personnes qui se donnent la mort chaque année en France.
— Oui, mais…
— Ecoutez, le coupa-t-elle. Votre journal est connu pour son indépendance impertinente.
— C'est exact, mais…
— Florentin m'a orienté vers vous, car pour lui vous êtes l'homme de la situation, l'archétype du journaliste. Il m'a soutenu que c'était une profession taillée sur mesure pour vous car, vous êtes d'une curiosité permanente et d'une opiniâtreté sans faille.
— Ce vieux pirate fait trop d'éloges à mon sujet. Mais j'ai besoin d'éléments concrets, je vous écoute. Parlez-moi d'Arcisse. C'était votre ami, comment était-il ? Que pouvez-vous me dire sur lui ?

Il sembla à Titoan que son interlocutrice se reprenait, elle parlait à présent avec un débit plus mesuré. Lui, tentait d'instaurer un climat de confiance entre eux. Il savait que tout commençait par là.

— Arcisse vivait seul dans sa petite maison. Sa carrière de professeur d'Histoire s'est déroulée sans problème majeur à ma connaissance, partagée par la transmission de son savoir aux différents élèves des lycées dans lesquels il a enseigné et ses passions pour l'Archéologie et l'Histoire en général.
— Il a été marié si je ne me trompe pas…

— Tout à fait. Au début de sa carrière, il a rencontré une jeune femme dont il s'est entiché, manifestement, ils n'étaient pas faits l'un pour l'autre. Je dois vous avouer que c'était peu de temps après notre séparation, faut-il y voir un lien de cause à effet ? Sans doute. Mais je n'ai pas cessé d'avoir de l'amitié et de l'affection pour lui.
— Ils ont divorcé, n'est-ce pas ?
— Effectivement, le mariage n'a pas tenu deux ans. Sa femme était très exigeante, orgueilleuse. Il est vrai qu'elle n'avait connu que les privilèges de l'opulence dans sa jeunesse. Son père dirigeait une entreprise de travaux publics en région parisienne. Donc les beaux-parents d'Arcisse estimaient qu'elle avait commis une mésalliance en se mariant avec un petit fonctionnaire, fils d'ouvrier de surcroît. Vous savez bien que pour danser le slow, il faut être deux. Pour lui, le divorce a eu un pouvoir libérateur. Je reprends textuellement ce qu'il m'avait affirmé ce jour-là.
— Est-elle restée sur la région de Montpellier ?
— Non. Elle s'est remariée, peu de temps après leur séparation avec un architecte parisien, je crois… Aux dernières nouvelles, ils habitaient Versailles.
— Et lui ?
— Non, il ne s'est jamais remarié. C'était un sujet que nous n'abordions pas, du moins pas ensemble. Sujet trop sensible, voyez-vous. Car je suppose qu'il était toujours amoureux de moi, mais ma vie était ailleurs. De plus, son divorce était un souvenir désagréable et il y a des choses qui doivent rester secrètes parfois. D'autre part, il était en bonne santé, pas de maladie importante qui aurait pu justifier un acte aussi définitif.

— Je ne voudrai pas être indiscret, Sabine, et tout ce que me confierez restera entre nous, mais… Comment pouvez-vous en être certaine ?
— Il m'en aurait parlé, je suis médecin au Québec. Vous voyez à quel point nos trajectoires ont divergé.

La gravité qu'il percevait dans la voix de cette femme paraissait sincère. Absorbé par sa conversation téléphonique, occupé à noter dans son carnet les informations que lui communiquait son interlocutrice, Titoan n'avait pas remarqué la présence de Max le rédacteur en chef du Clapasien. Il leva la tête, surpris :

— Pas pour l'instant, articula-t-il doucement avec un geste de la main vers son responsable, sans interrompre Sabine. On se verra plus tard, je t'expliquerai.
— Vous êtes toujours là ? s'inquiéta la voix venue du Canada.
— Oui... Oui... Ne vous inquiétez pas, je vous écoute et je prends des notes. Que pouvez-vous me dire de plus sur ses activités, ses hobbies, ses habitudes ?
— Je ne sais de lui que ce qu'il voulait bien me dire, car Arcisse était très discret. Presque secret voyez-vous. Ce que je peux vous indiquer, c'est qu'il tenait sur Internet un blog sur l'archéologie et l'histoire en général et qu'il était membre d'une association de détections ou de prospecteurs. Mais tout réfléchi, je m'en rends compte à présent, il ne parlait jamais de l'univers personnel dans lequel il vivait. Il était fondamentalement un solitaire, un homme discret. Je pense qu'il n'aurait jamais dû prendre sa retraite si tôt. Je le lui ai dit.
— Que vous a-t-il répondu ?
— Qu'il ne s'ennuyait jamais, qu'il avait des livres à lire, des promenades à faire, des fouilles archéologiques à effectuer, tout ce genre de choses.

— Bien. Vous savez ce que nous pouvons faire ?
— Je vous écoute.
— Vous allez me faire un mail et m'écrire tout ce que vous savez sur votre ami toutes les informations, ne vous censurez pas tout peut avoir de l'importance, même les détails qui peuvent vous paraître insignifiants. Pensez aussi à m'indiquer le nom du blog qu'il tenait.
— Oui, je le ferai sans faute.
— Pourriez-vous le faire dans la journée ? Quitte à m'envoyer de nouveaux messages si un détail vous revenait plus tard.
— Oui bien sûr. Je peux vous préciser une chose…
— Allez-y, je vous écoute.
— Arcisse tenait un blog, mais ne faisait pas partie de la catégorie des blogueurs autocentrés et égocentriques qui pullulent sur Internet. Il avait des principes, il était très ordonné, presque maniaque. Maniaque de la ponctualité, du rangement. Il était si organisé, si méthodique ; si soucieux du moindre détail, si méticuleux que l'on ne peut imaginer qu'il se soit suicidé sans laisser une lettre, un mot, quelque chose qui motive son geste.
— Ce sont des traits de caractère assez particulier. Je n'en doute pas. Je vous donne mon adresse mail et mon numéro de mobile.

Après que Sabine eut noté ces informations, Coustou enchaîna :

— Une dernière question Sabine, s'il vous plaît.
— Oui je vous écoute.
— Vous avez déclaré à Florentin que votre ami était inquiet, pourquoi ? Est-ce qu'il vous avait précisé pourquoi ?

— Non pas du tout, en tout cas par oralement, il m'a seulement fait parvenir un message sur mon portable. Cela m'a étonné, car il n'utilisait pas le portable pour me joindre. Jamais. Tout se passait par mail. Ce message disait :« Mortis exsilii. Acta est fabula ».

— Désolé, mais je n'ai pas compris, je n'ai pas fait latin en seconde langue.

— Vous n'aurez qu'à demander à Flo, s'il n'a pas trop perdu il pourra vous renseigner. En plus d'avoir été marin il a appris le latin.

— Bien c'est d'accord. Et ce message quand l'avez-vous ? À quel moment ?

— Le jour de sa disparition, le matin, indiqua-t-elle.

— Et son message précédent, c'était quand ?

— Une semaine avant.

— Quelque chose en particulier ?

— Non, rien… des banalités.

— Pourriez-vous me le transmettre tout de même ?

— Oui, bien sûr.

Coustou fit un compte rendu très succinct à Max, le rédacteur en chef.

Ce dernier souhaita qu'ils se retrouvent tous dans la salle de conférences, où collégialement, ils avaient l'habitude de se réunir pour traiter les affaires importantes. La reproduction du tableau de Jack Vettriano " Elegy for a Dead Admiral" était toujours là, placée sur le mur à droite de la porte. Coustou savait que cette reproduction avait été offerte au journal dirigé par Max, par la veuve d'un amiral écossais lors de sa visite des locaux. Celui-ci demanda à tous d'éteindre leur portable et invita Titoan à effectuer un résumé le plus exhaustif possible sur l'affaire Poissenot. Outre Max, Coustou et Florentin, le groupe se composait ce jour-là, de Martin Orbet le jeune surdoué Guadeloupéen non-voyant et de Pierrette Casterats adjointe du Rédacteur en Chef du Clapasien, rouage essentiel sans qui le petit journal ne fonctionnerait pas. Seule Matsumi Ninomae, la dernière recrue du boss, n'était pas là.

Titouan leur communiqua les informations qu'il avait en sa possession, tenant compte des derniers éléments apportés par Sabine.

Puis se tournant vers Florentin :

- La parole est à notre latiniste distingué, j'ai nommé monsieur Ventadour, ancien élève des écoles publiques, mais qui sait son latin.
- Monsieur Coustou, comme monsieur Marcel Pagnol, je pense que la connaissance du latin permet ou permettait d'avoir une vision du monde plus large et plus humaine, ce n'est pas pour rien que l'on appelait cela les humanités.
- Bien, bien, se défendit Titoan en riant. Nous t'écoutons vieux pirate, que veut dire exactement :« Mortis exsilii, Acta est fabula » ?
- « Mortis exsilii » : ce sont des menaces de mort.
- OK, je l'écris au tableau, le reste « Acta est fabula » je l'ai déjà entendu, mais cela veut dire quoi exactement ?
- Applaudissez, la pièce est jouée. Ce sont les derniers mots prononcés par l'Empereur Auguste avant de succomber à une figue empoisonnée.
- Puis-je apporter des éléments complémentaires ? souffla Martin.
- Bien sûr, accepta Max, qui avait appréciait le savoir encyclopédique de leur jeune collaborateur.

— L'auteur de cette phrase célèbre est né Octave, il fut adopté par Jules César dans son testament, puis il devient Auguste lors de son accession au pouvoir. Cet homme énigmatique décrit à posteriori comme un « caméléon changeant de couleur, tour à tour pâle, rouge, noir et puis après charmant comme Vénus. Sous son règne, l'état d'urgence permanent fut instauré. Auguste, prétendit rendre la liberté à la république pour mieux vider ses institutions de leur substance. Il instaura une dictature déguisée au cours de laquelle la plupart des citoyens furent dupés.

— Cela rappelle certains hommes politiques ! s'exclama Pierrette.

— Déduction de haut vol, reconnaissons-le, taquina Florentin qui poursuivit. C'était donc, un homme au double visage… Peut-être …murmura-t-il.

Il s'interrompit pour essuyer ses lunettes avec un chiffon bleu marine qu'il avait sorti de sa poche.

— En tout cas avec une nature bien particulière. Mais le choix de cette locution latine ne veut pas dire qu'obligatoirement Arcisse Poissenot avait une double personnalité, compléta Titoan. Toutefois, en ce qui concerne les conclusions de l'enquête de police il est quand même permis d'avoir un doute. On doit pouvoir effectuer quelques vérifications, histoire d'en avoir le cœur net. Suicide ou pas suicide ?

Max, le rédacteur en chef, qui jusqu'à présent s'était contenté d'écouter, donna son feu vert.

— Si l'on part sur l'hypothèse qu'il ne s'agit pas d'un suicide, manifestement ce n'est pas un accident. Reste à trouver un mobile. Mais je pense qu'il y a tout de même des éléments qui peuvent nous permettre d'effectuer quelques vérifications afin d'y voir plus clair dans cette affaire. Titoan tu as une semaine pour nous donner plus de détails afin que nous nous fassions une opinion. Bien que la police ait enquêté, j'ai le sentiment que tout n'a pas été pris en compte. Je vous demande à tous d'être prudents et discrets, compris ?

L'équipe approuva les décisions et préconisations de leur responsable.

— Peut-être que cet homme n'avait pas besoin d'autre raison pour mourir que l'absence de raison de continuer à vivre, murmura Pierrette.
— Parfois, un avis tout fait nous empêche de voir l'évidence. C'est une chose effroyable. Ici, c'est sans doute le cas.
— C'est-à-dire ? le questionna Max.
— Si un homme et une femme sont trouvés morts enlacés dans une chambre d'hôtel, l'homme avec une arme dans la main. Tout est clair. L'évidence est qu'il s'agit d'un suicide d'amour et cela met fin à toute investigation ultérieure. Là, c'est un corps retrouvé dans la forêt plusieurs mois après sa disparition avec une corde autour du cou. Tout le monde est leurré. Un assassin intelligent sait cela et en tirera avantage, précisa Florentin qui, enfin, avait nettoyé correctement ses lunettes.
— Un suicide d'amour… Salut l'expression, je ne te connaissais pas aussi sentimental vieux pirate.
— Oui et alors ? J'ai certaines faiblesses, mais je ne m'en vante pas. Je suis comme Van Gogh à la fin de sa vie, je tourne le dos à la réalité brute du naturalisme et je reviens aux sensations sentimentales et réconfortantes de ma jeunesse.

Titoan porta son regard vers son vieil ami dont le front hâlé se tissait de rides.

— Alors ? ... fais attention à ne pas te couper une oreille en te rasant.
— Petite précision mon ami. Van Gogh, qui à cette époque, habitait Arles et souffrait d'hallucinations visuelles et auditives, se trancha l'oreille avec son rasoir. Acte volontaire, en fin de soirée du 23 décembre 1888. Il pissait le sang, il traversa la ville pour aller chez une jeune femme de 19 ans, à qui il remit le lobe de son oreille enveloppé dans du papier-journal. Elle perdit connaissance en ouvrant le paquet. Joyeux Noël ! Personne ne sait ce qu'il advint du lobe restant. J'imagine que de nos jours, il rapporterait une fortune à son propriétaire. Mais ce ne serait pas le cas du mien. Donc la prudence est mère de sûreté.
— Je lui ai toujours préféré Renoir.
— Vous m'en direz tant, dit l'ancien officier de marine.
— Il savait trouver la beauté partout. Dans le « Déjeuner des canotiers », par exemple, il maîtrise parfaitement la lumière ensoleillée qui traduit la chaleur de ces déjeuners amicaux, qui pourrait nous faire croire à une certaine idée du bonheur devenue aujourd'hui l'image d'un âge d'or.

CHAPITRE 5

Titoan Coustou suivit le plan que Martin lui avait imprimé. Il trouva facilement la maison de la victime devant laquelle était toujours garée la C3 d'Arcisse Poissenot, couverte de poussière à présent. Elle n'avait pas bougé depuis plusieurs mois. La rue était tranquille.

La petite maison se trouvait non loin du Zoo de Lunaret, un endroit que Titoan connaissait bien, car il l'avait visité à de nombreuses reprises dans son enfance.

Arcisse Poissenot était passionné d'histoire et d'archéologie, il n'était donc pas étonnant qu'il se soit installé non loin du zoo. Peu de Montpelliérains le savaient, mais au douzième siècle le domaine se nommait du nom de son propriétaire initial, le seigneur de la Valette. À l'époque, on y trouvait également deux moulins, des bâtiments de ferme et des habitations qui étaient encerclées de vigne, de vergers et d'oliveraies. Ensuite, les propriétaires avaient exploité le domaine de différentes manières : on y chassait notamment la palombe, on coupait du bois, on cueillait des herbes aromatiques et on prélevait divers produits pour les activités des moulins, notamment des cochenilles dont on tirait une teinture rouge célèbre au quinzième siècle, de l'écorce de chêne vert pour tanner le cuir… Puis, toutes ces activités avaient cessé et le pin d'Alep avait tout recouvert. Et sans aucun doute l'historien devait connaître le lieu où était située la petite grotte au Sud du bois où vers 1850 avaient été découverts des ossements d'ours des cavernes, de rhinocéros, d'hyène, de cerf, de loup et de lièvre.

Relevant le col de son blouson, il jeta un coup d'œil rapide aux abords du domicile de la victime et pu constater que l'absence de murs de clôture entre les terrains voisins la rendait accessible de tous côtés.

Une deux-chevaux vert pomme s'engagea à tombeau ouvert dans la rue et s'arrêta brusquement à quelques mètres de lui, ce qui déclencha l'hilarité du journaliste. C'était Natacha, elle n'avait toujours pas changé et conservé son teint pâle, malgré le fait qu'elle habitait dans une des régions les plus ensoleillées de France.

Son visage en forme ovale criblé de taches de rousseur avait quelque chose d'enfantin avec son menton arrondi, son nez retroussé et ses pommettes hautes.

Comme lors de leur première rencontre il observa qu'il émanait d'elle une extraordinaire expression de volonté, il n'osait plus dire d'entêtement. Comme d'habitude, elle était habillée sobrement, mais avec une certaine élégance : un jean noir, un pull amande qui faisait ressortir le vert scintillant de ses yeux. Elle bondit de sa voiture et le rejoignit au pas de course, ses longs cheveux châtain clair auréolés de mèches couleur de miel étaient attachés en catogan sur sa nuque.

— Bonjour Natacha, j'ai eu une peur bleue, protesta-t-il en souriant à la jeune femme qui l'avait rejoint.
— Bonjour Titoan, j'ai suivi des cours avec une Ferrari sur le circuit d'Alès, vous devriez faire comme moi.

— Heu, mais votre voiture c'est une deux-chevaux, pas une Ferrari.

— Justement, qui peut le plus peut le moins.

— C'est un point de vue, convint-il. Je vous remercie d'avoir pu vous libérer si rapidement pour me permettre cette visite des lieux.

— Je n'avais pas de rendez-vous à l'agence immobilière cet après-midi, comme j'étais en possession du double des clés. Tout s'est bien goupillé.

— Votre locataire, monsieur Poissenot, avait-il des soucis particuliers ? Par exemple des retards de loyer ?

— Aucun. Le loyer était prélevé. Il logeait ici depuis plus de cinq ans. J'ai déjà fait faire la visite à la police, il y a plusieurs semaines lors de sa disparition et il n'y avait rien d'anormal. Mais je pensais que c'était un suicide, partout dans la presse, on raconte qu'il s'agissait d'un suicide, vous-même l'avez écrit. Ce n'est pas le cas ?

— Ne croyez pas tout ce qu'on écrit dans les journaux. Mais c'est vrai, je l'ai écrit. Mais, nous avons eu connaissance de nouveaux éléments qui nous incitent à tenter de compléter notre enquête. Vous me connaissez, vous savez à quel point je peux être pinailleur, alors je vérifie, je recoupe les informations. On peut y aller ?

Natacha resta silencieuse un moment, se contentant de poser sur son interlocuteur un regard calme et amusé.

Titoan fut frappé une nouvelle fois par son assurance et sa maîtrise de soi qui cadraient peu avec son âge.

— C'est bien parce que c'est vous. C'est d'accord, mais il faudra me tenir au courant. Vous savez combien je peux être curieuse. Chacun ses défauts. Bon, allons-y !
— Oui évidemment, mais pour l'instant nous n'en sommes qu'aux prémices et puis il n'y a aucune certitude.

Une petite allée pavée, entourée d'herbes denses et hautes, permettait d'accéder à la porte d'entrée. Le jardin n'était plus entretenu.

Natacha ouvrit. Aussitôt, un mélange d'odeur de moisi et de renfermé les saisit à la gorge. Titoan saisit sa lampe et franchit le seuil. L'air manquait, Natacha se précipita et ouvrit une fenêtre et un volet.

— Par où commençons-nous ? murmura-t-elle.
— Surtout ne touchez à rien, mais observez et dites-moi si quelque chose vous paraît anormal, lui répondit Titoan, en ajustant les gants en latex qu'il avait décidé d'apporter afin de ne laisser aucune trace.

Malgré la fenêtre ouverte, il flottait un air de moisi dans toutes ces pièces fermées depuis longtemps.

Natacha décida d'ouvrir tous les volets et fenêtres. L'air frais d'avril, leur fut salutaire.

— Ouf, vous sentiez cette odeur ? Intenable. Heureusement que j'ai jeté tout ce qui était au frigo lorsque je suis venue la dernière fois avec la police.

Titoan approuva en son for intérieur cette initiative providentielle, car il reconnut que son estomac n'aurait pas résisté aux effluves nauséabonds qui se seraient dégagés du réfrigérateur. Aux premiers regards, il ne vit rien d'étonnant : pas de téléphone fixe décroché, pas de traces d'effraction, ni de carreau cassé, pas de taches de sang apparente. Il savait pertinemment que tout cela avait été vérifié à plusieurs reprises par les services de police.

Sans trop savoir ce qu'il cherchait, il traversa la cuisine, puis le salon, la salle à manger. Rien n'attira son attention. Parvenu dans la chambre, il ouvrit l'armoire, la commode, fouilla dans les tiroirs. Rien. Il balaya du regard les objets posés sur le dessus de la commode, il n'y avait aucune photo, ni aucun objet personnel. Même chose sur les tables de chevet qui flanquaient le lit. Puis, il se concentra sur la grande pièce qui servait de bureau. Cet endroit donnait sur l'arrière de la maison, on pouvait y voir un jeune cerisier en fleur et quelques buissons épars. Il se rappela alors qu'au Japon la vie était considérée comme belle mais courte, telle une fleur de cerisier.

Sur le mur de gauche, Coustou reconnu une copie d'un tableau intitulé Nightawks d'Edgard Hooper. Sur le côté droit, une grande bibliothèque occupait toute la cloison. Le grand meuble était impeccable et bien ordonné. Arcisse était méticuleux. Certaines étagères ployaient sous le poids des volumes qu'elles supportaient. De nombreux livres, des centaines, étaient disposés sur les différents rayonnages, toutefois, une fine couche de poussière s'était déposée sur leur tranche supérieure. Ils semblaient classés par thème : Archéologie, Histoire, Biographies, Romans. Tous étaient alignés au cordeau. Le journaliste pensait que le domicile d'une victime est l'endroit idéal pour cerner cette personne que jamais on ne rencontrera.

Un ordinateur portable était placé au centre d'un grand bureau.

> — Certains disent que bientôt il n'y aura plus de livres, que les bibliothèques vont disparaître à cause ou grâce au

numérique et des livres électroniques, cela permettrait de sauver les arbres. Dans ce cas, il faudra trouver autre chose pour habiller les murs, lança Natacha.

— J'espère bien que non. Rien ne me fait plus plaisir que de caresser et sentir un livre fraîchement imprimé. D'autre part l'empreinte écologique du numérique est loin d'être négligeable.

Ce faisant, il se saisit du premier volume consacré à l'Histoire de Montpellier par Charles d'Aigrefeuille, exemplaire édité en 1875 qu'il reposa pour prendre le livre d'Alexandre Germain » Mélanges Académiques d'Histoire et d'Archéologie » paru en 1870.

— Il faudrait des siècles pour assimiler tout ce qui est contenu dans ses livres, ajouta-t-elle, admirative devant le nombre et la qualité des ouvrages présentés.
— Effectivement, accorda Titoan, poussant machinalement un livre qui dépassait de son alignement initial dans la rangée de la bibliothèque.
— Quel est votre auteur préféré ? s'enquit-elle non sans inquiétude - et si elle n'en avait jamais entendu parler ?
— Oh là ! C'est assez hétérogène, mais assez convenu. Cela va d'Alexandre Dumas à Victor Hugo en passant par Camus, sans compter les auteurs de romans policiers que j'adore, James Lee Burke, Connelly, Henning Mankell.
— Pas de poètes ?
— La poésie ? Je laisse cela à Florentin et à un autre ami : Claudi Peyrottes, un véritable poète et amateur de poésie. Il fabrique de magnifiques sacs en cuir, comme le sac de berger que vous me voyez trimballer partout. Il a un magasin dans l'Ecusson, l'atelier du Cuir Occitan, vous devriez aller

le voir. Vous pouvez y aller de ma part, il est très professionnel et sympathique.

Titoan n'avait pas d'idée précise de ce qu'il cherchait. Mais il savait qu'en fouillant dans les affaires de quelqu'un, on en apprend beaucoup. Il ouvrit les tiroirs du meuble, mais rien de particulier n'attira son attention. Il délaissa la bibliothèque et s'accroupit devant le meuble de la chaîne stéréo, la collection de CD était hétéroclite. De la chanson française, Brel, Brassens, Ferré, Ferrat. Mais aussi de la musique classique Bach, Mozart, Vivaldi et du rock des années soixante. Il se leva, réprimant une grimace de douleur causé par son genou.

Juste à côté, d'une hauteur de cinquante centimètres, se trouvait un appareil quasiment identique à celui qu'il possédait au journal : un destructeur de document. D'un geste vif, il ouvrit le tiroir de la corbeille. Mais non rien, tout était vide.

Titoan tournait en rond, rien ne lui sautait à l'œil, tout paraissait normal, tout était bien rangé avec une efficacité et une méthode qu'il enviait. Il continua à fouiner sans rien trouver d'étonnant. Qui pourrait dire si quelque chose clochait ? Seule une personne de l'entourage direct pourrait apporter un avis définitif. Mais qui ?

Coustou pressentait que le professeur Poissenot avait appliqué son goût de la discrétion à son propre logement : il n'y aurait rien à trouver ici.

— Voyez-vous un inconvénient à ce que j'embarque le PC ? Peut-être y trouverons-nous quelque chose. La façon dont nous surfons sur Internet en dit long sur nous.
— Aucun inconvénient. D'autant plus que monsieur Poissenot avait nommé Sabine comme légataire universelle et que

c'est elle qui vous a contacté. Il n'y a pas de souci. Je vous laisse la clé dans le cas où vous devriez revenir.

Titoan se saisit de son téléphone et contacta Max :

— Salut Max, à ton avis, je peux confier le PC d'Arcisse à la petite nouvelle que tu as embauchée il y a quelques mois ?
— Le faire examiner par Matsumi ? Bien sûr, aucun problème. Elle est aussi efficace que ce qu'elle est discrète.

Le journaliste réfléchissait. Il parcourut une dernière fois du regard la pièce où se trouvait le bureau du professeur. Il ne parvenait toujours pas à se faire une idée précise du personnage. Qui était Arcisse ? Comment vivait-il ? Il sortit, scruta les environs, contourna l'angle suivant de la maison et constata que l'endroit respirait le calme, mais plus encore la solitude.

Parvenu au journal, il gagna le bureau de Matsumi, les bras encombrés par l'ordinateur du professeur d'Histoire.

— Je peux le poser là ? demanda-t-il avisant une table qui semblait avoir été libérée peu de temps auparavant des nombreux dossiers posés à présent sur la chaise qui se trouvait à côté.
— Oui bien sûr, monsieur Titoan.
— Voyons Matsumi, cela fait des mois que l'on se connaît, je vous le répète appelez-moi Titoan tout simplement, ça me fera plaisir.

Il s'imagina la jeune fille à l'autre bout du fil hocher la tête comme pour essayer le prénom et voir si c'était possible.

— OK, d'accord.

— Enfin… j'espère que vous tiendrez parole, déclara-t-il en souriant.
— Oui bien sûr. Je dois chercher quoi sur ce PC ?
— Déjà, si vous pouvez trouver et me donner les contacts fréquents ou réguliers, les amis d'Arcisse…l'Association de prospection dont il faisait partie. Ah oui ! Il avait un blog, si vous pouviez me le retrouver. D'autre part, n'hésitez pas à me communiquer toute chose qui vous paraîtrait anormale, insista le journaliste.
— Je m'y mets immédiatement.

Matsumi se massa les tempes du bout de ses ongles qui étaient verts ce jour-là.

— Merci beaucoup Matsumi. J'allais oublier, je vous transmettrai également les messages que me fera parvenir Sabine Audet, la personne qui vit au Canada et qui nous a demandé d'enquêter.
— Avec plaisir Titoan, fit-elle s'inclinant poliment.

Le journaliste sorti de la pièce en riant doucement. La première fois qu'il avait croisé la jeune japonaise dans le hall d'entrée du journal, il avait cru qu'il s'était trompé d'étage. Elle avait des cheveux rouges coupés au carré, elle était entièrement habillée de cuir rouge également, tout comme ses bottes, ses ongles, ses lèvres. Seuls ses grands yeux ne l'étaient pas. Depuis, il avait appris à connaître et apprécier cette personnalité originale et intelligente qui faisait partie intégrante de l'équipe du Clapasien.

— Cette fille est une perle, affirma Max. Elle est diplômée de l'université de Tokyo, où elle a étudié l'informatique et les mathématiques. Elle parle anglais et allemand couramment en plus du français Elle sait découvrir et exploiter des failles inconnues dans de grands logiciels commerciaux utilisés dans le monde entier. C'est un génie de l'informatique. Aucun ordinateur n'a de secret pour elle. Il n'y a pas un système de sécurité au monde qui lui résiste. S'immiscer dans les serveurs de ses cibles pour y écouter ce qui s'y passe. Déjouer les « firewall », contourner les mots de passe. Elle peut discrètement mettre la main sur des données sensibles et les exfiltrer.

— Bien ! J'attends avec impatience les informations qu'elle va m'apporter. Tiens… je reçois à l'instant un message de Sabine.

— Il dit quoi ce message ?

— C'est un contact, elle m'indique l'adresse et le numéro de téléphone d'un collègue de notre professeur d'histoire : Pierre-Nicolas Thiboutot. En commentaire, elle a indiqué qu'Arcisse lui avait précisé qu'il s'agissait d'un personnage haut en couleur, un professeur en retraite, tout comme lui.

— S'il te plaît amène Florentin avec toi. Depuis des heures, il tourne comme un lion en cage dans son bureau, cela l'aérera et puis il peut t'être utile.

— Pas de souci, c'est toujours un plaisir de travailler avec lui.

Florentin Ventadour, dit Lou Bruèis, sorte de sorcier en occitan, était réputé pour avoir la sagesse des journalistes expérimentés alors qu'il n'avait jamais fréquenté d'école spécialisée.

CHAPITRE 6

Thiboutot les attendait, comme convenu, sur un banc de l'Esplanade, à l'abri du soleil, sous les branches des platanes se balançant doucement. Ainsi qu'il leur avait précisé au téléphone, il portait un pantalon blanc, une chemise bleue à manches longues sous un gilet blanc, un nœud papillon de la même couleur et un chapeau également immaculé. À leur arrivée, il replia son journal.

— Bonjour messieurs, comme vous pouvez le constater et étant donné le sujet dont nous avons à parler, je me suis éloigné des cafés, restaurants et guinguettes. Nous serons mieux ici, ce sera plus discret et plus tranquille.
— Vous avez bien fait, monsieur Thiboutot, nous vous remercions de prendre de votre temps pour nous. Parlez-nous d'Arcisse.
— Que voulez-vous savoir ?
— Tout pour commencer.

La répartie fit sourire l'homme au nœud papillon.

— C'est d'accord, mais ne m'en veuillez pas si parfois au cours de notre conversation je vous fais répéter, mais mon ouïe n'est plus celle de ma jeunesse. Je suis à la retraite, donc, du temps j'en ai à revendre et en plus s'il s'agit de faire éclater

la vérité sur la mort d'Arcisse, c'est avec plaisir que je vous rendrai service. Bien que je ne vois pas trop comment.
— Vous n'y croyez pas non plus à ce suicide ?
— Je ne sais pas…, je suis partagé, mais si j'avais un choix à faire. Je dirai que non …, je n'y crois pas. Arcisse ne me semblait pas avoir de motif valable pour se suicider. Toujours occupé… Son blog, ses fouilles avec son association, ses balades, les conférences… Il n'arrêtait pas. On ne se voyait pas très régulièrement en raison de ses activités. D'autre part, je ne lui connaissais pas de maladie, ni de chagrin d'amour, ni de problème financier. C'était un minutieux, presque un maniaque, chaque chose avait une place et pas une autre.
— Quand avez-vous eu de ses nouvelles pour la dernière fois ?
— Quinze jours avant sa disparition, je pense. Nous avons pris un verre ensemble au Café Mozart.
— Je peux vous demander de quoi vous avez parlé ?
— De tout, de rien, d'anciens collègues, d'actualité, comme toujours.
— A-t-il mentionné des inquiétudes sur un sujet particulier ou des problèmes personnels ?
— Non, il en parlait rarement, ce n'était pas son genre.
— Vous le connaissiez depuis longtemps, quelles étaient vos relations avec le professeur ?
— Nous avons fait nos études ensemble, nous avons réussi au même concours. Ensuite, nos routes se sont séparées, lui fut nommé à Paris, moi dans le Nord. Je suis venu prendre ma retraite ici, ma région d'origine, comme lui.
— Vous a-t-il paru inquiet ? Vous a-t-il fait part de problèmes particuliers ? Faisait-il l'objet de menaces ?

— Non. Mais ça ne veut rien dire. On peut être inquiet sans que ça se voie.
— Lui connaissiez-vous des ennemis ?

Thiboutot tourna la tête pour jeter un regard furtif de l'autre côté de l'allée.

— Des ennemis ? Au point de le tuer ? Non… bien sûr. Qui voudrait tuer un modeste professeur d'histoire à la retraite ? Ou alors un fou, peut-être ? Quoique vivre à Montpellier a tendance à vous faire relativiser vos opinions personnelles sur la santé mentale de vos concitoyens. Il arrive que les universitaires s'excitent un peu trop à propos de leurs travaux ou de ceux des autres, mais ils n'en viennent tout de même pas à s'entre-tuer.

Titoan avait perçu une hésitation dans la réponse et l'attitude de son interlocuteur, il se demandait s'il y avait un sens caché dans ses propos.

— Pas d'ennemi de ce type-là, mais des personnes qui ne lui voulaient pas que du bien, vous en avez en tête ?
— Disons… que je n'ai pas de noms précis, mais il ne s'était pas fait que des amis.
— Que voulez-vous dire ?
— Il avait un blog spécialisé dans l'histoire et l'archéologie et il ne se privait pas de dénoncer les dérives de pseudos historiens ou archéologues en herbe.
— Mais il dénonçait qui en particulier ?
— Il dénonçait certaines personnes qui ne respectaient pas la loi et massacraient le patrimoine archéologique, d'autres qui avaient une propension particulière à manipuler l'histoire afin de servir leurs intérêts idéologiques. Il avait des

principes qui ne plaisaient pas à tout le monde. Il m'avait dit peu avant sa mort qu'il y a un moment où chacun d'entre nous doit choisir entre la raison et la barbarie.
— Ils étaient nombreux ces adversaires ?
— Je pense qu'en une dizaine d'années cela fait un joli petit nombre. Mais de là à l'assassiner, je n'y crois pas. Et puis les criminels sont plus futés que cela de nos jours.
— Ils ne sont pas plus futés, cher monsieur, c'est seulement que les gens honnêtes sont plus stupides ou trop naïfs. Les assassins ne ressemblent pas à des monstres. Ils sont en liberté dans la nature. Ils rôdent.

L'homme soupira.

— Faisons quelques pas. Voulez-vous ?

Les trois hommes se levèrent pour se diriger vers les allées centrales du parc. Un peu plus loin, le soleil éclairait le Monument aux Morts inauguré en 1923 qui avait été déplacé en 1993, comme le lui avait appris Florentin.

— Vous êtes d'où ?
— Nous sommes nés ici, à Montpellier.
— Personne n'est parfait !

Un homme était assis sur un banc devant la guinguette; il fumait une pipe dans la tiédeur de l'après-midi. C'était un quadragénaire au dreadlocks blonds au parler lent et aux gestes plus lents encore. Il s'adressait à un jeune homme brun frisé en jean usé qui paraissait fortement éméché. Tous les deux avaient une discussion qui semblait être le prototype d'un vrai dialogue de sourd.

— Il aimait beaucoup se promener ici sur l'Esplanade, cela lui rappelait son enfance, à moi également, bien sûr, car nous avions ce souvenir en commun. Nous venions jouer ici étant gamins. Nous ne savions pas, du moins pas encore, qu'ici même en 1723, on pendait des gens. L'Esplanade était la place de Grève de Montpellier. Malgré tout, et même si on connaît l'histoire, ce lieu conserve une atmosphère relaxante et rafraîchissante où l'on aime se balader. Mais comme le disait Arcisse : « Contra vim mortis non est medicamen in hortis »

Titoan haussa les sourcils en signe d'incompréhension.

Florentin vient alors à son secours :

— « Il n'y a dans le jardin aucun remède à la puissance de la mort. »

Thiboutot, souleva son chapeau en signe d'admiration ou peut-être de salut. Puis il s'éloigna lentement, d'un pas lent vers le Corum. Un peu plus loin, un chien errant, oreilles au vent et truffe en l'air, vint à sa rencontre lui renifler les mollets. Sous l'œil atterré des deux journalistes, l'homme chassa la bête d'un grand coup de pied et poursuivit son chemin.

Titoan entendit vibrer son téléphone et le sortit de sa poche. Après son entrevue avec Thiboutot, il avait marché seul un peu au hasard et l'appel l'avait tiré de ses réflexions. Florentin était retourné au Centre d'entraînement de l'équipe de Montpellier à Grammont. Il faisait partie des rares «localiers» du football implantés dans le club depuis plus de dix ans, il scrutait les faits et gestes des uns et des autres sur les terrains d'entraînement, sans compter les dizaines de rencontres, bonnes ou mauvaises, suivies en tribune de presse. Coustou leva la tête, afin de se repérer. Il se trouvait devant une vieille maison située à l'angle de la rue Terral et de la rue de l'Amandier. Il reconnut aussitôt la maison médiévale dont Florentin lui avait déjà parlé et qui était inscrite aux Monuments Historiques de France, ceci en raison des fenêtres gothiques qui ornaient sa façade.

C'était la jeune asiatique :

- Salut Titoan, j'espère que je ne vous dérange pas.
- Non, pas du tout Matsumi. Je vous écoute.
- C'était juste pour vous donner les premiers éléments souffla-t-elle avec son léger accent japonais.
- Déjà ? Mais c'est formidable.
- Ne vous emballez pas monsieur Titoan. Il s'agit seulement d'un premier jet et de premières remarques. Je me propose de vous les faire parvenir par messagerie sur votre mobile. Le reste, ce sera par mail… si vous en êtes d'accord.
- Excellent ! réagit le journaliste, vous m'épatez.

Coustou, entendit le léger rire de la jeune japonaise sans aucun doute gênée par ces compliments.

- J'aurai juste une question supplémentaire, s'il vous est possible de me répondre bien sûr.
- Oui, dites-moi.
- Avez-vous la possibilité de savoir si un dossier, des documents ont été supprimés ou copiés sur l'ordinateur ?
- Ce sera possible, oui, mais c'est plus complexe.
- Ce n'est pas le plus urgent, mais si vous pouviez effectuer cette tâche dès que possible cela m'arrangerait.
- Je vous demande un délai de quelques jours.
- Bien sûr. Je vous remercie beaucoup Matsumi.

Quelques instants plus tard, il reçut une liste de noms qui faisaient partie de l'Association de détection et de prospection dont Arcisse était membre. La jeune femme avait poussé le professionnalisme jusqu'à indiquer les coordonnées de ces individus.

La liste comprenait de nombreuses personnes et il ne savait où jeter son dévolu.

De toute façon, il faut bien commencer quelque part, songea-t-il.

Il appela le premier nom sur la liste, mais n'ayant pas eu de réponse, il se contenta de laisser un message demandant à son interlocuteur qu'il le rappelle. En fait, il s'agissait d'une interlocutrice, Danièle Tal Coat. Décidément, ses échecs avec la gent féminine se confirmaient, pensa-t-il.

Il eut plus de succès avec le second nom mentionné dans le message de la jeune japonaise.

Son correspondant répondit aussitôt. Il se présenta et fut très étonné lorsque son interlocuteur lui donna rendez-vous au Golf du Languedoc dans l'heure qui suivait sans lui demander de préciser les raisons de ce rendez-vous inopiné.

— Vous me reconnaîtrez, j'ai une Jaguar verte, lui lança-t-il.

CHAPITRE 7

Une heure plus tard, le journaliste, les bras croisés, patientait à l'entrée du Golf du Languedoc situé entre garrigues et vignes. Titoan jeta un œil sur le parcours de golf. Les participants étaient tous vêtus comme des illustrations de catalogue. Ils se donnaient un style classe qui pouvait être socialement nécessaire dans un club house haut de gamme, tout en donnant de l'importance à des détails auxquels les balles qu'ils frappaient ne prêtaient aucune attention, car la plupart achevaient leur course dans le bunker le plus proche.

Peu de temps après une Jaguar verte pénétra sur le parking réservé aux membres du Club. Elle se gara à côté d'une BMW flambant neuve. Son conducteur sortit de la voiture et récupéra son sac de golf dans le coffre.

Le journaliste se dirigea vers lui, main tendue. C'était un homme de grande taille à la démarche sportive. Ses cheveux blonds étaient coiffés de façon à tenter de masquer une calvitie naissante, le visage bronzé, il portait des lunettes de soleil et il avait la voix un peu nasillarde.

— Monsieur Bourgund ? Je me présente Titoan Coustou.
— Ah, c'est vous le journaliste ? Regardez autour de vous ! C'est un site exceptionnel, déclara-t-il, en embrassant du regard le paysage alentour, sans observer particulièrement son

interlocuteur. C'est un parcours très intéressant avec un tracé particulier, certains trous peuvent être abordés de plusieurs manières différentes. Il y a également des plans d'eaux et des difficultés naturelles, des greens très bien entretenus, rapides et bien défendus. D'autre part, l'accueil du bar est exceptionnel et le personnel disponible et compétent. De plus, je vais vous faire une confidence, les neufs premiers trous sont délicats. Il faut savoir placer la balle et dans ce cas pas de problèmes, confia-t-il sur un ton affecté.

— Je vous remercie infiniment d'avoir pris le temps de m'accorder cet entretien.
— Une interview du journal local de référence en matière économique ne se refuse jamais, monsieur.
— Heu, j'ai bien peur qu'il y ait confusion monsieur Bourgund, je ne suis pas de l'Eclair Occitan, mais du Clapasien.
— Ah ? Je croyais que vous veniez m'interroger sur la prochaine augmentation de capital de mon entreprise qui va me permettre d'obtenir le leadership dans le domaine des travaux publics sur toute la région.
— Hélas, non ce n'est pas le cas.
— Bon, ce n'est pas grave, mais allons-y vous pouvez m'interviewer. Toute publicité est bonne à prendre, même venant d'un petit journaleux, dit-il d'un ton condescendant.

Titoan avait du mal à dissimuler l'aversion croissante qu'il éprouvait pour l'homme vulgaire et prétentieux qui se trouvait face à lui et qui arborait une chaîne en or massif autour du cou en faisant de grands gestes afin d'appuyer l'ensemble de ses propos.

— Tout d'abord sachez cher monsieur, que je travaille beaucoup. Je gagne bien ma vie, mais honnêtement. Je paye des impôts, beaucoup, beaucoup trop. J'ai lavé des vitres de grands immeubles de sept heures à midi, parfois la nuit de vingt heures à six heures du matin. J'ai fait la plonge. Chargé des caisses dans les camions au Marché-Gare à Montpellier. Quand on travaille dur, on s'enrichit. N'écoutez pas ceux qui pleurent misère, monsieur Coustou, ce sont des paresseux.

— Je ne doute pas de vos efforts monsieur Bourgund, assura patiemment le journaliste. Mais si je suis là aujourd'hui, ce n'est pas pour évoquer l'aspect économique de votre société ou parler de votre réussite professionnelle.

— C'est pourquoi alors ? Quel est le sujet ? Il fallait me le dire tout de suite que cela n'avait rien à voir avec mes activités. Vous me faites perdre un temps précieux, cria presque Bourgund.

Le teint de l'homme virait au rouge betterave, des plaques blanches mêlées à ces rougeurs apparaissaient à présent sur son visage, il agitait ses bras dans tous les sens. D'autres golfeurs étonnés s'étaient tournés vers eux, cessant leurs discussions, se demandant vraisemblablement ce qui se passait pour justifier un tel vacarme.

— Monsieur Bourgund, je viens simplement vous parler d'Arcisse.

— Arcisse Poissenot ? s'étonna l'homme interloqué. Comme si ce prénom si peu répandu pouvait être porté par de nombreuses personnes dans le cercle de Bourgund.

— Oui, cet Arcisse là ! rétorqua Titoan, un peu sur les nerfs.

— Personne ne s'attendait à ce qu'il finisse comme ça ce pauvre Arcisse, confia l'homme d'affaires en soupirant.

— Vous faisiez partie de ses intimes, non ?

— Vous y allez fort et un peu trop vite mon ami. Personne n'était l'intime d'Arcisse, il avait des connaissances, des collègues peut-être, mais des intimes, j'en suis moins sûr. Il était d'ici, c'est vrai ! Mais pendant des années, il avait préféré se tenir à l'écart de cette ville à laquelle le rattachaient trop de souvenirs, m'avait-il confié. Moi, j'ai un tas d'amis, lui, non. Il n'en avait pas ou plus.

À cet instant, se gara non loin d'eux une Porsche conduite par une quinquagénaire blonde. Lorsqu'elle stoppa le moteur, les dernières notes d'une musique classique s'échappaient de l'habitacle, Titoan reconnu La Danse des Sauvages de Rameau.

Bourgund fit un signe amical à la blonde. Elle descendit de sa voiture, l'entrepreneur la considérait d'un air admiratif, elle passa devant eux en les observant avec attention. Le golfeur se retourna vers Titoan. Coustou remarqua que tous les deux lui souriaient d'un air radieux, avec cet intérêt que l'on réserve à ceux dont on pense qu'ils sont d'un monde différent, si différent qu'il ne pouvait les comprendre.

— Arcisse ? Qui était son ami ? Qui était son ennemi ? Et surtout, qui était son ennemi déguisé en ami ? Moi, j'ai un principe : le mieux est de ne faire confiance à personne, même pas à ses amis.
— Donc il n'était pas de vos amis ?
— Non, on ne peut pas dire ça, une connaissance c'est tout. Nous partagions des goûts communs.
— Lesquels ?
— Mais, c'est un interrogatoire ! Vous savez que je ne suis pas obligé de vous répondre, n'est-ce pas ? Mais bon, je n'ai rien à cacher et puis de nos jours, il faut savoir ne pas se mettre la presse à dos, assura l'homme d'affaire d'un air bonhomme.

— Je vous écoute, que partagiez-vous ?
— Un loisir bien inoffensif, cher monsieur, nous étions membres, tous deux, avec bien d'autres, de l'Amicale de Prospection Héraultaise. Mais, ça vous le saviez déjà, sinon vous ne seriez pas là !
— Il y faisait quoi dans cette association, Arcisse ?
— Chaque association a son emmerdeur patenté, chez nous c'était Arcisse mais c'était un emmerdeur sympathique. Il était discret mais quand on avait besoin de lui il était là.
— Et son rôle exact ?
— Arcisse était un peu notre garant, notre garde-fou. Il faisait en sorte que certains d'entre nous ne dépassent pas les bornes et ce n'était pas facile, du moins avec quelques-uns.
— Pourquoi ?
— Pourquoi ? Parce que le développement des techniques a abouti à l'apparition d'un outil extraordinaire qui est le détecteur de métaux. Cet objet permet un accroissement spectaculaire des découvertes archéologiques en venant épauler l'archéologie traditionnelle.
— Je ne vois pas le problème.
— Si la technique progresse, la société aussi, le besoin de culture devient pressant et aujourd'hui, on ne peut passer à côté de ce que nous considérons comme une révolution archéologique. Le détecteur est devenu un phénomène de société qui devrait faire entrer l'archéologie dans une ère nouvelle et qui permet de nouvelles découvertes, affirma-t-il exaspéré.
— Et le rôle d'Arcisse ?

Le journaliste appliquait sa technique, il posait ses questions sur un ton poli, ayant l'air d'approuver son interlocuteur, le regardant dans les yeux en hochant la tête.

— Arcisse le répétait souvent, seule l'utilisation d'un détecteur de métaux « dans un but de loisir », ne nécessite pas d'autorisations particulières – hormis celle du propriétaire du terrain. Ainsi, l'utilisation d'une poêle à frire sur la plage est normalement tolérée, sauf arrêté de la mairie interdisant son utilisation. Une vision qui n'est pas partagée par tout le monde, car avant de sortir leur « poêle à frire », les amateurs ont tout intérêt à s'assurer qu'ils ne se trouvent pas sur un site archéologique ou à proximité immédiate. En dehors de ces endroits, « les recherches à visée archéologique, c'est-à-dire faites dans le but de trouver des objets ayant une valeur historique, archéologique ou artistique, sont également proscrites ».
— Arcisse, connaissait tous les secteurs archéologiques de la région ?
— À mon avis, absolument tous ! Il avait un savoir encyclopédique. C'était un passionné, mais il imposait des règles très strictes lors de nos sorties de détection en groupe. Et cela énervait pas mal de monde.
— Quelqu'un en particulier ?
— Non, personne en particulier mais tout le monde en général.
— Vous sortiez régulièrement avec l'Amicale ?
— Non. Je n'y vais que d'octobre à février en encore pas les week-ends où je joue au golf. Car pour la détection, je privilégie plutôt la forêt en automne et en hiver, ce sont les périodes où la végétation et le climat offrent un confort de

détection optimal. Bon, maintenant ça suffit ! Je pense que j'ai été assez patient avec vous en répondant à vos questions et on m'attend sur le parcours !

Lui tournant délibérément le dos, l'homme s'éloigna d'un pas vif en direction du complexe sportif.

Titoan, ouvrit son sac, prit son bloc-notes et attrapa son stylo. Une vieille habitude qui remontait à ses années d'université. Il avait également enregistré la conversation sur son smartphone, mais écrire l'aidait à mieux se rappeler et à organiser ses pensées. Cela l'aidait, car il parvenait mieux à se forger une opinion après l'avoir couchée sur le papier. Il nota les éléments qui lui paraissaient important, mais aussi les traits de caractère de Bourgund, un type hautain, suffisant et prétentieux.

La musique de Mark Knopfler, la bande originale du film Altamira l'accompagna lors de son trajet de retour.

À présent, Arcisse lui paraissait comme un personnage hors norme, un gars peu courant, mais qui semblait une sorte d'icône familière pour une partie de son entourage. Toutefois, le paradoxe était que l'on croyait savoir beaucoup de choses sur lui, qu'on pensait le connaître et en même temps le professeur gardait constamment une part de mystère, on avait beau le côtoyer régulièrement, il restait énigmatique. Un mystère qu'il semblait entretenir.

Coustou soupira profondément et se dit tout bas « Nous fréquentons des gens dont nous pensons tout connaître, mais en fait nous ne savons rien d'eux, en fait pas grand-chose » ... Cependant, son expérience lui avait permis de constater que tout le monde avait un passé, la question étant de savoir comment chacun parvenait à l'accommoder à son avantage.

CHAPITRE 8

De retour au siège du Clapasien, Coustou s'entretint avec Matsumi qui lui communiqua d'autres noms, tous membres de l'Amicale de Prospection Héraultaise. Assis confortablement dans son fauteuil devant une tasse de café, Titoan considérait la liste que lui avait fourni la jeune japonaise. Douze noms, avec leurs adresses, ainsi que leurs activités professionnelles.

Sans un mot, Florentin traversa le hall, pénétra dans le bureau de Coustou après avoir frappé un petit coup pour s'annoncer, jeta un regard sur sa droite et redressa presque machinalement le cadre du tableau qui représentait Nighthawks peint par Hopper en 1942. Titoan, leva la tête, il semblait perplexe. Il s'adressa à son visiteur.

— Je ne sais par quel nom débuter. Si nous n'avons pas de suspects potentiels on ne va pas les inventer !
— Donne-moi cette liste, je vais te donner mon avis.

Florentin fronça les sourcils et ôta ses lunettes afin de prendre connaissance le plus attentivement possible de cette série de noms, tous férus de « poêle à frire ».

Son examen terminé, il s'arrêta et montra du doigt un nom ou plutôt deux.

— Regarde ces deux-là. Même adresse. Sauf erreur de ma part, ils vivent ensemble. À commencer par quelqu'un autant commencer par eux, non ?
— Je suis d'accord. Allons-y.
— OK. On prend ma voiture, c'est moi qui conduis.
— Oh non, pas dans ta vieille quatre chevaux.
— Si mon bonhomme ! Et en plus, elle sort du garage, son moteur ronronne comme un gros chat bien nourrit. En route, mauvaise troupe !

Florentin Ventadour était un virtuose du levier de vitesse, il connaissait tous les raccourcis et parvenait la plupart du temps à éviter les nombreux embouteillages de la ville. Il se faufilait prestement au volant de sa vieille voiture qui datait de 1961, dernière année de production de ce modèle Renaut dont il était si fier. Il l'avait équipé d'enceintes récupérées dans une brocante, mais surtout d'un lecteur de cassettes qui devait dater des années quatre-vingts et auquel il tenait comme à la prunelle de ses yeux.

Dans l'appareil, il avait inséré une cassette de Scott McKenzie, l'air de San Francisco empli l'habitacle.

— C'est pas mal ça, je connais ! Mais c'est de qui ?
— Celui qui interprète c'est Scott McKenzie !
— C'est pas mal du tout.
— C'est une chanson écrite par John Phillips le leader des The Mamas and the Pappas.
— Tu t'y connais en chansons pop, rock.
— Je me débrouille.
— Cela t'arrives parfois d'écouter des titres du vingt et unième siècle ? le titilla Coustou. Cette cassette est presque aussi vieille que ta bagnole.

— Je découvre tous les jours des morceaux du vingtième et ça me plaît. Tu remarqueras que je ne fais qu'écouter. Je ne chante pas.
— Cela vaut mieux peut-être.
— Je préfère écouter la musique que de pousser la chansonnette, mon épouse me disait souvent que je chantais comme une promesse d'homme politique, toujours faux.

La femme ne disait rien. L'homme assez athlétique, se grattait le sommet du crâne, il était de taille moyenne, il portait un jean ainsi qu'un débardeur vert kaki, il dégageait une odeur de transpiration qui ne semblait pas le gêner, à la différence de Titoan et de Florentin. L'air était irrespirable. Le plus âgé des deux journalistes prétexta une subite envie de fumer afin de pouvoir sortir de la pièce. Le couple habitait un appartement dans un petit immeuble situé à proximité de la poste Rondelet.

— Cela ne vous dérange pas si nous débutons notre conversation sur la terrasse ? Si je n'ai pas ma dose régulière de nicotine, je ne suis plus bon à rien.
— Bien sûr. Ce n'est pas fréquent d'avoir la chance d'accueillir des journalistes chez soi, répliqua la svelte jeune femme.

Cette femme a un teint plus blanc que pâle, songeait Florentin. De la terrasse, il pouvait presque apercevoir l'endroit où avaient été exécutés soixante-cinq officiers protestants par le Duc de Montmorency en 1628. Menés par le Duc de Rohan les huguenots firent de même quelques jours plus tard. Peu de gens connaissaient cette tragédie. Tout comme il était persuadé que les deux jeunes gens ignoraient que leur immeuble se trouvait sur l'emplacement de l'ancien cimetière Saint-Denis, fermé définitivement un peu avant 1800, après plus de deux siècles d'enterrements et d'exhumations.

— Comme nous vous l'avons dit, nous venons vous parler d'Arcisse. Mais nous sommes toujours tout disposés à écrire un petit article sur les différents artistes de la région. Ce que vous êtes, si je ne fais pas erreur, commença Titoan.
— Effectivement, acquiesça la jeune femme.
— Parlez-nous de vous, relança Florentin qui en journaliste d'expérience savait que plus on en savait sur les témoins, ou sur les membres de l'entourage d'une victime, plus il était simple de se faire une idée sur la personnalité de celle-ci.
— Mon compagnon Jorge et moi sommes des troubadours des temps modernes.
— Pouvez-vous m'indiquer vos noms ? C'est pour mon article, précisa Titoan en souriant.

Il avait sorti son carnet du sac en cuir qui l'accompagnait dans tous ses périples et s'apprêtait à noter.

— Moi c'est Jorge Gorbeil, trente-cinq ans et toutes ses dents, réagit d'un air bravache le type au débardeur.

Coustou constata qu'il portait une courte queue-de-cheval qui réunissait ses cheveux bruns et raides, mais aussi des tatouages sur ses avant-bras.

— Beaux tatouages, fit-il, afin de mettre en confiance l'homme qui semblait fier de montrer ses muscles.
— Merci. J'ai presque terminé de couvrir mes deux bras. Je me vois comme une toile vivante.

— Je m'appelle Armelle Racicos, j'ai vingt-neuf ans. Et tous les deux nous formons le groupe Joan Petit que Dança. Nous sommes, musiciens, chanteurs et danseurs.
— Comment cela a-t-il débuté ?
— De manière fortuite à Marseille. J'étais dans un couloir du métro et j'ai entendu un son très intrigant, j'ai suivi cette musique dans les couloirs pour arriver à … Jorge. Le son évoquait le moyen-âge, les troubadours, j'ai eu un coup de foudre pour l'instrument, la vièle à archet et pour Jorge !

Titoan jeta un bref regard vers l'heureux élu qui semblait dépité à l'énoncé de l'ordre du coup de foudre de la jolie Armelle. D'abord l'instrument, puis lui… Jorge.

Sa compagne, ayant sans doute réalisé sa maladresse et sans doute pour compenser sa bévue, enchaîna rapidement en précisant :

— Jorge est un musicien hors pair et un chanteur éblouissant.

La rectification eut l'air de ravir le bonhomme qui sourit largement. Le teint pâle et la blondeur de la jeune fille lui donnaient un air de fragilité qui accentuaient sa jeunesse par rapport à la maturité apparente de son compagnon. Titoan imaginait ce dernier, plus dans le rôle d'un play-boy sur le retour mâtiné d'escroc, que celui d'un artiste.

Florentin tirait doucement sur sa cigarette, il la fumait lentement, vraisemblablement pour ne pas avoir à subir le fait de rentrer à nouveau dans l'appartement. Ne voulant pas être en reste, Gorbeil précisa :

— Et Armelle danse, une danseuse sublime, délicieuse.
— Je danse torse-nu, vous pouvez également indiquer que les tatouages qui me couvrent pratiquement tout le corps sont

des textes sensuels qui parlent de la nature, de la terre. Tout cela en occitan, bien évidemment, dévoila-t-elle, avec un rire où elle essaya de glisser une note de séduction.

Florentin remonta son poignet de chemise pour consulter sa montre et décida qu'il était temps de faire descendre sur terre tout ce joli monde, comme le disait son père. Il rejeta la fumée de cigarette agacé.

— Je pense que Titoan a noté tout cela et que nous pouvons passer à présent à la raison principale de notre venue. La mort d'Arcisse.
— C'est une tragédie, assura la jeune femme.
— Parlez-nous de lui, que pouvez-vous nous apprendre ?
— Nous ne comprenons pas les raisons de son suicide, murmura Armelle.
— Si nous sommes là, c'est que nous ne sommes pas certains qu'Arcisse ait mit fin à ses jours.
— Ce n'est pas un accident, vous le savez bien ! s'exclama le musicien.
— Si ce n'est pas un accident, ni un suicide, c'est autre chose. C'est peut-être un meurtre, précisa Titoan.

Armelle sursauta. Jorge secoua la tête et leur jeta un regard hostile. Coustou fit un signe imperceptible à son collègue. Le plus âgé des deux journalistes acquiesça en silence. Titoan mènerait les débats et lui, tiendrait le rôle d'observateur.

— Mais vous êtes certains qu'il s'agit d'un assassinat ? insista Jorge.
— Non, nous n'avons aucune certitude, nous sommes mandatés par la légataire qui vit au Canada. Nous poursuivons une enquête disons… à titre privé.

— Nous ne sommes donc pas obligés de vous répondre, insista l'homme à queue-de-cheval.
— Non bien sûr, mais si vous n'avez rien à cacher ou à vous reprocher nous ne voyons pas le problème. D'autant plus que si vous nous apportez de nouveaux éléments nous vous en serons reconnaissant et pourrons produire un petit article sur vos activités.
— OK. OK, lâcha la danseuse. Que voulez-vous savoir au juste ?
— On se demandait si vous lui connaissiez des ennemis, s'il avait des ennuis, ce genre de chose…
— Et pourquoi diable aurait-il eu des ennemis ce brave homme ? fit-elle remarquer, en ouvrant de grands yeux.
— Nous n'en savons rien. Mais on nous a appris qu'il tenait dans une main de fer l'Amicale de Prospection Héraultaise.
— Une main de fer dans un gant de velours, nuança la jeune femme.

Jorge toussota, une main devant la bouche.

— Je pourrai peut-être me permettre d'intervenir ici.

Florentin était adossé au mur. Il ne perdait pas une miette de la conversation, peu de temps auparavant le musicien avait décliné l'offre d'une cigarette. Le journaliste s'en alluma une nouvelle.

— Arcisse était très exigeant vis-à-vis des membres de l'Amicale, en termes d'exigences à respecter dans l'association. Il maintenait une discipline de fer, il avait édicté des règlements quasiment pour tout. Covoiturage, usage des instruments de détection, interdiction des portables, respect des chantiers de prospection, des lois et des décrets, etc. Mais de là à penser qu'un membre de l'Amicale l'ait éliminé…

Nous n'y croyons pas. Mais tout est possible. Vous savez on ne connaît pas les gens ! termina-t-il en haussant les épaules.

— Que voulez-vous dire spécifiquement sur l'usage des portables ?

— Il avait édicté une règle qui imposait aux membres de l'Amicale de ne jamais emporter avec eux leurs portables sur les lieux de fouille sous peine d'éviction. Expliqua Armelle.

— Tout le monde s'y conformait ?

— Oui tout le monde ! Après qu'il ait effectué un premier exemple ! poursuivit le musicien, gardant la tête baissée.

— C'est-à-dire ?

— L'an passé, il a viré Gaétan Bedefer. Cet âne avait fait des photos de fouilles qu'il s'était empressé de poster sur les réseaux sociaux, en indiquant le lieu exact de nos trouvailles, expliqua-t-il. Il y a eu une grosse engueulade lors de la réunion mensuelle et Arcisse a obtenu la tête de Gaétan, si je peux m'exprimer ainsi. Il a été exclu de l'Amicale.

Florentin Ventadour continua à fumer sa cigarette, mais ses yeux se portèrent sur Titoan, et le hochement de tête qui suivit fut à peine perceptible.

— Et ce gars, ce Gaétan, lui en a-t-il voulu ? Il est du genre rancunier ?

— Gaétan ? Rancunier ? Ce serait mal le connaître. Il est passé à autre chose à présent, il préfère le sport, l'informatique et ce genre de choses, répondit la jeune femme.

— Gaétan fréquente les bars à la mode, s'étourdit d'alcool et de conquêtes éphémères. Il est très doué en informatique et il a un sourire enjôleur ce qui lui vaut une certaine popularité auprès des femmes écervelées. Mais ça fait un bail que je ne l'ai pas vu ! Affirma l'homme.

Sa compagne le fusilla du regard :

— Je ne comprends pas que tu parles ainsi de Gaétan. Gaétan ne ferait pas de mal à une mouche, assura Armelle.
— Mais, je n'ai pas dit le contraire, se défendit l'homme à la queue-de-cheval.

Sa compagne ajouta :

— Faute de mieux, le suicide reste l'ultime hypothèse, celle d'une superstition tenace. Savez-vous qu'il existe au Japon une forêt surnommée la "forêt des suicides" ? Plusieurs dizaines de personnes se suicident chaque année dans la forêt d'Aokigahara, par pendaison ou surdose médicamenteuse.

Titoan plissa les yeux d'un air perplexe, Florentin qui l'observait le gratifia d'un haussement de sourcils presque espiègle. Ce dernier se tourna vers Gorbeil et demanda :

— Ce Gaétan, vous avez son adresse ?

CHAPITRE 9

Gaétan habitait dans la banlieue nord de Montpellier, à Prades-le-Lez. Le jeune couple avait communiqué son adresse aux deux journalistes en leur précisant qu'ils avaient de fortes chances de le trouver à son domicile, car il travaillait de chez lui. Il créait des sites web et des applications mobiles. Sur la plaque dorée de sa porte d'entrée de la petite ville était gravé Gaétan Bedefer, développeur informatique.

Ils sonnèrent plusieurs fois. Florentin frappa et, pour faire bonne mesure, appela d'une voix forte à travers la fente de la boite à lettres.

La porte s'ouvrit enfin, Gaétan passa sa tête dans l'entrebâillement et les dévisagea.

— Vous êtes qui ? interrogea l'homme.
— Nous sommes des journalistes du Clapasien. Nous venons de la part de Jorge et d'Armelle, mentit Coustou.

Les yeux de Bedefer s'arrondirent d'étonnement.

— Je ne m'attendais pas à de la visite. Mais entrez.

Ils pénétrèrent dans la maison. Le jeune homme était en short et tee-shirt, de grande taille, le front haut, les yeux bleus. Sur une chaise, dans le hall d'entrée était posée une raquette de tennis dans sa housse. La pièce restait obscure, car les rideaux étaient tirés.

— J'étais en plein boulot. Je suis en train de développer un logiciel, je n'ai pas eu le temps de m'habiller, s'excusa-t- il.
— Ce n'est pas grave, je peux ouvrir les rideaux ? demanda Florentin.
— Bien sûr, veuillez m'excuser, je vais m'habiller.

Ventadour tira les rideaux, ôta ses lunettes et les plaça dans la poche de sa chemise. La fenêtre donnait sur un petit jardin qui semblait bien entretenu. Il y avait des photos et des affiches au mur. Un ordre méticuleux y régnait, chaque chose à sa place.

Gaétan mit assez longtemps pour choisir ses vêtements propres. Les deux journalistes profitèrent de cette occasion pour étudier la pièce où ils se trouvaient et dans laquelle manifestement rien de particulier n'attirait leur attention.

Le trentenaire revint dans la pièce, vêtu d'un jean et d'une chemise repassée de frais. Il était vraiment grand. Titoan estima sa taille à environ un mètre quatre-vingt-dix.

— Nous venons vous parler d'Arcisse Poissenot.
— Arcisse ? Mais je croyais que vous veniez de la part de Jorge et d'Armelle ? Je pensais que vous faisiez un article sur eux et que vous vouliez les vidéos de leur spectacle.

Les deux journalistes comprirent à cet instant l'affabilité de leur hôte, suite à ce quiproquo.

— Non, affirma Coustou. Notre sujet principal est le décès d'Arcisse. Mais nous sommes également intéressés par tout ce que vous savez sur vos deux amis. Nous avons prévu un petit reportage à leur sujet dans un de nos prochains numéros.

Le jeune homme leur paraissait calme et décontracté. Il leur avait proposé une tasse de café et s'étaient tous les trois installés dans des fauteuils qui se trouvaient au salon. Ils lui avaient expliqué les motifs de cette enquête complémentaire ce qui ne semblait pas l'avoir plus surpris ou scandalisé.

— Arcisse … aux yeux de tous ce brave mais obtus Arcisse. C'est grâce à lui que j'ai repris le sport, poursuivit-il, en regardant les photos accrochées au mur où on pouvait le voir effectuer un coup droit en tenue de tennis.
— Je crois savoir que cela s'est mal passé entre vous.
— Ah oui ! Vous pouvez le dire. Il m'a foutu dehors de l'Amicale ! Donc finit, plus de prospection ! C'était un vrai psychorigide, incapable de s'adapter aux autres ! Autoritaire, méfiant. Quel animal ce type ! Et depuis, j'ai repris le sport puisque la détection m'était interdite.
— Comment se comportait-il avec vous ? Titoan le regarda dans les yeux.
— Au début, de la même manière qu'il se comportait avec tout le monde, j'imagine.
— C'est-à-dire ?
— Ouvert, avenant, un peu de façon paternelle. Comme une sorte de guide.
— Est-ce qu'il vous paraissait suicidaire ?
— Pas plus que n'importe lequel d'entre nous, répondit Gaétan avec un pâle sourire. Mais qui sait ce qui se passe dans la tête des gens ? Je vous livre seulement mon impression. Car vous le savez, rien n'est plus ordinaire et naturel que la mort.

Son visage irradiait la sincérité. Coustou hochait la tête, encourageant son interlocuteur.

— Je ne vais pas y aller par quatre chemins. J'ai mal pris mon éviction de l'Amicale. Cela simplement pour des photos prises sur une fouille que nous avions effectuée non loin d'Ambrossum.
— C'était pourtant prohibé dans les statuts de l'Association.
— Non pas dans les statuts. Il s'agissait de nouvelles règles édictées par monsieur Arcisse ! Il pensait que dans notre petit groupe, seules ses propres règles étaient les seules valables. Aucune marge de manœuvre, rien ! Aucune possibilité de laisser libre cours à son imagination, pas ou peu d'autonomie. Un vrai dictateur !
— On dirait que vous ne l'appréciez pas beaucoup.
— Pour être honnête, je dois vous avouer qu'au début il m'a épaté de par l'étendue de ses connaissances, mais ensuite ses travers, son sale caractère ont pris le pas sur ses compétences professionnelles.

Florentin le regarda fixement, sans dire un mot. Bedefer était encore dans son souvenir.

— Poissenot n'était pas un homme tranquille, il parlait doucement mais, on le sentait, à l'intérieur la colère grondait, il était en permanence sur le fil, prêt à exploser. Quelque chose bouillonnait à l'intérieur de lui, et il n'avait pas toujours un caractère facile.

D'un geste involontaire, le jeune informaticien recula sur son fauteuil comme s'il cherchait à échapper à ses mots.

— Que sous-entendez-vous ? Vous lui en vouliez ?

Devant la mine étonnée des journalistes, Bedefer poursuivit :

— Attendez. Attendez... Je ne sais pas trop ce que je peux répondre à ça. Je lui en voulais, c'est vrai, mais s'il ne s'est pas suicidé ne croyez pas que j'ai quelque chose à voir avec sa mort. D'ailleurs, si c'était le cas, je n'aurais pas été aussi franc avec vous. S'il ne s'est pas suicidé. Si quelqu'un l'a supprimé, vous devriez peut-être fouiller dans son passé, dans ses voyages.

Coustou sursauta puis regarda attentivement son interlocuteur :

— Vous êtes sérieux ? Soyez plus précis s'il vous plaît. Qu'avez-vous à nous apprendre ?

Un silence éloquent s'installa. Titoan se carra dans son fauteuil et le dévisagea avec attention. Le jeune informaticien poussa ensuite un long soupir qui résumait toute sa pensée, puis expliqua :

— Arcisse participait régulièrement à des fouilles, notamment au Moyen-Orient. Des bruits ont couru qu'il n'y allait pas seulement pour effectuer des prospections archéologiques. Lors de missions de recherches officielles, il s'y serait rendu pour nouer des contacts ou obtenir des renseignements.
— Des renseignements de quel ordre ?
— Qui auraient intéressé les services secrets français, la DGSE en particulier.
— Comment savez-vous cela ? demanda Florentin.
— Dans ce milieu de la détection et des archéologues amateurs, cercle relativement restreint, on sait beaucoup de choses qu'on le veuille ou non. C'est comme ça. Il était toujours d'une extrême discrétion lorsqu'on lui parlait de ses

fouilles à l'étranger. Certains disaient que c'était une couverture.

Coustou parut considérer la remarque avant de la classer dans un coin de son cerveau en vue d'un plus ample examen.

— Vous avez des preuves, des noms ?

Bedefer se leva. Il avait tendance à se balancer d'avant en arrière, et même à se surélever légèrement sur le bout des pieds, comme pour se grandir un peu plus. Coustou eut d'un coup l'intuition que ce type adorait imposer son point de vue par sa prestance physique.

— Rien de tout cela, ce n'était que des rumeurs. Arcisse n'aimait rien tant que cloisonner les différents pans de son existence. Et tous les hommes ont des secrets qui peuvent suinter derrière les murs protecteurs de leur repaire, lâcha-t-il d'un ton plus sec.

Il détourna les yeux afin de signifier que, pour lui, le sujet était clos.

Titoan hocha la tête, il était toujours sur ses gardes avec les inconnus, persuadé, même s'ils le cachaient plus ou moins bien, qu'ils le sous-estimaient. Mais il n'avait pas perçu cela chez son interlocuteur. L'image d'Arcisse Poissenot se transformait et s'approfondissait sans cesse.

Un peu plus tard, dans la voiture. Coustou demanda :

— Tu y crois à cette histoire d'espionnage, Arcisse un ancien agent de la DGSE ?
— En tout cas, s'il l'a été, on ne le saura jamais. Ce n'est pas le genre de métier qu'on imprime sur ses cartes de visite. De nos jours, les espions sont plutôt des techniciens, des spécialistes de l'informatique installés devant leurs claviers,

leurs écrans d'ordinateurs ou bien à l'écoute des conversations téléphoniques. Ils surprennent les secrets des autres grâce à Internet, aux satellites. Plus de quatre-vingt-dix pour-cent des informations sensibles que l'on peut glaner se font sans se déplacer. Mais cela n'empêche pas de recourir parfois aux bonnes vieilles méthodes des contacts directs et des renseignements obtenus sur le terrain qui viennent compléter les techniques les plus sophistiquées. Mais les services de renseignements sont des monstres froids qui font fi des sentiments et qui exploitent au mieux la faiblesse humaine.

— Comment est-il possible de vérifier les dires du jeune ?
— J'ai gardé des contacts liés à mon ancien métier dans la Marine Nationale. Je vais passer quelques coups de fils à des amis qui évoluent encore dans ce milieu assez trouble, avoua Florentin, redressant l'assise de ses lunettes, tout en envoyant un coup de klaxon asthmatique à l'encontre d'un écervelé qui traversait la rue en dehors du passage piéton. Mais tu ne m'enlèveras pas de l'idée qu'il y a un truc qui cloche dans toute cette affaire.
— Il semblait ne côtoyer que des gens instruits, j'ai du mal à m'imaginer un meurtrier parmi eux.
— En 1933, l'Allemagne était un des peuples les plus alphabétisés du monde. Et regarde ce que cela a donné.

Titoan opina du chef et se frotta la lèvre inférieure de la main gauche. Son portable retentit au fond de sa poche. C'était Matsumi qui leur indiquait l'adresse de l'une des nouvelles personnes qui figurait sur la liste.

Son ami fit non de la tête.

— T'as vu l'heure ?
— Oui, il est midi... Alors ?
— Alors... je t'invite au resto, proposa Florentin en garant sa voiture.

Rien ne donnait plus faim à ce dernier que de passer une matinée entière à enquêter sans prendre un petit moment sur un terrain de sport ou sans s'attabler à la terrasse d'un bar.

CHAPITRE 10

Ils passèrent par la rue de la Barralerie.

— Tu vois… c'est ici, dans cette rue qu'en janvier 1671 François Beaulac fut tué d'un coup d'épée par un certain Guilleminet. Ce Guilleminet était parent d'un contrôleur général des Gabelles, je crois qu'il ne fut même pas inquiété ! lâcha Florentin, dans un soupir d'accablement, devant cette injustice qui datait depuis plus de trois siècles. Toujours prêt à communiquer sur l'histoire locale auprès de son cadet et ami.

— Ce nom de Barralerie vient de barraliers ou tonneliers, si je ne me trompe pas, précisa Titoan, tentant de ne pas être en reste.

— Bravo, je me permets de te féliciter ! Je vois que la relève est là ! Lorsque j'étais enfant, il était presque impossible de parcourir une rue de Montpellier sans entendre un artisan travailler quelque part, dans une boutique, une remise ou un garage.

Ils avançaient, devisant dans la rue, Titoan leva la tête, il aperçut deux ou trois nuages qui pointaient au-dessus des toits. La rue légèrement en pente était particulièrement paisible. Ils s'engouffrèrent sous une porte, pénétrèrent dans la cour et poussèrent la porte de l'établissement. Le restaurant qui se nommait Lo Pichot Barricou était presque désert. Ce n'était pas la grande affluence, car à part un couple assis face à face au centre de la salle, il n'y avait personne.

Florentin choisit une table légèrement de côté, à un emplacement qui lui laissait la possibilité d'avoir toujours une vue dégagée sur l'ensemble du restaurant et sur les personnes qui y entraient. C'était une habitude qu'il avait conservée depuis ses années de navigation sur les bateaux de la Marine Nationale et qui lui avait été salutaire à plusieurs reprises lors de ses permissions dans de nombreux ports où son bateau avait fait escale.

Le restaurateur accueillit les deux journalistes avec effusion.

— Monsieur Florentin, ça fait plaisir de vous revoir. Vous n'étiez pas venu depuis combien ? Un mois, deux mois ? Non deux mois, c'est cela.

L'homme faisait les questions et les réponses.

— Effectivement maître Jourde, j'ai dû m'absenter de la ville pour commettre différents reportages. Mais il y a bien peu de monde aujourd'hui dans votre excellent restaurant, que se passe-t-il ?

Dans un premier temps, le visage du cuisinier rougit sous le compliment, car ce n'était pas tous les jours où on lui donnait du Maître dans la conversation, mais il conserva la même couleur sur le coup de la colère. Il tentait de maîtriser une sorte de fureur qui crispait ses traits lunaires. Car l'homme était corpulent, ventru et dégarni avec cet air bonhomme qui emportait la sympathie.

— On est au temps d'Internet, des réseaux sociaux, mon bon monsieur Florentin ! Dans un domaine où tout le monde peut s'improviser critique gastronomique au travers des sites et des forums de discussion, il a suffi de quelques critiques pour faire chuter mon taux de réservations. Heureusement, j'ai les habitués, mais ils viennent plutôt le soir. Paradoxalement, jamais les restaurateurs n'auront autant été mis sur la sellette. Une pression supplémentaire dans notre profession si difficile, déjà soumise à de nombreuses contraintes.

— Mais comment est-ce possible ?

— Des commentaires très négatifs sur ma cuisine et mon restaurant ont été postés sur une plate-forme spécialisée.

— C'étaient des concurrents ? Avez-vous trouvé qui étaient les auteurs de ses avis mensongers ? demanda Florentin, assuré qu'il était de la qualité culinaire des plats de Maître Jourde.

— Il est vrai que certains concurrents déloyaux ne vont pas hésiter à demander ou à payer certaines personnes pour poster des avis négatifs sur un restaurant, tout en sachant que cela l'impactera, précisa Coustou.

— Même pas. Ce n'était pas des concurrents, affirma le bonhomme. Mais laissez-moi vous faire servir, nous en parlerons plus tard, si vous le voulez bien.

Les deux convives acquiescèrent. Ils avaient faim.

— Aujourd'hui le menu pour vous se sera : une tapenade d'olives noires, avec ensuite une tatin de foie gras à la Cambacérès avec des pommes du Vigan, on poursuivra par un rôti d'agneau à la huguenote relevé par la cannelle et accompagné de cèpes, puis des oreillettes en dessert. Pour ne pas faire de mélange sur le vin, on vous servira un bon Pic Saint-Loup rouge pour accompagner le tout. Cela vous convient ?

L'air ravi des deux journalistes fut la seule réponse à la question, qui en fait n'en était pas une. Titoan était un homme affable, qui observait tout avec curiosité, qui posait des questions et écoutait les réponses avec attention. Il était curieux d'en apprendre un peu plus sur les difficultés que traversait leur hôte.

— Tu en penses quoi de cette affaire ? dit-il en observant par la fenêtre la magnifique porte de l'Hôtel particulier qui se trouvait face à lui.
— Je voue une confiance absolue en Maître Jourde, je reconnais ses compétences et son talent culinaire. Il y a ici sans aucun doute anguille sous roche. Je le côtoie, lui et son restaurant, depuis dix ans, je peux te garantir qu'il y a peu de restaurateurs aussi sérieux et qualifié, affirma Florentin.

Le service et la présentation furent irréprochables. Les plats délicieux.

— Quand certains disent que Montpellier n'est pas une ville gastronomique, encore des ignares, des incultes, protestait l'aîné des journalistes. Même si, ici, dans l'ancien temps, la tradition était de recevoir chez soi, plutôt que de se montrer au restaurant.
— Je dois reconnaître que c'était fameux.
— La cuisine est un patrimoine. Jamais on a autant vu d'émissions de télévision dédiées à la cuisine, autant publié de livres consacrés à ce sujet. Le monde entier envie à la France sa cuisine et ses petits plats qui réunissent toute la famille. Le repas traditionnel français a même été classé depuis peu au patrimoine mondial immatériel de l'humanité par l'UNESCO, poursuivit Florentin.

Titoan ne pouvait qu'approuver.

Le sympathique chef cuisinier rondouillard les rejoignit dès la fin du repas. Il ne souriait pas et faisait plutôt grise mine. Pourtant, il aimait par-dessus tout l'humour, y compris lorsque cet humour s'exerçait à ses dépens. Pour preuve, le choix du nom de son restaurant : Lo Pichot Barricou, la petite barrique, par extension le petit tonnelier, cela correspondait tout à fait à la physionomie de Maître Jourde.

— N'y allons pas par quatre chemins. Si je n'ai plus grand monde le midi, c'est que j'ai eu des commentaires négatifs sur l'une des applications où les utilisateurs peuvent obtenir en quelques secondes les recommandations et les avis les plus pertinents et personnalisés.
— Comment est-ce possible ?
— De nos jours beaucoup de personnes veulent s'improviser critiques gastronomiques, experts de l'assiette. Avant, il y avait les connaisseurs. Ceux qui fréquentaient de belles tables et qui avaient souvent une belle plume, jouant avec les bons mots autour de bons mets, de bons vins, d'une bonne ambiance. Maintenant tout le monde peut donner son avis sur un restaurant, c'est ce qui m'est arrivé : huit commentaires négatifs et c'est la catastrophe !
— Huit ?!
— Et vous les connaissez ? Les huit !
— Oui et non, j'en connais quatre ! Et je n'ai pas eu de mal. Huit avis et le même jour en plus !
— Et vous les connaissez bien ?
— Effectivement, c'est même de la famille ! On n'est jamais si bien trahis que par les siens, souffla d'un air abattu le cuisinier.
— Expliquez-nous maître Jourde.

Le chef se carra au fond de la chaise, posa sur la table une bouteille de fine et leur servit une eau-de-vie du Languedoc.

— Vous m'en direz des nouvelles. L'un des sujets de lamentation des Montpelliérains, des vrais, ils sont de moins en moins nombreux, est le refus de reconnaître que le présent est aussi bien que le passé.

Les deux journalistes avaient conscience que le cuisinier avait du mal à entrer dans le vif du sujet.

— Maître Jourde, expliquez-nous, lança Florentin.
— Bon, bon, d'accord. Mais arrêtez avec ces maîtres Jourde, je me sens tellement impuissant, appelez-moi Léonard.
— D'accord Léonard, allez-y, répliqua Titoan.
— Bien voilà... J'ai un cousin et une cousine. Qui sont tous les deux mariés. D'habitude, lorsqu'ils viennent à quatre. Je précise : eux deux plus leurs épouses et époux respectifs. Je les invite. Ils ne payent pas. Ils ne se privent pas de venir. Ils viennent au moins une fois par semaine. Mais, bon, je n'ai pas de famille, c'est la seule famille qui me reste. Donc je leur fais ce petit plaisir, bien qu'ils aient les moyens, révéla dans un soupir le brave homme.
— C'est gentil de votre part, glissa pour l'encourager Titoan.
— Oui, bon ! Sauf qu'il y a quinze jours, ils sont venus à huit !
— A huit !
— Oui chaque couple avait invité un autre couple, deux fois quatre : huit ! Alors, à la fin du repas, je leur ai présenté l'addition. Bon, pas l'addition totale, mais la moitié.
— Et alors, que s'est-il produit ?
— Alors ça s'est mal passé, évidemment, on s'est engueulé. Heureusement, la salle était vide à ce moment-là. Il ne

restait plus qu'eux. Ils avaient commandé tellement de plats et de digestifs qu'on avait largement dépassé l'heure habituelle. Et dès le lendemain j'ai eu droit aux critiques sur le site en question.

— Vous êtes certains que cela venait d'eux ?
— Sûr et certain. Huit avis, quasiment similaires. Tout y est passé, personnel désagréable, propreté douteuse, plats sans saveurs, etc. Et je ne peux rien y faire, soupira le patron.
— Qui sont ces cousins, Léonard ?
— Fils unique, je n'ai pas de famille, mon père et ma mère sont décédés. Ma mère avait une sœur, morte également. Celle-ci a eu deux enfants, il y a quarante ans, à peu près, un garçon, Erwan et une fille Romane. Ma tante et surtout son mari étaient fortunés, les deux enfants et leur conjoint respectif ont donc hérité de la fortune familiale qui les laisse bien à l'abri et devrait leur permettre de régler très largement la note que je leur ai présentée.
— Ils font quel métier ?
— Leur métier ? Erwan Ghioan et sa femme Fiona vivent de leurs placements immobiliers, ils ont de nombreux appartements, des parts dans d'obscures SCI et des cliniques d'après ce que l'on sait.
— Et l'autre couple ? s'enquit Florentin.
— Romane et son mari Matteo.
— Des prénoms de télénovelas ou de série américaine, ne put s'empêcher de faire remarquer le plus âgé des deux journalistes.
— Toujours ton côté un peu vieux jeu, le réprimanda aimablement son ami Titoan.
— On ne se refait pas, à mon âge. Mais poursuivez Léonard, quelles sont leurs activités à ces oiseaux ?

— Matteo, le mari, est courtier, il fait fructifier l'argent de son épouse qui ne fait rien, à part les boutiques.
— Et leurs invités, vous savez quoi sur eux ?
— C'est la première fois que je les voyais. Ils avaient pourtant l'air de bien se connaître, ils se tutoyaient tous. Ils parlaient de connaissances communes. Deux hommes, deux femmes de leur âge, la quarantaine. Les deux hommes étaient grands, blonds, barbe courte, costumes élégants. Les deux femmes blondes elles aussi, semblaient être de haute taille, je dirai un mètre soixante-dix, bronzées, minces, toutes deux en tailleur clair.
— Vous n'avez pas leurs noms ?
— Seulement les surnoms qu'ils ont tous notés sur le site de notation ! fit Jourde excédé. Je n'ai pas entendu leurs noms. Ils riaient, très satisfaits qu'ils étaient. Et en plus, ils étaient heureux de la mort d'un homme !
— Comment cela ? s'exclamèrent les deux journalistes.
— Oui. Ils parlaient d'un gars retrouvé mort dans la forêt, pendu, il y a quelques semaines. Cela semblait les ravir, quelle honte !
— C'est tout ce que vous avez entendu ?
— Oui, vous savez, je suis plutôt en cuisine. Je viens régulièrement dans la salle pour voir si tout se passe bien, mais j'y reste peu de temps.
— Vous pourriez nous écrire le nom du site et les pseudos sur un bout de papier ?
— Sans problème, je vous fais ça de suite.

Il écrivit les pseudos sur un bloc-notes à l'enseigne du Lo Pichot Barricou, qu'il tapota pensivement avec son stylo.

— Murakami affirme que même pour des choses insignifiantes le hasard n'existe pas, affirma Florentin.
— Murakami, l'écrivain japonais, pourquoi dites-vous cela ? fit remarquer maître Jourde.
— C'est une longue histoire, déclara Titoan.

Florentin tapa du poing sur la table et effectua une déclaration toute solennelle à l'éloquence légèrement amplifiée par la quantité de verres de vin bus au cours du repas.

— Sachez maître Jourde que le Clapasien va publier dans la semaine un article dithyrambique, mais exact et tout à fait justifié sur la qualité de votre restaurant. Etablissement admirable qui a à sa tête un immense cuisinier possédé par le feu sacré de l'art culinaire.

Léonard était ravi. Florentin, malicieux, enchaîna :

— Mais sachez cher ami, je pense qu'à présent je peux me permettre de vous appeler ainsi, que notre article ne paraîtra qu'à une condition !
— Laquelle ? questionna anxieux le restaurateur.
— C'est qu'aujourd'hui nous payons notre repas.
— D'accord, c'est d'accord. Mais la prochaine fois, c'est moi qui vous invite.

Les deux journalistes acceptèrent de bon cœur.

CHAPITRE 11

— Tu l'as bien choisi ce restaurant, vieux pirate.
— J'ai du flair, plus la bonne nourriture et les bons petits plats plus que pour les enquêtes, assura-t-il en rehaussant ses lunettes du pouce.
— Il faut de la patience. Et la patience n'est pas un don très répandu. De nos jours, tout le monde est pressé et tu ne fais pas exception.
— Je sais, il faut de la patience et de la chance. La chance peut prendre la forme d'une discussion de coin de table avec un homme injustement accusé. Que comptes-tu faire de la liste des huit pseudonymes du site ? questionna le plus âgé des deux journalistes.
— Je vais la confier à Matsumi. Je suis persuadé qu'en deux temps, trois mouvements, elle va nous trouver les identités réelles de ces affreux personnages.
— De ces salopards et menteurs, tu veux dire ! renchérit Florentin. Les vérités, on se contente de les murmurer. Il n'y avait que les mensonges que l'on crie sur Internet et sur les réseaux sociaux.

Ils passèrent devant l'Hôtel de Solas dans la rue Fournarié.

— La tradition prétend que Louis XIV a dormi dans cette demeure en 1660, d'autres disent que c'est Mazarin. En tout cas Delort, l'historien local, nous assure qu'en aout 1677 la foudre tomba sur cet hôtel et y tua un domestique.
— Je ne connaissais pas cette anecdote. À mon avis, au point de vue architectural, il est le plus beau et le mieux conservé de nos hôtels particuliers, fit remarquer Titoan.
— Une anecdote soit, mais pas pour le domestique, précisa le journaliste en pressant le pas.

Levant la tête, Titoan remarqua un homme costumé. En fait, il s'agissait d'un artiste des rues, un mime parfaitement immobile, tout habillé de blanc. Le comédien s'était glissé dans la peau du personnage de Jacques Cœur, plus exactement de la statue de ce dernier qui se trouvait non loin de la fleuriste des Halles Jacques Cœur. Impressionné par sa raideur magnifique, Coustou fut étonné par la couleur ses yeux injectés de sang et plus encore lorsque l'homme bougeant la main gauche montra du doigt la bourse qui se trouvait à sa ceinture.

Parvenus au journal, les deux journalistes communiquèrent la liste des pseudos à la jeune japonaise. Lorsque Titoan lâcha que quatre prénoms réels étaient connus : Romane, Fiona, Erwan et Matteo. La jeune fille sursauta.

— Mais ces prénoms figurent sur la liste des douze noms de l'Amicale de Prospection Héraultaise !
— Effectivement, nous avions remarqué. Attention, ce n'est peut-être qu'une coïncidence.
— Ces personnes sont : le couple Matteo et Romane Accattabriga, Fiona et Erwan Ghioan, leur précisa la jeune asiatique.

Florentin réfléchit. L'expérience lui avait appris à être on ne peut plus méfiant devant ce genre de coïncidence. Il fronça les sourcils.

— Nous avons les noms et adresse ! Allons-y ! lança-t-il en ajustant ses lunettes. On va aller chez les Accattabriga.

Le couple habitait à Saint-Gély-du-Fesc dans une belle maison d'un blanc immaculé construite dans le plus pur style colonial, une magnifique résidence comme on se l'imagine en Louisiane. La vaste demeure se dressait au milieu d'un parc splendide très bien entretenu. Titoan appuya sur une touche du carillon qui représentait une cloche. Pas de réponse. Il attendit une bonne minute et appuya sur la cloche de nouveau. Le portail se déploya automatiquement presque instantanément.

Ils s'avancèrent tout le long de l'allée, non sans jeter des regards admiratifs vers le fabuleux jardin du couple. Parvenus à la porte, celle-ci s'ouvrit brusquement.

— Vous êtes qui ? C'est pourquoi ? J'attendais une visite, mais visiblement, ce n'est pas vous, dit l'homme habillé de noir, en les considérant d'un air dédaigneux.

Titoan remarqua immédiatement les deux anneaux d'or qu'il portait à son lobe droit. Le gauche était aussi nu que son crâne était lisse, en passant devant lui, il sentit à son haleine que pour lui la fête avait déjà commencé.

— Nous sommes journalistes.
— De l'Eclair Occitan ? s'enquit tout à coup souriant, Matteo Accattabriga.
— Non ... du Clapasien, certifia Florentin, au grand dam de leur interlocuteur.
— Ah bon, vous voulez quoi ? fit-il, d'un air déconcerté.

— Ce ne sera pas long monsieur Accattabriga, nous venons vous parler d'Arcisse.
— Ah ? Arcisse. Bon, venez. Mais soyez brefs, car j'attends des invités.
— Ce ne sera pas long. Nous vous remercions de nous recevoir monsieur Accattabriga, lâcha Titoan tentant d'amadouer leur interlocuteur.
— Oui, bon. Je veux bien faire l'effort de vous recevoir, de nos jours, il ne faut pas se mettre les médias à dos. Ce n'est pas bon pour les affaires, mais ce n'est pas à vous que je vais l'apprendre.
— Nous sommes ici car nous enquêtons à titre privé sur la mort d'Arcisse. Nous ne sommes pas certains qu'il s'agisse d'une mort par suicide.
— Pas un suicide ? Pourtant, une bonne raison de se tuer ne manque jamais à personne. Car il ne faut plus s'étonner de rien de nos jours, leur assura l'homme, les laissant pénétrer dans le hall de la maison.

Un escalier à double volée au blanc immaculé conduisait aux étages. L'homme les guida vers une grande pièce lumineuse ornée de tableaux. Ils s'installèrent dans de beaux fauteuils de cuir crème. Florentin observait le salon. De belles baies vitrées permettaient d'admirer une vaste pelouse verte arrosée par un système automatique en marche.

— Vous avez une belle propriété, affirma Florentin.
— Tout à fait, rétorqua leur hôte. Tout cela est le fruit de mon travail, fit-il d'un geste satisfait embrassant la maison et virtuellement l'ensemble de son domaine.
— L'un de vos loisirs est la détection de métaux ?

— La détection de métaux est un passe-temps fascinant. Une grande partie des archéologues de terrain voient en nous des aides potentielles et bénévoles leur permettant d'explorer virtuellement une quantité de terrains sur lesquels ils ne mettront jamais les pieds car vraiment en dehors des périmètres archéologiques répertoriés.

— Oui, nous savons tout cela. Mais que pouvez-vous nous dire sur Arcisse ? le relança Florentin.

— Arcisse ? demanda Matteo en fronçant les sourcils, s'essuyant le front avec son mouchoir. À part son sale caractère dont on a dû déjà vous parler, je ne vois pas ce que je pourrai vous en dire, ou vous apprendre. Je ne vais qu'une fois par mois environ aux sorties de détection, car je préfère le golf. Le golf, c'est excellent pour les affaires. Romane, elle y participe tous les week-ends, dès que son frère y va. Sauf l'an passé, ils ont fait une parenthèse de deux mois environ. Je me demande si elle a déjà détecté quelque chose, je la soupçonne d'y aller pour papoter avec ma belle-sœur et mon beau-frère. Si ce n'était pas mon beau-frère, je la soupçonnerais d'infidélité, elle passe plus de temps avec lui qu'avec moi, fit-il en riant.

Titoan n'avait cessé de hocher la tête tout en l'écoutant, lui montrant qu'il comprenait et l'encourageait à continuer.

— Je suis un courtier bien connu en ville. L'un des meilleurs, si ce n'est le meilleur, poursuivit-il d'un ton qui n'admettait pas la contradiction. Je n'ai pas besoin de faire de la publicité, mes clients la font pour moi. J'ai toujours détesté les gens qui pleurnichent sur leur sort.

De mauvaise grâce Florentin approuva également. Leur interlocuteur était lancé, il ne fallait surtout pas le contrarier.

— Dans notre région, il n'y a pas d'industrie, les dernières entreprises florissantes se retrouvent désormais aux mains de jeunes héritiers pleins aux as et sans aucune motivation, qui préfèrent profiter de la vie au lieu de bosser. Ici, nous sommes dans le Sud, et au Nord on nous catalogue par la moins-value objective de notre population, de nos idées, de nos traditions. D'ailleurs, quel que soit le Sud, dans n'importe quel pays, il est toujours humainement dégradé par rapport à son Nord de référence.

— Oui, mais…. Tenta Ventadour, qui voyait bien que l'homme surexcité partait dans tous les sens.

— Tout le monde est plein de compréhension pour les pauvres petits employés ! s'exclama-t-il. Vous croyez que les gens humbles sont purs ? Et puis, la France a énormément changé ces vingt dernières années. La proportion d'émigrés établis dépasse trente pour-cent dans certaines villes. Et puis, moi, j'aime le luxe. Et le luxe ça coûte, messieurs. Les belles choses coûtent. Il n'est pas dit que ce qui coûte est beau. Mais ce qui est beau, coûte, souvenez-vous en.

Florentin Ventadour résista à son envie de hausser les épaules. Il sourit brièvement. Sourire est souvent la bonne méthode ; quand tout devient trop absurde, un petit sourire permet de prendre un peu de distance et de donner confiance.

— Nous sommes là pour Arcisse Poissenot, monsieur Accattabriga, lui rappela Titoan.

— Oui, oui, bien sûr, réagit leur interlocuteur, semblant revenir sur terre. Votre idée serait qu'Arcisse ne se soit pas suicidé.

Idée ridicule, si vous me le permettez, idée de journaliste en mal de sensation ou en pénurie d'article.
— Nous avons quelques éléments, qui pourraient laisser supposer.... Essaya Titoan.
— Vous rigolez ? Quoique ... Cependant, si l'expérience m'a appris une chose, c'est que tout le monde a un passé, même un modeste professeur d'histoire, la question étant de savoir comment l'arranger un peu et comment la découvrir si l'on fait une enquête.
— Vous savez quelque chose ? Que pouvez-vous nous apprendre ? questionna Florentin, rehaussant ses lunettes avec son index. Cet homme avait l'air d'être quelqu'un de tout à fait normal, ordinaire, pas le genre qu'on menace ou que l'on tue.
— Il était animé de bonnes intentions. Toujours droit, toujours juste, à son idée. Mais on dit bien que l'enfer est pavé de bonnes intentions. Certains disaient qu'il avait travaillé pour les services secrets, lors de prospections archéologiques à l'étranger.
— Au Moyen-Orient, assura une voix féminine.

Les deux journalistes levèrent la tête surpris par le ton légèrement impérieux de la nouvelle venue. Romane Accattabriga, sans doute.

— Où ça au Moyen-Orient ? lança Titoan sans se démonter.
— Au Liban, à Beyrouth, vers 1984, je crois. C'est ce que mon frère Erwan m'a dit.
— Tout ce que dit ton frère n'est pas parole d'évangile ! C'est peut-être une histoire que l'on se raconte entre membres de l'Amicale, tenta de tempérer son mari. Certains récits ne sont pas fiables. Les gens inventent et au bout d'un certain

temps il n'est plus possible de savoir si elles sont vraies ou non, répliqua l'homme irrité.

La femme haussa les épaules d'un air désabusé, évitant le regard de son mari.

— Messieurs, je vous présente mon épouse Romane.
— Oui, mais je te rappelle que 1984, c'est juste après l'attentat du Drakkar du mois d'octobre 83 où périrent 58 soldats français. Je n'étais qu'une petite fille à cette époque, précisa-t-elle.

Les deux journalistes saluèrent la femme de Matteo. Habillée de blanc, la quarantaine sportive, châtain, des yeux marrons, vifs et durs. Elle était assez belle, mais d'une beauté sans doute apprêtée et dont elle avait, avec le temps, exagéré les artifices.

— Arcisse agissait comme un homme normal, tout semblait commun chez lui. Agissez comme les gens s'y attendent et ils vous ficheront la paix, c'est ce qu'il désirait, qu'on lui foute la paix. Discret, presque secret, trop secret. Je pense que cet homme avait quelque chose à cacher, ajouta Romane, toisant de la tête aux pieds les deux hommes se trouvant devant elle.
— Pour vous la piste est un meurtre causé par ses activités à l'étranger ? questionna le plus jeune des journalistes, sans se démonter.
— Si ce n'est pas un suicide c'est la seule option plausible, rétorqua-t-elle, d'un ton qui n'admettait pas la contradiction.

La sonnerie du portable de leur hôte, retentit dans la pièce. C'était l'hymne des Etats-Unis.

— C'est la même sonnerie que les hommes d'affaires aux USA, déclara-t-il ravi.
— Tu es incorrigible, un vrai gamin, lui lança Romane.

Elle sourit, mais c'était le sourire le plus hypocrite que Titoan ait vu depuis plusieurs mois.

Accattabriga prit l'appel. Ecouta son interlocuteur puis explosa :

— Mais à quoi vous servez ? Je dois lancer ce projet pas demain, ni après-demain, mais maintenant ! Je vous paye pour ne pas avoir à m'occuper de ça ! Alors démerdez-vous ! N'oubliez pas, ce sont ceux qui signent les chèques qui fixent les règles ! Et il raccrocha brusquement.
— Un problème monsieur Accattabriga ? s'enquit d'un ton singulièrement moqueur Florentin.
— Ça ne vous regarde pas, ce sont mes affaires ! Je pense que nous avons été suffisamment patients, la porte est par là, je vous raccompagne ! s'écria Matteo en relevant la tête.

Le plus jeune des journalistes sortit une carte de visite de la poche de sa veste et la posa sur la table. Il sentit le regard glacial de la femme de Matteo le balayer, comme si un sabre, tranchant comme le vent, le décapitait.

— Nous nous excusons d'avoir pris de votre temps et nous vous remercions, commença Titoan, jetant un regard significatif à Florentin tout en se dirigeant vers la sortie.
— Ah oui, j'allais oublier, esquissa ce dernier.
— Ça y est, ils nous font du Colombo ! s'exclama leur hôte, maintenant, on pose la question qui tue lorsqu'on sort de la pièce.

— Non, non, ce n'est pas ça, du tout, cela n'a rien à voir avec cette affaire, expliqua Florentin.
— Ah bon ? De quoi s'agit-il ? Alors ? fit le bouillonnant courtier.
— Il existait à Florence à la fin du quinzième siècle une sorte d'urne en forme de tambourin, on nommait cela le tamburo, le réceptacle commode des dénonciations anonymes, l'exutoire des haines, des jalousies, l'outil de délation idéal. Une sorte de « réseau social » de l'époque. Je pense que cet usage vous aurait beaucoup plu monsieur Accattabriga.
— Pourquoi racontez-vous cela ? dit-il offusqué. Je ne vois pas le rapport.
— N'est-ce pas vous Matteo, votre épouse Romane, votre beau-frère, votre belle-sœur et quatre de vos amis qui se sont permis de poster anonymement sur un réseau social des avis négatifs et sans aucun fondement si ce n'est par méchanceté ou jalousie sur le restaurant Lo Pichot Barricou, tenu à bout de bras par Léonard votre cousin ?
— Mais... Mais ...
— Qui étaient ces amis ? coupa sèchement Florentin, profitant de l'effet de surprise auprès de leur interlocuteur.

Pris de court, Matteo répondit presque machinalement.

— Ils ne vivent pas dans la région. Ce sont des strasbourgeois. Les Fuchs et les Kempf. Ils sont des ingénieurs et possèdent chacun un magnifique appartement à l'Orangerie en plein centre de Strasbourg.
— Alors voilà ce que vous allez faire. Je pense que vous avez les moyens techniques de modifier vos avis, votre famille, vous et vos amis. Nous vous laissons quarante-huit heures afin que vous rectifiiez ces mensonges, car comme vous

nous l'avez si bien dit, il ne faut pas se mettre les médias à dos. Ce n'est pas bon pour les affaires.

Matteo baissa les yeux sur ses mains, secoua vivement la tête puis la releva ; son regard soutint celui de Florentin, ses yeux brillaient intensément.

— Grâce au progrès technologique, un jour un robot fera votre travail de journaliste ! Enfin, si on peut appeler cela un travail ! J'aimerais voir votre tête lorsque votre boss sera un algorithme.
— Est-ce une promesse ou une menace ?
— Peut-être un peu des deux ! rétorqua Matteo, visiblement à bout.
— Dites-moi monsieur Accattabriga, vous avez des enfants ? questionna Florentin.
— Non … s'étonna Matteo.
— Tant mieux pour eux.
— Pardonnez-moi, monsieur Accattabriga, il vous reste un peu de poudre blanche sur la narine droite, asséna Titoan.

L'homme leur claqua la porte au nez. Titoan se sentait de plus en plus mal à l'aise. Il y avait quelque chose de bizarre dans cette affaire.

Dans la voiture, Florentin, roulait tranquillement. Titoan se tourna vers lui :

— Ce type a autant de sensibilité qu'un responsable des ressources humaines d'une entreprise qui doit faire des compressions de personnel.

— Titoan, voyons, ce n'est pas nouveau, tu en as déjà vu des mecs dans son genre, des mecs qui parlent comme s'ils étaient amoureux de leur propre voix.

— Oui, ce n'est pas le premier ni hélas le dernier. Tu y crois à cette histoire d'agent secret ? Cela fait deux fois qu'on nous en parle. Est-ce un conte ou un fait ? Arcisse, le prof d'histoire, un agent des services secrets ?

— Qui sait ? Ce n'est pas dans le genre de métier qu'on imprime sur ses cartes de visite. Dans les films policiers, tout enquêteur qui se respecte possède un flair hors du commun pour repérer les menteurs. C'est du pipeau, tu peux le constater toi-même, ils nous ont menti ou pas. Pour répondre à ta question, je n'en sais rien. J'appellerai ce soir mon contact à la DGSE.

— Le temps emporte tout sur son passage. Peu de gens se rappellent encore cet attentat horrible de 1983.

— Tu as raison ! Mais quel âge avait Arcisse en 1983 ? Une vingtaine d'année tout juste. Il me paraît improbable qu'il se soit rendu au Liban mandaté par le Ministère de la Défense afin de récolter des informations sensibles. Mais je vais vérifier.

Titoan contacta Matsumi afin de lui indiquer les noms des deux autres couples. La jeune japonaise vérifierait si ces quatre personnes faisaient partie de l'Amicale.

Les deux journalistes se quittèrent se donnant rendez-vous dans leur petit café habituel le lendemain matin.

CHAPITRE 12

Perdu dans ses pensées, Titoan, courait sur le trottoir du Boulevard Louis Blanc. Cette fois, son regard ne se posa pas sur l'Agora, le Centre Chorégraphique National, qui sous l'Ancien Régime avait abrité le Couvent des Ursulines, puis avait été transformé en prison pour femmes pendant la Révolution jusqu'en 1934. Nombre d'entre elles avaient vécu là l'enfermement et l'absence d'espoir.

Il n'était pas sept heures et Titoan conformément à ses habitudes faisait son jogging dans les ruelles du centre Historique de la ville. Il se rendrait sur la place du Peyrou, ferait demi-tour, puis retournerait à son appartement pour prendre une bonne douche avant de commencer sa journée. Il n'y avait pas grand monde à cette heure-là. Presque personne, c'était normal. Parvenu au niveau de la Cathédrale, il allait attaquer la montée de la rue Sainte-Croix lorsqu'un homme placé sur le côté et qui semblait effectuer des exercices d'étirement s'adressa à lui :

— Pas trop dur de si bon matin ? Ce n'est pas la première fois que je vous vois courir. Vous pratiquez régulièrement. C'est quoi votre nom ?

Titoan fut surpris. L'homme, la trentaine, cheveux courts, semblait en forme, son visage n'apparaissait pas dans la lumière, il faisait encore trop sombre et Coustou ne voulait pas répondre franchement à un inconnu. Il choisit de lui cacher sa véritable identité.

— Fabien Marestan Et vous ? fit-il, essoufflé.
— Jules Noriac.
— Enchanté.

L'homme l'observa encore quelques secondes, puis s'engouffra dans l'une des ruelles qui se perdait dans l'Ecusson. Coustou trouvait l'attitude de ce type bizarre. Il se rassura en pensant que de nos jours les comportements étranges avaient tendance à s'amplifier.

La salle du petit café était déserte ce matin-là. Florentin sortit une cigarette, la coinça entre ses lèvres, mais ne l'alluma pas.

— J'ai eu mon contact hier soir. Plus jeune, il faisait partie d'une unité spéciale de la Marine nationale, agissant pour le compte des services secrets. Il va se renseigner, j'en saurai plus dans la journée.
— Grâce à lui, nous en saurons peut-être un peu plus sur la vraie personnalité du professeur.
— J'en doute, je ne crois pas trop à cette histoire d'espion. Je pense qu'il s'agit d'une fausse piste. Et je ne te cache pas que j'ai très peu apprécié nos interlocuteurs d'hier. Le dernier, ce Matteo Accattabriga, a vraiment une sale mentalité.
— C'est le prototype du darwiniste urbain, affirma Titoan en sirotant son café, seuls les plus forts triomphent.
— En tout cas, son attitude m'a permis de valider l'une des théories dont j'avais entendu parler.
— Ah bon ? Laquelle ?
— L'ignorance rend plus sûr de soi que la connaissance.

— La roue tourne, dit-on. La chance ne devrait pas tarder à nous sourire.

Ils restèrent silencieux, chacun perdu dans ses réflexions.

— Nous savons qu'Arcisse était un professeur célibataire à la retraite, commença Titan. Il était passionné d'archéologie, d'histoire. Sans problème financier, de santé, ni sentimental. A priori pas d'ennemi déclaré.
— D'après son entourage, nous savons qu'il était intelligent, ouvert, curieux, droit, honnête, peut-être un peu psychorigide ou maniaque.
— Il avait tendance à se mettre des personnes à dos. Mais pas au point de se faire assassiner.
— Quels pourraient être les mobiles ? L'argent, la jalousie, la vengeance, la haine, rien ne colle avec notre bonhomme. Pour l'instant.
— Le ou les tueurs auraient un mobile rationnel que nous ne voyons pas ?
— Je l'ignore. Existe-t-il des mobiles rationnels pour tuer ?
— Il y a quand même quelque chose, souffla Titan.
— Quoi ?
— S'il s'agit d'un meurtre. La sordide mise en scène du pseudo-suicide demande une certaine réflexion, une organisation, voire une préméditation. Et puis sa voiture, la C3 a été retrouvée chez lui, il a fait comment pour accomplir ces vingt-cinq kilomètres ?
— Il ne s'est pas rendu seul à pied à Saint-Orfons. La voiture et la corde sont des éléments importants.
— Effectivement…

Les deux hommes cheminèrent vers le journal.

— Titoan, tu vois cette rue ? La rue de Villefranche.
— Oui.
— Dans ce secteur les Rois d'Aragon et de Mayorque, seigneurs de Montpellier, avaient leurs jardins. C'était un endroit peu peuplé. Pour y attirer la population, ils promirent certains privilèges et exemptions aux habitants qui y habiteraient. De là le nom de Villefranche. En 1320, le Roi Sanche de Mayorque céda ses propriétés afin que l'on y bâtît un hôpital.
— Tu te serais bien entendu avec Arcisse Poissenot, mon cher Florentin.
— Lui, était un professionnel de l'Histoire avec un grand H. Je ne suis qu'un modeste amateur, amoureux d'histoire locale. Je te laisse, car je dois me rendre sur le terrain d'entrainement de Gramont.

Sur son bureau, Titoan trouva un dossier déposé par Matsumi. Satisfait, il tapota la couverture cartonnée. Il s'installa confortablement dans son fauteuil et s'y plongea avec attention.

Il notait avec nervosité les éléments qui lui semblaient les plus importants. Le document était ouvert devant lui, son carnet fourmillait d'informations, l'ensemble de son écriture illisible déchiffrable par lui seulement. Il avait le sentiment confus d'avoir vu quelque chose d'important, mais ne parvenait pas à le saisir.

Quand son portable sonna après plusieurs heures de réflexion et de retranscription, il le pressa contre son oreille sans vérifier qui l'appelait.

— Ah Titoan ! Je désespérais de parvenir à t'obtenir au téléphone, l'informa une voix que le journaliste reconnut immédiatement.

— Salut Claudi ! Qu'est-ce qui t'amène ?
— Ton sac de randonnée est prêt ! Viens le chercher ! J'ai déjà deux clients qui l'ont aperçu dans la boutique et qui voulaient me l'acheter illico presto. J'ai refusé, bien évidemment.
— Cela te fait deux commandes, non ?
— Oui. Mais j'aimerais que tu passes le prendre.
— D'accord j'arrive, cela m'aérera les neurones.

La lumière du matin qui filtrait entre les maisons balayait les vieilles façades du quartier de l'Ecusson. Claudi Peyrotte tenait une boutique de maroquinerie qui s'appelait l'atelier du Cuir Occitan. C'était le vrai artisan dans la plus pure tradition. Généralement, il se postait dehors, un béret sur le crâne, assis sur une chaise à côté de la porte d'entrée de son magasin, un livre de poésie à la main.

Titoan connaissait l'homme qui était assis sur une vieille chaise en bois à côté de lui, mais il n'aurait pu dire où et quand il l'avait rencontré. Le visage buriné, tanné, l'intense regard des yeux bleus, sous de gros sourcils blancs et broussailleux. L'homme portait une casquette marron trouée qui avait fait son temps et qui tentait peut-être de camoufler une chevelure aussi argentée qu'anarchique.

— Laisse-moi te présenter Jaufré Poujouly, fit l'artisan.
— Bonjour, est-ce que nous nous connaissons ? demanda Titoan, incapable de retenir plus longtemps la question qui le taraudait.

L'homme leva les yeux, examina longuement le visage du journaliste.

— Je n'ai pas l'impression avoua-t-il brièvement, presque timidement.

— Vous devriez lui dire votre métier. Cela le mettrait sur la piste, lui enjoignit Claudi.

— Ah oui ! Je travaille à la Médiathèque.

— Me voilà rassuré, je ne perds pas la tête je savais bien que je vous avais vu quelque part ! J'y vais de temps en temps.

— Vous, vous êtes le journaliste.

— C'est exact.

— Alors tu en es où de ton enquête sur la mort d'Arcisse Poissenot ? J'ai hâte de lire la suite de ton récit dans le journal.

— Dans une impasse. Dans l'immédiat, nous sommes dans la phase où l'on récolte des renseignements. Répliqua Titoan, soucieux de ne pas donner d'information en public, même à son ami Claudi.

— Après tout ce temps passé, ce n'est pas simple sans doute de trouver des indices.

— C'est exact. Et puis dans notre métier de journaliste il y a peu de certitudes, la plupart du temps. Tu fais de ton mieux et tu apprends à vivre avec le doute.

L'homme ne semblait pas être attentif à leur dialogue, il était penché sur un petit livre qu'il semblait lire consciencieusement.

— De mon point de vue, c'est un ouvrage remarquable. Ceux qui disent le contraire sont des ânes ou bien des jaloux, lança-t-il avec une forme d'agressivité.

Un instant, les sourcils sombres de Titoan s'étaient froncés. Un léger étonnement s'était marqué sur son visage ou peut-être était-ce un petit sourire.

— J'ai donné mon recueil de poésie à Jaufré, l'informa Claudi, et il m'a fait le plaisir de le lire pour me donner son avis.

— Je suis désolé, je ne suis pas un spécialiste, précisa le journaliste.
— Je travaille à la Médiathèque, mais je suis également Président de l'Association Poésie en Clapas. Et je suis très honoré, d'avoir été l'un des premiers lecteurs de votre recueil Claudi.
— Vous m'en voyez ravi. Car je dois vous avouer que j'ai eu la malencontreuse idée de soumettre ce petit livre à Charles Machault.
— Charles Machault, le professeur de littérature à la Fac de Paul Valéry ?
— Oui. La semaine dernière, il est venu avec son épouse, car ce sont des clients réguliers. Elle m'avait commandé un sac. J'en ai profité pour lui confier mon recueil de poésie, parce que je l'avais trouvé sympathique. L'idée était mauvaise.
— Pourquoi ?
— J'aurais pu et dû m'abstenir. Je n'ai pas la prétention d'être un homme de lettres, ni d'être un poète, car j'ai écrit ces vers pour mon plaisir et si j'en ai fait un livret, c'est pour les lire et éventuellement les faire apprécier à mes amis. Mais hier soir, il m'a téléphoné et d'un air condescendant, il m'a donné son avis.
— Et plus précisément que vous a-t-il reproché ?
— Il ne m'a pas critiqué directement, il est plus fin que cela, sous prétexte de me donner des conseils, j'ai d'abord eu droit à des remarques du type : « Vous avez une disposition bizarre de la langue, un artifice de formes inutiles, un abus des mots et de combinaisons qui caractérisent bien une époque sans idée ». Pour finir, de son point de vue, je suis un poète sans talent, un poète trivial.

— Ne l'écoutez pas cet âne ! Ce pédant ! Ce bonhomme minuscule ! s'emporta Poujouly. Vous n'êtes pas sans talent. C'est un très beau recueil de poèmes, où à mon avis le regard et le corps vivent dans l'aurore d'une lumière qui perce au point du jour. Ce type n'a pas compris qu'il n'y a pas d'école pour être poète.

Puis, Jaufré se mit à lire quelques vers du petit livre de leur ami. Il lisait ces vers sans emphase et sans éclats de voix avec quelque chose de convulsif dans une sorte de hâte, sa tonalité ferme et vibrante rendait naturellement la puissance des mots.

Claudi, était resté à l'écart. Il détestait entendre lire à voix haute ce qu'il avait écrit, le lire aux autres. Ça lui avait toujours paru sans-gêne. Il estimait que la lecture était une entreprise solitaire.

— N'est-ce pas superbe ? s'enquit Poujouly. Un poète est un voyageur du temps.
— Comme je vous l'ai dit je ne suis pas un spécialiste, mais j'ai beaucoup apprécié. Claudi, j'adorerai avoir un exemplaire dédicacé, bien évidemment, affirma Titoan.
— Vous verrez vous apprécierez, poursuivit Jaufré. Je n'aime pas ce Machault. Ce type de critique vient confirmer mon point de vue.
— Vous ne l'aimez pas ? Pourquoi ? Vous le connaissez ?
— Oui, il vient fréquemment à la Médiathèque. Et vous savez ce que j'ai remarqué ?
— Non ! Répondirent simultanément Claudi et Titoan.
— J'ai toujours détesté les gens qui soulignent ou mettent des annotations dans les livres qui ne leur appartiennent pas. Il surligne des passages complets, il écrit dans les marges des bouquins qu'il emprunte.

— Personne ne lui en fait la remarque ?
— Si ! Moi ! Mais rien n'y fait ! Monsieur Machault peut tout se permettre ! s'énervait le documentaliste.

Il s'ensuivit un long silence, que Titoan n'eut pas le cœur à briser.

— Je le connaissais ! lança Jaufré Poujouly. Votre homme, je le connaissais ! Répétait-il, s'adressant au journaliste.

Il enchaîna :

— Il venait régulièrement à la Bibliothèque Municipale.
— Vous êtes sûr que c'était lui ?
— Evidemment que j'en suis sûr ! Vous savez à qui il me faisait penser ? Il ressemblait vaguement à l'acteur-vedette d'une série américaine policière dont j'ai oublié le nom.
— Je ne vois pas, rétorqua Titoan.
— Si, insista l'homme. Une série télévisée tirée des bouquins de Michael Connelly.
— J'y suis ! Titus Welliver, dans la série Harry Bosch.
— Exactement ! En plein dans le mille !
— Effectivement. Maintenant que vous me le dites il y avait un petit air de ressemblance, quelques points communs dirons-nous. Alors vous le connaissiez ?
— Oui. On discutait. Il faisait des suggestions d'achat pour la bibliothèque. Il empruntait régulièrement des ouvrages.
— Quel genre ?
— Histoire. Quasiment que cela.
— Oui, mais quelle période exactement ?
— Je ne saurai pas vous dire.
— Dommage.

— Attendez… maintenant que j'y pense. Ma collègue pourrait sans doute vous renseigner.
— Quelle collègue ?
— Celle qui a en charge la salle Occitanie. Salle qui concerne la documentation régionale. C'est là qu'il se rendait exclusivement. Isabeau Rotoulp, habite rue Urbain V, au 3. C'est à moins de deux pas. Présentez-vous de ma part, précisa-t-il.
— Merci beaucoup, votre aide m'a été précieuse Jaufré, dit en souriant Titoan, en remettant son carnet de notes dans son sac.

Jaufré Poujouly haussa les épaules, comme pour marquer que ce n'était que peu de choses.

— Que pourriez-vous m'apprendre de plus sur la personnalité du professeur Poissenot ?

Coustou attendit. Il avait constaté que lorsqu'il se taisait, les gens lui disaient souvent d'eux-mêmes ce qu'ils pensaient.

— Je ne le connaissais pas intimement. Il me semblait être un gars correct et honnête. Je l'ai croisé à plusieurs reprises, on a discuté, c'est tout. Il n'était pas suicidaire cet homme. En tout cas, je ne l'ai jamais vu avec l'air déprimé.
— Vous parliez de quoi ?
— D'un peu de tout. D'économie, de politique, de la vie et de son évolution. Il avait une théorie.
— Laquelle ?
— En résumé, il était convaincu que la société dans laquelle on avait vécu était condamnée et que l'on n'allait pas vers un monde meilleur. Qu'il n'y avait aucune raison de se réjouir de l'époque dans laquelle nous vivions, qui a comme particularité de ne cesser de faire l'éloge d'elle-même. Mais il

était curieux de la vie, il avait une soif d'apprendre, de comprendre permanente, curieux de tout, peut-être trop curieux, qui sait ? Je vous souhaite de trouver la solution Titoan.

Ensuite, Poujouly se leva de la chaise et parti lentement, les laissant tous les deux. Après quelques pas se retournant, il les salua d'un doigt sur sa casquette puis s'éloigna tranquillement.

— Tu sais, je le connais bien, je le côtoie depuis des années. Il vient souvent à mon atelier, discuter le coup. L'air de rien, ce type est au courant de tout ce qui se passe dans l'Ecusson. Et sans doute même plus encore, mais il est très discret. Quand il l'estime nécessaire, il sait rester muet comme une tombe et donne peu d'informations.
— C'est certainement pour cela qu'il apprend beaucoup. Les gens savent qu'il ne dit rien. Donc ils lui parlent. Une sorte de confesseur laïque.
— Je ne l'avais pas vu comme cela. Tu as peut-être raison, en convint Claudi.

Cela faisait très longtemps que les deux hommes ne fréquentaient plus l'Église, mais ils savaient que le prêtre ne devait jamais divulguer les secrets qu'il apprenait en confession.

— Tu penses comme moi ?
— C'est-à-dire ?
— Qu'il en sait plus qu'il n'en dit ?
— Certainement. Il m'a confié un jour que son rêve serait de mourir de la même façon que le troubadour Jaufré Rudel, héraut de l'amour courtois mort en 1170 dans les bras de la comtesse Hodierne.
— Il est vraiment particulier.

— Tu peux le dire. Au fait. Tu devrais changer tes habitudes.
— De quoi tu parles ?
— Tu as bien affirmé qu'un type t'a accosté quand tu faisais ton jogging ?

Titoan regretta aussitôt d'avoir abordé ce sujet avec son ami, le Brueys, un peu plus tôt dans la journée.

— C'est Flo qui t'en a parlé ?

Claudi confirma :

— Il m'a appelé cinq minutes avant que tu arrives.
— Incroyable ! Il ne sait pas tenir sa langue ! La réponse est oui. Mais c'est sans doute un autre jogger d'ailleurs il faisait des étirements.
— On est sûr de rien. Tu fais du jogging combien de fois par semaine ?
— Deux, trois fois par semaine. Mardi, jeudi et samedi.
— Toujours les mêmes circuits ?
— Ben oui. Je me chronomètre sur les mêmes distances.
— Il faut changer et les itinéraires et les jours. Ce n'est pas une blague, tu m'entends !
— OK. OK. Je vais y réfléchir.
— C'est tout réfléchi, lâcha Claudi d'un air inquiet. En attendant, n'oublie pas ton sac de randonnée.
— Impeccable ! fit Coustou en s'en saisissant.
— Je vois que tu as mis les bottes que je t'ai confectionnées.
— Oui. Elles sont parfaites. D'ailleurs, je vais continuer à les utiliser en me rendant de ce pas chez madame Rotoulp.

CHAPITRE 13

D'après les informations communiquées par Jaufré Poujouly, l'appartement d'Isabeau Rotoulp se situait à proximité du magasin de Claudi Peyrottes.

Parvenu devant le petit immeuble, il regarda la liste des noms figurant sur la plaque de sonnettes. Titoan hésita un instant avant de presser le bouton de l'interphone, puis, il appuya sur le bouton-poussoir correspondant au nom de Rotoulp. Pas de réponse. Il insista.

Ce fut à ce moment que la porte s'ouvrit pour laisser le passage à une femme, la cinquantaine, brune, toute vêtue de noir, les cheveux coupés au carré. La femme le regardait étrangement. Il lui expliqua qu'il désirait voir madame Rotoulp.

— C'est à quel sujet ? demanda-t-elle sur un ton peu amène.

Après une grande inspiration et d'un ton des plus naturels, il répéta l'une de ses phrases favorites, en se forçant à sourire :

— Je suis journaliste au Clapasien, je dois faire un article sur la Médiathèque et comme elle y travaille... tenta-t-il en forme d'explication.
— Ah ! Le petit journal ! coupa la quinquagénaire.

— Oui, c'est cela le petit journal, fit Titoan, contenant l'exaspération qu'il éprouvait chaque fois qu'il entendait un adjectif diminuant le mérite de son Clapasien.

— Elle n'est pas loin. À cette heure, elle est sans aucun doute au petit square, juste-là à la Tour des Pins. Vous comprenez j'ai préféré vous poser la question. Je ne savais pas qui vous étiez. Il en arrive tellement de nos jours, dit-elle d'un air sincèrement inquiet.

— Oui. Oui vous avez bien raison dit-il, la laissant en plan devant son immeuble.

Parvenu dans le petit square, Titoan envisagea les personnes seules assises sur les quelques bancs qui occupaient le lieu. C'était bien ce qu'il craignait. Deux femmes isolées la quarantaine, sur deux bancs qui se faisaient presque face. Toutes deux lisaient. Le journaliste s'approcha, tentant d'apercevoir ce qu'elles feuilletaient. La première tenait un magazine, la seconde ce qui lui semblait être un livre de poche.

Il se risqua vers la femme qui lisait le livre de poche. Espérant ne pas s'être trompé, car il avait supposé, se reprochant presque ce stéréotype, qu'une femme travaillant en médiathèque était plus branchée lecture que people.

— Madame Rotoulp ?

Elle leva la tête vers lui, étonnée, les sourcils froncés. Il sentit dans son dos le regard de l'autre femme, une blonde qui portait les cheveux très courts.

— Oui, c'est à quel sujet ?
— Je viens de la part d'un de vos amis. Jaufré. Je suis journaliste, je travaille au Clapasien. Je suis Titoan Coustou.

— Je vous reconnais, assura-t-elle. J'ai dû vous voir dans le journal. Une photo de vous peut-être ?
— Ce n'est pas impossible, concéda Titoan, s'asseyant sur le banc à ses côtés.
— Comment m'avez-vous trouvé ?
— C'est une dame habillée de noir, qui m'a indiquée que vous vous trouviez ici.
— Ah ! Martha. J'espère qu'elle n'a pas été trop désagréable ? Toujours habillée de noir et toujours contrariée. C'est son activité principale. Ça fait cinquante-cinq ans qu'elle est contrariée et vêtue de noir, fit-elle avec un petit sourire.

Il l'observa un court instant à lumière du soleil qui passait à travers les branches des arbres. Elle avait autour de quarante ans, peut-être un peu moins, peut-être un peu plus et portait une jupe et un chandail de couleur claire, un béret de la même couleur que son chandail couvrait ses cheveux châtains. Elle paraissait intelligente et ouverte, elle ne pleurait pas, mais n'en était pas loin, un profond chagrin se lisait sur son visage lisse et pâle.

— Vous êtes sûre que vous allez bien ? Vous avez l'air un peu pâle.

Se voyant observée, elle tourna le visage et croisa son regard.

— Tout va bien. Ne vous inquiétez pas. Jaufré vous envoie vers moi pour quelles raisons ?
— Je viens vous parler d'Arcisse Poissenot.
— Ce pauvre Arcisse, murmura-t-elle dans un soupir. C'est une tragédie.
— J'enquête sur sa mort. Nous ne sommes pas certains qu'il s'agisse d'un suicide. Avez-vous entendu des propos

étranges ou inhabituels de sa part pouvant indiquer son intention de se suicider ?
— Absolument pas. Jamais !
— Vous le connaissiez bien ?
— Je le connaissais un peu. Il venait très souvent dans la sale Occitanie. Un homme courtois, discret. Un peu psychorigide.
— Psychorigide ?
— Psychorigide, c'est sans doute un peu fort. Disons qu'il avait des idées bien arrêtées et qu'il ne transigeait pas. Cela lui a causé quelques histoires à la Médiathèque.
— Il a eu des accrochages à la Médiathèque ?
— C'est arrivé quelquefois. Nous avons un public jeune, un peu bruyant, turbulent, rien de bien méchant. Alors il lui est arrivé d'élever la voix, un reste de ses années d'enseignement, je suppose.
— Rien de plus ?
— Ah oui. Je pense à un détail, insignifiant sans doute, il vaut à peine d'être mentionné, à vrai dire. Une fois, il s'est frictionné avec deux jeunes adultes.
— Comment ça ? Et pour quel motif ?
— Dans la salle Occitanie, qui est plutôt une salle d'étude. À haute voix, ils critiquaient notre mode de vie, l'enseignement, la justice, la santé, la culture, l'armée, la police. Tout, quoi ! Il n'a pas supporté. Ils ont failli en venir aux mains.
— Que s'est-il passé ?
— J'ai appelé la sécurité. Ils ont expulsé les deux perturbateurs.
— Cela a eu lieu quand ?
— Il y a bien deux ans maintenant.

— Deux ans ça fait bien longtemps ça ! Je ne crois pas qu'il y ait un lien. Prenait-il des notes sur ses recherches ?
— Oui, mais pas comme vous. Pas par écrit. Il notait tout sur son ordinateur portable.

Titoan souligna d'un gros trait noir cette information. Il faudrait vérifier ce point avec sa jeune coéquipière japonaise et retrouver ses notes.

— Vous parlait-il de ses centres d'intérêt, de sa vie privée ?
— Non. Vous savez… chez nous le silence est d'or en quelque sorte. Les bruits, que ce soit une sonnerie de portable ou bien une conversation sont systématiquement prohibés. On ne parlait pas. Ou peu.
— Vous serait-il possible de m'indiquer quels étaient les livres qu'il avait empruntés ?
— Normalement je n'ai pas le droit. Mais je le ferai car moi non plus je ne crois pas à son suicide.
— Vous croyez plutôt à un meurtre maquillé en suicide ? Pourquoi ?
— Parce qu'il ne semblait avoir aucune raison de se suicider. Et puis la veille il était passé à la médiathèque pour me faire une réservation d'un bouquin qui l'intéressait. Le connaissant comme je le connaissais s'il l'avait réservé, c'était pour le lire.
— Vous en avez avisé la police ?
— J'avais d'autres problèmes, fit-elle dans une sorte de sanglot.
— Que s'est-il passé, si ce n'est pas trop indiscret ?
— Mon mari. Le week-end ou monsieur Poissenot a disparu. Jean, mon mari est allé faire du vélo au Pic Saint-Loup. Vers midi, j'ai reçu un appel « Votre mari a été victime d'un

accident. C'est grave. » Je le découvre dans le coma, des tuyaux dans le nez, dans la bouche, des perfusions dans les bras et une batterie d'appareils de mesure autour de lui. Une vision de cauchemar. Il avait été victime d'un traumatisme crânien et d'un arrêt cardiaque respiratoire entrainant une anoxie cérébrale de plus de dix minutes. Aujourd'hui, il respire seul et il commence, enfin, à se réveiller, il a été mis dans un coma artificiel durant plusieurs semaines.

— Un accident ?

— Oui. Jean faisait du vélo tous les week-ends, en solitaire, il ne faisait pas partie d'un club. Il s'est fait renverser dans la descente du Pic Saint-Loup. D'après les constatations, les traces de pneus relevées par la gendarmerie indiquent que le véhicule qui l'a renversé s'est arrêté à trente mètres de Jean après l'avoir fauché. Ils en ont conclu que le conducteur est revenu sur ses pas, a constaté la gravité des blessures de mon mari et a pris la fuite. D'autres cyclistes ont donné l'alerte, plus tard en le découvrant sur le bas-côté. L'enquête suit son cours.

— Je suis désolé, ajouta Titoan en lui touchant le bras.

— Il va mieux à présent. Il est sorti du coma il y a quelques jours. Et après quelques mois de rééducation. Cela devra aller.

— Ah, une dernière chose, Isabeau … lança Titoan comme s'il venait juste d'y penser.

— Votre mari connaissait-il Arcisse ?

— Non. Je ne pense pas. En tout cas, il ne m'en a jamais rien dit et nous n'en avons jamais parlé.

— Je vous souhaite beaucoup de courage, ajouta-t-il en se levant.

— Je tiendrai parole. Je vous enverrai cette liste.

— Je vous laisse ma carte, fit Titoan. Je vous suis très reconnaissant

— Je dois bien ça à ce pauvre Arcisse.

En sortant du square, le journaliste croisa le regard de la femme blonde assise sur l'autre banc. Il se rappela avoir senti son regard dès son arrivée, puis posé sur eux pendant toute la durée de leur conversation. Il ne savait ce qu'elle avait pu en entendre ou comprendre. Elle le regarda d'un air atterré et se contenta de hocher la tête. Titoan se demanda ce qu'elle pouvait s'imaginer.

Parvenu dans la rue, il leva brusquement la tête vers le sommet de la Tour des Pins. Il avait eu le sentiment d'être épié discrètement du haut de l'édifice par une silhouette masculine. D'une hauteur de plus de vingt mètres de haut, cet ouvrage faisait, à l'origine, partie d'un ensemble de vingt-cinq tours qui entouraient le centre historique. Il n'en restait plus que deux. Titouan décida qu'il devrait brider son imagination, car dans sa vision, il avait nettement aperçu tout là-haut, un homme vêtu de noir, en costume, comme Nostradamus, le célèbre apothicaire et astrologue.

CHAPITRE 14

— C'est un après-midi à boire une bonne bière irlandaise. Je t'offre une Smithwick's Red Ale, et j'ai des renseignements ! proclama Florentin, tandis qu'ils observaient le ciel qui se couvrait de gros nuages, chargés d'une pluie qui n'allait pas tarder à tomber dans les rues du centre-ville envahies de piétons.

Ils s'étaient installés à la terrasse d'un pub irlandais dans l'Ecusson. Avec sa décoration typiquement irlandaise, tables, tabourets et comptoir en bois importés directement d'Irlande, lors de l'ouverture en 2004, les consommateurs pouvaient s'imaginer se trouver plutôt à Temple Bar, le quartier des pubs de Dublin. Les deux amis appréciaient le Centre Historique interdit aux voitures, ils fuyaient les coups de klaxons de chauffeurs excités et les odeurs nauséabondes des gaz d'échappement.

Deux quinquagénaires en costume assis à une table non loin de la leur sirotaient une bière allemande hors de prix au nom imprononçable. Visiblement leurs propos semblaient démonter qu'ils étaient satisfaits de leurs placements boursiers.

— D'accord, admit Titouan qui avait sorti son carnet afin de noter les informations que s'apprêtait à lui communiquer son ami.

— Bien. Comme tu le sais, suite à mon passage dans la marine, j'ai conservé quelques liens avec des camarades qui ont fait carrière dans l'armée. Voici les renseignements que j'ai obtenus. Informations communiquées à la seule condition que nous ne publions rien de cela dans le journal. Tu t'en doutes.
— Pas de problème. Je comprends. C'est aussi pour cela que nous n'avons pas cette discussion au siège du journal, je suppose.
— Tout à fait, mon cher.
— Alors ? Espion, pas espion, l'Arcisse ? Il partait souvent à l'étranger à ce qu'il paraît.
— Arcisse Poissenot fut de 1986 à 1989 assistant de prospections dans la région de Diyatheh, quatre campagnes.
— C'est où ?
— En Syrie. Puis de 1990 à 1992 fouille du site de Khirokitia, un village d'agriculteurs à Chypre, 7 000 ans avant Jésus-Christ.
— Il faisait ça quand ?
— L'été, pendant les vacances scolaires. Entre 1993 et 1998, il était dans l'équipe qui a réalisé une fouille préventive place des Martyrs, à l'emplacement du petit sérail à Beyrouth au Liban. En 1999, il propose une thèse sur la production céramologique qu'il soutient avec succès. Ce qui ne l'empêche pas de continuer à fouiller en Syrie à Tell Sianu sur la côte syrienne, puis à Mishirfeh-Qatna, au nord-est de Homs. Figure reconnue de la tradition française de coopération archéologique à l'étranger. Poissenot siège ensuite à la Commission Consultative des Recherches Archéologiques à l'Étranger du Ministère des Affaires Étrangères, jusqu'à sa retraite, il y a quelques années.

— Donc un gars sérieux, passionné d'archéologie et d'Histoire.
— Tout à fait. Mon contact m'a informé qu'il n'avait jamais été dans le radar.
— Mais pourquoi dans ce cas y avait-il un dossier sur lui ?
— En raison de ses déplacements. La Syrie, le Liban, le Moyen-Orient. Ils ont juste vérifié, c'est tout. Le monde du renseignement est un monde secret où on se méfie de tout et de tout le monde. Mon contact m'a dit qu'il était clean. D'ailleurs, je lui ai appris son décès. Il n'était même pas au courant, car ce n'était pas noté sur sa fiche.
— D'accord, c'était donc une fausse piste.
— Sans doute. Il faut creuser ailleurs, en conclut Florentin.
— Il s'appelle comment ton contact ?
— Pas mal ces bières irlandaises, ambrées à souhait, n'est-ce pas ? questionna son ami sans répondre à l'interrogation de son collègue.
— Tout à fait. Surtout dans un lieu si sympathique et tout cela accompagné par cette ballade mélancolique. Je ne connais pas cette chanson.
— C'est chanté par Luke Kelly. La chanson est « On Raglan Road », elle évoque la rencontre du narrateur avec une jeune femme aux cheveux noirs marchant dans Raglan Road, une rue de Dublin. C'est tiré d'un poème irlandais. Dans le poème, l'orateur rappelle une histoire d'amour qu'il avait eu avec une jeune femme en se promenant dans une "rue calme". Il savait qu'il risquait d'être blessé s'il poursuivait dans cette une relation, mais il avait persisté.
— Et ça s'est terminé comment ?
— Ainsi que tu peux l'imaginer ... Mal.
— Ah ! Ces Irlandaises... Mais comment sais-tu tout cela, vieux pirate ? Tu m'épates en permanence.

— Bof, fit son ami, gêné comme toujours par les compliments, passons à autre chose. Notre enquête...
— Nous devrions aller voir l'endroit où la victime, le professeur, a été retrouvé. Peut-être y apprendrons-nous quelque chose ? J'y suis déjà allé, lors de la découverte du corps, mais peut-être qu'ensemble, on trouvera un détail ? Un élément qui m'aura échappé.
— Bonne idée. On prend ma « quatre pattes », lança le plus âgé des deux amis en redressant ses lunettes avec son pouce.
— Je ne vais pas te contrarier d'autant plus que ma bagnole est à la révision. Je la récupère demain.
— Ils t'en ont prêté une ?
— Oui, bien sûr.
— C'est quoi ?
— Oh ? Une Alfa.
— Pas mal !

Quelques instants plus tard, le duo montait dans la voiture de Florentin.

— Tu sais qu'il s'agit de la première voiture française accessible au plus grand nombre, et construite juste après la seconde guerre.
— Tu radotes mon ami, cela fait au moins dix fois que tu me le dis, fit Titoan en souriant.
— Ah bon ? Je me fais vieux, mais rappelle-toi, dans chaque vieux, il y a un ado qui se demande ce qui s'est passé.
— Pourquoi je devrai me souvenir de ça ?
— Pour plus tard. Tu gardes ça dans un coin de ta tête. Un peu comme lorsqu'on offre un cigare ou bien une bonne

bouteille de vin et qu'on met ce cadeau de côté pour pouvoir le déguster au moment idéal.

Les deux hommes se turent, bercés par la musique qu'avait choisie Florentin, des ballades irlandaises. Ils longèrent le village des Matelles aux maisons de pierre typiquement languedociennes, serrées les unes contre les autres. Le décor défilait en douceur.

Sur la route de Ganges, ils descendirent vers le village de Saint-Orfons.

— Mes grands-parents habitaient à quelques kilomètres de Saint-Orfons, murmura Florentin. Quand j'étais petit, j'y venais en vacances, j'allais cueillir de la lavande chez leur vieux voisin. Il m'y autorisait bien sûr. Il aimait bien les pitchounets, c'était un gentil vieux. Le soir, en rentrant, je ramenais plein de lavande dans des sacs. Et ma grand-mère, coupait des tiges florales de vingt-cinq centimètres et les laissait sécher à plat sur des clayettes dans le garage du grand-père. Après ça, elle prenait de vieilles chemises, elle taillait des taies d'oreiller dedans et elle les bourrait avec des plumes de canard et la lavande que j'avais cueillie. La nuit, quand je m'endormais, je mettais le nez contre l'oreiller et je respirais le sud et ce parfum me suivait dans mes rêves.

Le vieux village se dissimulait, coincé dans un cul-de-sac entouré de vallons et de toute part d'une masse de rochers. Ils y accédèrent par une route étroite, passèrent devant l'église, la place centrale. Ils poursuivirent sur l'unique route étroite qui devient chemin vicinal pour finir étriquée, après avoir rebondi entre quelques maisons collées les unes aux autres. L'endroit où avait été découvert le corps du pauvre Arcisse se trouvait dans un vallon, bien après le bourg. Celui-ci avait une particularité : la commune s'arrêtait au parking. Le parking était semé de gravier, creusé par une pluie récente, parsemé de mauvaises herbes sur les bords.

Titoan ouvrait le chemin, Florentin, déjà essoufflé, s'efforçait de le suivre sur l'étroit sentier. Ils traversèrent une petite plaine et parvinrent à une combe pierreuse formée de lacets qui débouchait sur une petite gorge étroite percée de grottes. Le chemin était raide et Coustou ne tarda pas à retrouver le rythme lent de la marche qu'il adoptait dans ses randonnées en montagne, qu'il pouvait tenir pendant des heures. Ensuite, ils descendirent la pente. Le plus jeune des journalistes avait ralenti son pas, il s'était mis au rythme de son ami. Malgré cela, le plus âgé des deux hommes faillit glisser, mais se rattrapa au dernier instant, dans un grand éclat de rire. Le sentier se rapprochait du cours d'eau en tanguant. Des alluvions et de gros cailloux bordaient le ruisseau. Les deux hommes s'arrêtèrent pour reprendre leur souffle et profiter de la vue.

— Tu devrais t'arrêter de fumer, le réprimanda Titoan.
— Je sais. Tu te rends compte ? Ce petit ruisseau. Le Lamalou est l'un des affluents de l'Hérault et dès qu'il y a de fortes pluies ou pire un épisode cévenol, il peut se transformer en torrent.
— Le débit est faible aujourd'hui. Selon la saison, ses eaux sont plus ou moins hautes, jusqu'à disparaître en été quand le Lamalou emprunte uniquement des voies souterraines, fit Titoan reprenant sa marche.
— Tu sais qu'ici c'est le paradis des salamandres ?

Coustou avait déjà entendu cette histoire, mais il savait que Florentin allait se faire un plaisir de la raconter :

— En occitan on les appelle des blandes, elles ont le pouvoir de guérir les brûlures. Pour cela, il suffit de placer la bête sur la plaie et réciter une prière pour guérir aussitôt.

Un instant plus tard, près d'un groupe de quelques chênes verts, Titoan montra du geste :

— C'est ici. C'est à cet endroit que les randonneurs ont retrouvé le corps d'Arcisse Poissenot.

Les deux journalistes se turent. Le seul bruit qu'ils percevaient à présent était le murmure du vent dans les arbres. Puis, tendant l'oreille, une autre musique vint s'en mêler, c'étaient les clochettes des chèvres et des moutons qui paissaient sur un vallon en face, un peu plus haut. Les deux amis levèrent la tête et aperçurent à deux ou trois cents mètres un petit troupeau de bêtes. Pendant un instant qui sembla durer une éternité les deux hommes demeurèrent immobiles. Titoan eut soudain l'impression éphémère, que son esprit venait de s'échapper de ses rives, de se libérer dans l'espace et dans le temps. Ses pensées dérivaient comme sur une rivière invisible. Il n'entendait pas Florentin qui lui parlait.

— Tu m'écoute ?
— Quoi ? Oui, heu, non, je réfléchissais.
— Tu réfléchissais … s'étonna Florentin. Je te disais, il n'est pas venu tout seul. Mais ça, on s'en doutait déjà.
— Il a été emmené de force d'après toi ? questionna Titoan.
— Possible. De force, ou bien assommé. Car, sur cette distance, à vingt-cinq kilomètres de Montpellier et environ près de deux kilomètres à pied du parking, impossible de s'. On peut supposer qu'il a suivi ses agresseurs de sa propre volonté, ou bien il a été pris par surprise.

— C'est un endroit assez isolé pour avoir été choisi par les agresseurs pour tuer le professeur.
— Oui, d'ailleurs chaque année, il y a au moins un ou deux touristes qui s'enfoncent trop loin dans cette région et qui disparaissent. On en retrouve certains, fit Florentin en souriant.
— On n'est pas plus avancé. Et si sur notre retour, on s'arrêtait au village ?
— À Saint-Orfons ?
— Oui, ça ne coûte rien de se renseigner.
— Pourquoi pas. On a rien à perdre !

Titoan observa une dernière fois l'étroite vallée d'où surgissait de part et d'autre une forêt de chênes et de garrigues odorantes. Il se mit à contempler l'herbe verte poussée par le vent et qui ondulait comme un océan houleux. Un peu plus haut, un couple de buses variables se laissait porter par les couloirs d'air. C'était un lieu paisible, un peu magique, comme Coustou les aimait. Pas le genre d'endroit où supprimer un homme.

CHAPITRE 15

Les deux hommes revinrent vers le modeste parking, qui était situé juste avant un petit pont. Un peu plus tard, tout en conduisant lentement pour retourner au bourg, Florentin précisa :

— Je ne pense pas que nous obtenions beaucoup de renseignements ici.
— Pour quelles raisons ? questionna Titoan.
— C'est un endroit assez particulier, un village aux antagonismes exacerbés, en raison, notamment, de difficultés sociales mais aussi et surtout de vieilles histoires avec les étrangers, comme ils disent.
— Ils en sont toujours là ?
— Oui. Je ne suis pas de ceux qui pensent que ces gens ont des traits de caractère qui illustrent une riche psychologie individuelle.
— A ce point ?
— Et je pense que s'ils savent quelque chose ils le garderont pour eux. Mais ça vaut le coup d'essayer.

Quatre hommes, casquette vissée sur la tête étaient installés sur la place centrale du village devant le café, assis sur le banc. Ils discutaient, mais dès qu'ils virent les deux journalistes descendre de voiture et s'approcher de leur petit groupe tout s'arrêta.

— Bonjour, lança Florentin d'un ton qui se voulait amical.

La réponse fut un murmure collectif qui pouvait tenir de salutation. Le plus âgé des autochtones fit comme si de rien n'était, observant ostensiblement ses pieds.

— Nous sommes journalistes au Clapasien, nous enquêtons sur le décès du professeur d'histoire. Vous êtes au courant ?

Un marmonnement général s'entendit, cela ressemblait à une réplique positive.

Titoan prit la suite et poursuivit :

— Il est mort dans les collines vers le 25 novembre. On voudrait savoir si l'un d'entre vous a vu quelque chose d'anormal ou de particulier à cette période.

Le silence fut la seule réponse. Uniquement perturbé par le cri d'un oiseau qui s'était posé sur les branches d'un platane solitaire donnant de l'ombre sur le banc.

Florentin, l'air excédé se rapprocha du groupe.

— Ecoutez... Nous ne sommes pas là pour vous ennuyer, ou vous poser des problèmes, nous enquêtons sur la mort d'un brave homme. Un gars de la région, respectueux des coutumes et des valeurs traditionnelles ! affirma-t-il d'une voix suffisamment forte pour être bien entendu par toutes les personnes présentent sur la place.

Les villageois échangèrent des regards afin de savoir si l'un d'entre eux avait quelque chose à déclarer et si tel était le cas, décider quel membre du groupe allait témoigner. Leurs yeux semblaient tellement habitués à se plisser au soleil qu'on aurait pu jurer qu'ils étaient myopes comme des taupes.

— Moi j'ai rien vu et rien entendu, d'ailleurs à cette période je ne suis pas sorti, je ne pouvais pas, j'avais la grippe, lâcha enfin un homme d'environ soixante-dix ans, qui devait être le plus âgé du groupe.

— Moi j'étais pas malade, mais j'ai rien vu, faut dire qu'à cette période il faisait assez froid, fin novembre, on reste pas sur la place, répliqua un autre un peu plus jeune.

— Sans doute, soutint Titoan, mais à défaut d'être dehors, vous auriez pu voir quelque chose de la salle du café, qui est juste derrière vous, en plus elle a des grandes baies vitrées.

— Avoir pu voir, quelque chose comme quoi ? lança agressivement l'un des quatre compères, la cinquantaine bedonnante.

— Je ne sais pas, par exemple, une ou bien deux voitures traversant le village à vive allure, par exemple. Qui sont passées, puis qui ont réapparues quelques heures plus tard, dans l'autre sens, comme pour retourner d'où elles venaient.

Sans réponse, Florentin insista :

— C'est étrange. J'ai toujours entendu dire que les gens étaient curieux. Surtout à la campagne et surtout quand un inconnu se pointe.

Pendant toute la durée de leur intervention, les journalistes avaient parlé suffisamment fort pour que leurs paroles soient comprises, non seulement par le groupe assis sur le banc, mais également par les deux ou trois hommes installés sur la terrasse du café qui se situait juste à côté.

— Oh ! Les gars ! aboya le quinquagénaire. L'un d'entre vous, a-t-il vu quelque chose d'anormal, ce jour-là, genre un convoi exceptionnel ou un tank qui serait passé sur l'unique route traversant le village ? Si oui qu'il le dise, qu'on en finisse et qu'on puisse aller boire tranquillement nos bières !

Un éclat de rire unanime fut la seule et dernière réponse du groupe vers les deux hommes, qui dépités remontèrent dans la quatre-chevaux et prirent le chemin du retour. On entendit au loin un fracas de verre brisé.

— On dirait le bruit de bouteilles de vin, fit Florentin.
— Ouais, Pic Saint-Loup, à mon avis.
— Cuvée 2018.

Titoan vit les doigts de son ami se serrer autour du volant.

— Mon grand-père n'aimait pas les gens de Saint-Orfons. Il disait même qu'en raison de leur travail quotidien sur leurs cultures en pente, ils avaient une jambe plus courte que l'autre et qu'il en était de même pour leur cerveau, un côté diminué par rapport à l'autre. C'est des vieux râleurs, comme disait mon ami Joseph Michel : le genre de vieillards qui peut mâcher des clous et recracher la rouille.
— Joseph Michel ?
— Je ne t'ai jamais parlé de Joseph Michel ?
— Non.
— Faudra que je te raconte. Je te ramène chez toi. On se retrouvera demain au bureau. OK ?
— OK. Nous n'avons pas obtenu de résultat aujourd'hui. Pourquoi nous n'obtenons pas de résultat ?

— Je ne sais pas. On ne cherche pas au bon endroit, on ne pose pas les bonnes questions, on n'interroge pas les bonnes personnes. Va savoir ! Il ne faut pas abandonner. Il nous faut poursuivre nos recherches.

— Ce n'était pas un saint. Il y a sans doute un secret ou bien une faille quelque part.

— Les saints n'existent pas ! Si j'attendais de tous les gens que j'aime et admire qu'ils soient des saints, je n'aimerais ni n'admirerais pas grand monde. Les saints n'existent pas, du moins comme on les imagine, lança Florentin.

— Ce gars-là a toujours été très indépendant. Et semble avoir toujours été marqué par la loyauté et l'intégrité, au plus profond de lui-même. D'autre part, il ne s'occupait pas trop de ce que les gens pensaient de lui.

— Derrière les sourires et les visages rieurs du quotidien, il y a tout ce qui heurte, les fêlures, les mensonges, les erreurs et les secrets. Les gens ne vous montrent jamais que ce qu'ils ont envie de montrer. C'est cette part cachée qu'il nous faut découvrir.

Il faisait nuit et sortait du journal lorsque son téléphone vibra. L'appelant avait un numéro inconnu. Toutefois, Coustou décrocha :

— Allo ?

— C'est vous qui cherchez des informations sur Poissenot ? lui demanda une voix manifestement trafiquée par un vocodeur.

— Vous êtes qui ?

— Un informateur anonyme. Qui peut vous renseigner sur la mort du professeur.

— Que pouvez-vous m'apprendre ?

— Rien par téléphone. Rendez-vous, seul, dans trente minutes au pied de l'Hortus.
— Je n'ai pas pour habitude de me rendre à des rendez-vous, de nuit, en solitaire avec des inconnus. Qui êtes-vous ?
— Vous auriez peur ? Ecoutez, c'est à prendre ou à laisser. Si vous ne venez pas, tant pis pour vous. Pas de rendez-vous, pas d'info ! lui intima son interlocuteur.
— C'est d'accord. Mais j'espère que cela en vaut la peine !
— Vous ne serez pas déçu, je vous le garantis, alors dépêchez-vous ! Je vous attends ! lui répondit avec virulence la voix déformée.
— Ne coupez-pas ! Je vous reconnaîtrai comment ?
— Pas besoin. Moi je vous reconnaitrai ! Et puis le soir au pied de l'Hortus sur le parking, il n'y a pas foule. Venez seul, sinon pas d'info. OK ?!

Titoan connaissait bien l'itinéraire qui menait à l'Hortus. Le Pays de Londres, comme le nommait Florentin, c'était un court vallon d'une dizaine de kilomètres conquis sur la garrigue, au nord de Montpellier. Limité à l'ouest par le massif de la Séranne et à l'est par la vallée de Montferrand, à laquelle on accédait par une large brèche que bordaient la montagne d'Hortus au nord et le Pic Saint-Loup au sud. Il prit la route de Valflaunès, puis du Rouet. Comme il faisait nuit, il savait qu'il ne pourrait apprécier le superbe panorama sur le Pic et au-delà jusqu'à la mer. Et il ne pourrait voir non plus la Séranne, l'Aigoual et le Mont Lozère. Il roulait vite malgré sa méconnaissance de l'Alfa Roméo que lui avait prêté son garagiste.

Il fit le parcours en trente minutes, stoppa son véhicule sur le parking. Il était seul. Pas une autre voiture à l'horizon. Il jugea plus prudent de rester dans l'habitacle. Tout au long du trajet, il s'était questionné sur la sincérité de son interlocuteur. Après réflexion, il s'était persuadé d'aller au rendez-vous. Même si à présent et au fil des minutes, il était convaincu qu'il s'agissait d'un bobard, peut-être d'un traquenard. Il attendit ainsi trente minutes puis décida de ne plus moisir ici et de faire demi-tour. La plaisanterie avait assez duré.

Il ouvrit la vitre, pour s'assurer qu'aucune voiture n'arrivait. Mais rien. Aucun bruit. Le ciel était d'un noir intense, sans nuages, éclairé par des milliers d'étoiles, on aurait pu croire qu'elles s'y étaient toutes donné rendez-vous.

Il démarra, roulant lentement, rien ne pressait à présent. La route était sinueuse, vitre ouverte Titoan goûtait au plaisir de cette brise de printemps qui annonçait un début d'été ensoleillé.

Son regard fut soudain attiré par un léger reflet dans le rétroviseur. Non loin, derrière lui, une voiture suivait la sienne ! Il n'y avait pas de phares, juste une ombre mouvante à une certaine distance. Il accéléra. Aussitôt, son ou bien ses poursuivants allumèrent les phares éblouissants de leur voiture. Ils n'avaient plus rien à cacher maintenant. Coustou conservait la tête froide et prenait les tournants le plus rapidement possible, mais sa voiture risquait de quitter la route à tout moment s'il roulait trop vite. Les virages en épingle à cheveux étaient tellement serrés qu'à chaque courbe, il manquait de se retrouver dans le décor. Il dérapait à chaque lacet pour gagner quelques précieux mètres. Mais le conducteur derrière lui faisait de même, il coupait chaque virage à la corde, c'était un modèle 4 x 4 noir surélevé. Le véhicule arriva derrière lui à toute vitesse en faisant gronder son moteur. Titoan était pied au plancher sur cette route en pente plutôt sinueuse et il avait littéralement l'impression de s'envoler sur chaque courbe, il continuait de foncer au mépris du danger et jeta un regard au rétro. Son rythme cardiaque devait atteindre les 180 pulsations à la minute. La route était déserte, seuls les bruits des moteurs déchiraient le silence.

Parvenu au carrefour qui annonçait l'entrée de Valflaunès, il fut surpris de tomber sur un point de contrôle routier de gendarmerie, qui, il le constata, n'était pas encore tout à fait installé. Ceci n'empêcha pas l'un des gendarmes de lui signifier de stopper son véhicule.

À la vue des forces de l'ordre le 4x4 des poursuivants fit un rapide demi-tour dans un crissement de pneus assourdissant.

D'un geste, les gendarmes lui firent signe de déguerpir et prirent immédiatement en chasse la voiture des fuyards. C'était bien la première fois où Coustou était heureux de croiser une voiture de gendarmerie.

Titoan était connu dans la profession pour avoir des nerfs d'acier, ce trait de caractère lui avait une nouvelle fois sauvé la vie. Certains disaient que les gens qui frôlaient la mort étaient transformés à jamais. Il était persuadé que cette dernière épreuve ne le changerait pas. Sans doute parce qu'il avait déjà croisé la route de la camarde à plusieurs reprises. Mais il se reprocha sa trop grande naïveté et surtout son imprudence. Le journaliste se força à respirer profondément et considéra la situation. Il savait à présent, qu'ici, dans son pays natal, il était la cible d'ombres dépourvues de visage. Le danger pouvait être partout.

Toutefois, il décida de n'en dire mot à quiconque et certainement pas à Florentin. Du moins, pas encore.

CHAPITRE 16

En rentrant chez lui, Titoan sortit du meuble de rangement un CD de Pink Floyd : The Division Bell. Il se tourna vers la fenêtre. Personne dans la rue. La vitre lui renvoya le faible reflet de son visage. La musique emplissait l'espace relativement réduit de la pièce et un sourire lui vint aux lèvres. La mélodie des chansons de Pink Floyd lui permettait de se décharger de ses tensions, de ses angoisses, l'apaisait pour mieux réfléchir, ainsi, il faisait abstraction des bruits extérieurs. Il passa un long moment installé sur son balcon à écouter le groupe de rock progressif à la mélodie planante. Il contempla l'un des derniers rayons de soleil qui se déversait à l'oblique par les fenêtres de l'immeuble voisin sur la façade ocre de l'Hôtel particulier qui faisait face à son appartement. Il se dirigeait vers sa chambre lorsque la cloche de la chanson High Hopes conclut le titre et l'album. Bizarrement, au même moment la cloche de l'Église Saint-Léon, qui se trouvait environ à cinq cents mètres, annonça vingt-deux heures.

Cette coïncidence fit sourire le journaliste qui décida d'aller se coucher.

Entre sommeil et veille, il entendait les notes de la dernière chanson High Hopes, les cloches du dernier morceau, les cloches de la division. Et les paroles : « The ringing of the division bell had begun » qu'il traduisait en « L'heure du verdict approchait à grands pas ». Bientôt, il s'endormit.

Le lendemain matin, le téléphone de Titoan sonnait au moment où il pénétrait dans son bureau. Il répondit par son nom en se débattant pour retirer son blouson de cuir, le combiné coincé entre l'oreille et l'épaule, pendant qu'il essayait de dégager ses bras des manches.

— C'est Isabeau Rotoulp, murmura doucement une voix hésitante.
— Bonjour Isabeau.
— C'est pour vous informer que j'ai pu imprimer une liste. Je ne parle pas fort, car je vous appelle de la Médiathèque.
— D'accord. C'est formidable. On se voit où et quand ?
— Aujourd'hui, je travaille, je suis prise toute la journée. Mais si vous voulez, on peut se voir vers dix-huit heures.
— Parfait. Mais où ?
— Dans l'église Saint-Roch, si cela vous convient.
— D'accord, pas de problème, assura Titoan avec entrain.

Dans la matinée, toute l'équipe rédactionnelle du Clapasien se retrouva dans la salle de réunion. Titoan, puis Florentin firent un résumé le plus complet possible de leur enquête. La jeune Matsumi n'avait rien trouvé de nouveau, elle allait analyser l'ordinateur portable afin de vérifier si des fichiers ou des mails avaient été supprimés. Coustou ne souffla mot de la tentative d'agression dont il avait été victime la veille.

En fin d'après-midi, Titoan partit à pieds à son rendez-vous. Compte tenu de la circulation, il savait qu'il mettrait bien moins de temps en marchant qu'en voiture et puis cela lui permettait de conserver la forme. D'autre part l'accès à Saint Roch était interdit aux véhicules.

Il passa rue Jacques d'Aragon. Il aimait flâner dans les vieilles rues montpelliéraines, notamment par celle-ci. On racontait que c'était là, au 2 de la rue, pour le bonheur des Montpelliérains, qu'était né Jacques d'Aragon fils de Marie de Montpellier et de Pierre d'Aragon, alors seigneur de cette belle ville. Et c'est au même endroit qu'en juillet 1645 lors d'une révolte de près de deux cents de ses habitants que madame Falgueiroles, alors propriétaire du Palais, fut tuée d'un coup d'arquebuse à la tête, sa maison pillée et les meubles brûlés.

Il y avait encore de nombreux touristes sur la place Saint-Roch lorsqu'il arriva un peu avant l'heure. Il y avait beaucoup de monde. La moitié de la ville semblait s'y être donnée rendez-vous. Les cafés et restaurants situés alentour se préparaient à accueillir leurs clients. Le soleil qui passait par-dessus les toits rendait visible leurs reflets dans la vitre du bar le plus proche.

Jetant un coup d'œil circulaire, il ne voyait toujours pas Isabeau. En patientant, comme à son habitude, il ne put s'empêcher d'admirer le magnifique trompe-l'œil qui faisait face à l'entrée de l'église. Les artistes qui avaient peint le mur avaient semé ici ou là des indices historiques. Sur une partie de la façade, ils avaient alterné fenêtres réelles et fenêtres en décor. Clignant des yeux, il en prit une photo pour sa mémoire intime.

Debout, sur les marches du parvis, il observait la foule, espérant voir la documentaliste. Soudain, il sentit une présence derrière lui, ou bien un frottement très léger, il ne sut pas trop. Puis, il sentit son parfum avant de la voir. Parvenue presque face à lui, l'inconnue croisa son regard, le soutient quelques instants, puis sourit. Pendant quelques secondes, ils se dévisagèrent. Ce fut un instant particulier : un courant de bienveillance passa des yeux bleus de la femme, aux prunelles noisette de Titoan. Ensuite, elle s'éclipsa parmi les touristes et visiteurs, laissant Titoan perplexe.

Au même instant, une main légère se posa sur son épaule.

— Monsieur Coustou ?

Titoan était encore troublé de cette rencontre inattendue, qui l'avait pris de court et ne put que balbutier des mots sans suite.

— Ah oui ! C'est vous ? Bonjour…
— Oui. Nous avions rendez-vous.
— Oui. Oui. Excusez-moi. J'étais un peu dans la lune, murmura le journaliste gêné.

Coustou vit qu'elle était pâle, les traits creusés par la fatigue.

— Ce n'est rien fit-elle amusée. Mais je préférerais que nous rentrions dans l'église. Il y a trop de monde ici. Dedans, ce sera plus discret, et puis nous serons plus à l'aise. Cela ne vous dérange pas ?
— Non, bien sûr.

Ce n'était pas la première fois que Titoan pénétrait dans l'église Saint-Roch. Il admirait le vitrail du chœur représentant saint Roch allant à la cathédrale de Montpellier escorté de son chien. La cathédrale était parfaitement symétrique contrairement à l'original et le ciel bleu apparaît au travers du porche grand ouvert dans l'attente du saint qui était représenté à la façon du sculpteur montpelliérain Auguste Baussan.

Ils s'assirent sur un banc, côte à côte, à l'écart des fidèles qui priaient et des touristes qui admiraient les vitraux et les statues. Ils étaient dans la pénombre, humant l'air imprégné de traces d'encens mêlées au parfum des fleurs, contemplant les flammes des petites bougies votives se refléter sur la balustrade d'acajou devant l'autel.

— Vous venez souvent Isabeau ?
— J'y viens régulièrement depuis l'accident de mon mari. Je me sens ici comme chez moi, bizarrement. Avant, je ne pensais même pas à rentrer dans une église si ce n'est pour apprécier les œuvres d'art. Ici, je me sens apaisée.
— Bien sûr, acquiesça Titoan en hochant pensivement la tête. Oh oui, bien sûr, je comprends.

Isabeau regarda le dossier posé sur ses genoux puis releva les yeux, elle lui tendit une chemise bleue.

— Voici la liste des livres qu'Arcisse a emprunté au cours des douze derniers mois.
— Puis-je vous poser une question ? Pourquoi l'avez-vous imprimé et non pas téléchargé sur une clé USB par exemple ?
— Mon poste de travail ne le permet pas, affirma-t-elle en souriant, nous n'avons pas de port USB sur nos ordinateurs. Nous sommes dans l'administration…
— Je comprends, ça ira très bien, ne vous inquiétez pas.
— Comme je vous le disais, il s'agit surtout de livres d'histoire régionale.
— Je vais éplucher la liste. Peut-être cela nous donnera une piste.
— Je le souhaite. À mon tour, je peux vous poser une question, si vous le permettez ?
— Oui bien sûr, autorisa Titoan.

— Pourquoi m'avez-vous demandé si mon mari connaissait le professeur d'histoire ?
— Pour rien de particulier, ce qui m'a étonné c'est la quasi-simultanéité de la disparition d'Arcisse et l'accident de votre mari.
— Vous pensez qu'il pourrait y avoir un lien ?
— À ce stade de nos recherches nous n'avons rien trouvé de tel. Mais vous pouvez compter sur moi pour vous le dire si cela était avéré, bien sûr. Si quelque chose vous revient en mémoire, même un élément qui vous paraîtrait insignifiant, appelez-moi.
— D'accord, je le ferai sans faute, dit-elle doucement.

À cet instant, un homme s'approcha d'eux. Le sourire bienveillant. Titoan comprit qu'il s'agissait du prêtre en remarquant la croix qu'il portait accroché à sa veste. Il avait la cinquantaine, le teint hâlé, près d'un mètre quatre-vingt, des cheveux courts qui paraissaient être blonds.

Il se racla la gorge avant de s'adresser à Isabeau :

— Comment va votre époux ?
— Légèrement mieux. Il va s'en sortir, mais il ne récupérera jamais ses facultés et sa mobilité d'avant ce malheur.
— Je vous souhaite beaucoup de courage. Et n'oubliez pas que cette église vous est ouverte, fit-il en ouvrant les bras.
— Oui. Je sais, je vous remercie mon père. Titoan, laissez-moi vous présenter, le prêtre de la paroisse Charles Jamme.
— C'est terrible ce qui est arrivé. Je ne comprends pas que les auteurs de l'accident ne se soient pas arrêtés pour lui porter secours ! s'exclama l'homme d'Église.

Coustou vit le prêtre s'agripper au dossier du banc, avec tellement de force que les jointures de ses mains en étaient devenues blanches.

Il avait haussé le ton, provoquant la surprise de ceux qui priaient et arrêtant net le bourdonnement des conversations de dizaine d'individus parlant à voix plus ou moins basse dans l'église. Comme une vieille maladie, sa colère l'avait pris par surprise, il en sembla confus :

— Excusez-moi. Je devrai savoir me modérer. Mais c'est plus fort que moi, je ne supporte ni l'injustice, ni la malhonnêteté. Je me laisse emporter par mes émotions et j'ai du mal à les maîtriser, ce sont sans doute des séquelles de ma vie antérieure.
— Vous n'avez pas toujours été prêtre ? s'enquit, curieux, Titoan.
— Je suis fils de militaire issu d'une famille profondément catholique aux traditions ancrées dans l'histoire. Alors j'ai d'abord été militaire. Cela vous étonne, non ?
— J'ai du mal à comprendre le parcours. Mais je suis prêt à tout entendre.
— L'armée c'est un engagement personnel très fort, une vocation, comme la religion. Armée et religion ne sont pas incompatibles. De mon point de vue, le militaire est là pour rétablir ou maintenir la paix. Et puis, j'ai prié toute ma vie, j'ai toujours été très pratiquant, même lorsque j'étais officier.

Titoan prit un air perplexe, Isabeau l'observait l'air amusé.

— Vous ne croyez pas ? monsieur… monsieur…questionna le prêtre.

— Titoan Coustou. Je ne comprends pas votre question. Je ne crois pas... En Dieu ?
— Oui.
— Je ne voudrais pas vous offenser.
— En disant que vous n'êtes pas croyant ?
— En disant que je ne sais pas.

Le prêtre haussa un sourcil, puis inclina la tête avant d'afficher un sourire de contrition.

— Voilà qui ne risque pas de m'offenser Titoan. J'estime que c'est un point de vue parfaitement raisonnable. Et cela laisse la porte ouverte à de nombreuses discussions.
— Malheureusement, mes journées sont exclusivement consacrées à mon enquête sur la mort d'Arcisse Poissenot et je n'ai guère de temps.
— Le professeur d'histoire que l'on a retrouvé mort ? Vous êtes journalistes ou policier ?
— Je suis journaliste et nous enquêtons sur ce décès, car nous pensons qu'il a été tué, fit Titoan à voix basse.
— Ah oui ! Maintenant que vous le dites, j'ai lu vos articles sur la mort de ce pauvre homme et je peux me tromper, mais j'ai eu comme l'impression que vous en saviez plus que ce que vous avez écrit... J'ai le regret de devoir vous dire que je ne peux vous venir en aide. Vous savez que les prêtres ne sont pas autorisés à répéter ce qu'on leur confesse, même les choses les plus terribles. Et puis, je ne sais rien.
— Je ne vous le demande pas. Il y a peu de chances que le ou les meurtriers confessent leur crime.
— C'est vrai. Le nombre de fidèles diminue régulièrement et puis les crimes ne sont pas des choses que l'on avoue dans

un confessionnal, assura le prêtre d'un ton neutre. Je vais vous dire… Sur cette terre, personne n'est ce qu'il prétend être. Personne, affirma-t-il. Vous voyez dans la nef cette statue de Saint-Roch ?
— Oui. La statue en marbre blanc ?
— Je ne vous ferai pas l'affront de penser que je vous apprends qu'il est né à Montpellier. Et qu'il n'existe aucune représentation de lui, tel qu'il était réellement.
— Non. Tout le monde sait cela.
— Bien. Alors venez, venez… Rapprochez-vous tous les deux et regardez bien ce visage. Le visage de la statue. Vous l'avez sans doute déjà vu, mais ailleurs. À qui vous fait-il penser ?

Isabeau et Titoan s'approchèrent de l'œuvre d'art et examinèrent le visage de Saint-Roch. Simultanément, ils firent de la tête un signe de dénégation. Non, ils ne voyaient pas.

— Frédéric Bazille, le peintre, mort à la guerre en 1870 !
— Mais il était de famille protestante ! affirma, complètement déconcerté, Titoan.
— Oui. Mais le jeune peintre impressionniste était l'un des élèves du sculpteur Baussan et lorsqu'il a sculpté la statue de Saint-Roch, plus de vingt ans après sa mort en 1892, il a obtenu l'autorisation de la famille Bazille de reprendre la physionomie de Frédéric Bazille prématurément décédé.

CHAPITRE 17

Après avoir pris congé d'Isabeau et du prêtre, Titoan sortit de l'église. Traversant la cohue, il portait sous le bras la précieuse chemise bleue que lui avait remise la bibliothécaire. Les ruelles de l'Ecusson étaient sillonnées de badauds, marchant sans but précis. Tout en progressant d'un pas vif, il songeait à la conversation qu'il avait eue avec le ministre du culte. Il se demandait si ce dernier savait quelque chose et si ces remarques concernant le fait que personne n'était ce qu'il prétendait être, laissaient à penser qu'il était au courant d'un élément important pour son enquête. Était-ce un sous-entendu ? Et le fait qu'il précise que Frédéric Bazille, le peintre protestant, avait servi de modèle pour créer la statue du très révéré saint Roch, était-ce un symbole ou bien autre chose ? Une fois encore, il se rendait compte à quel point il était aisé d'être isolé au milieu de la foule.

Ses pas le guidèrent presque naturellement vers la promenade du Peyrou située en périphérie de l'Ecusson. Il s'assit sur un banc afin de prendre connaissance des documents qu'Isabeau lui avait remis.

Mais sitôt installé, il fut surpris par l'arrivée imprévue du sieur Thiboutot. Il était habillé de couleurs complètement différentes de leur précédente rencontre. Car cette fois-là, il portait un pantalon bleu, une chemise blanche à manches longues sous un gilet bleu, un nœud papillon de la même couleur et un chapeau couleur ciel. Il avait un journal sous le bras qu'il agita d'une main joyeuse vers Titoan, qui rangea le plus rapidement possible la chemise dans son inséparable sac de cuir.

Il jeta un coup d'œil alentour afin de s'assurer qu'un chien ne risquait pas de subir l'ire du professeur. Ce dernier se dirigea vers lui, sourire aux lèvres, main tendue, sa poignée était ferme. Il s'assit à ses côtés.

— Je peux me joindre à vous ?
— Avec plaisir. Quelle surprise monsieur Thiboutot vous voilà bien éloigné de votre lieu habituel de flânerie !
— C'est exact. Je faisais juste une petite promenade, et mes pas m'ont guidé ici, un peu comme vous jeune homme. Puisque j'ai le plaisir de vous croiser, puis-je vous demander si votre enquête avance ?
— Pour le moment on récolte un maximum d'éléments avant de tenter de tirer des conclusions, avoua évasif, le journaliste, qui était parfaitement conscient que le terme de jeune homme ne pouvait plus s'appliquer à lui depuis bien longtemps.

De l'endroit où il se trouvait, Titoan pouvait admirer la statue équestre en bronze de Louis XIV. Un couple s'installa aux pieds de l'œuvre d'art. Elle, frêle silhouette, de noir vêtu, sans talons, qui s'exprimait avec des gestes vifs et déterminés. Le musicien qui l'accompagnait à l'accordéon, était trapu, planté sur des jambes courtes, casquette sur l'oreille, teint brique, l'air volontairement canaille, cigarette au bec.

La chanteuse entama le premier couplet de l'Accordéoniste d'Edith Piaf. Aussitôt, les badauds interrompirent leurs déambulations, les conversations s'arrêtèrent, la voix de la femme était magnifique, elle était accompagnée de la plus belle des façons par l'accordéon. Même Thiboutot n'osait ouvrir la bouche. La foule semblait fascinée, et même émue.

Titoan l'observa attentivement. La jeune femme avait un visage juvénile et frais, elle avait une croix autour du cou et ne portait aucun maquillage. Son teint était pâle, le nez légèrement retroussé, une bouche large, de grands yeux d'un noir profond et envoûtant. Coustou remarqua que ses yeux pleins de vie voltigeaient sans cesse d'un spectateur à un autre. Le public semblait conquis et fit au duo une ovation sincère et enthousiaste. Le couple conforté par la bienveillance de l'assistance poursuivit son récital.

Le journaliste avait sorti son bloc-notes de son sac, prêt à relever les éventuelles informations que pourrait lui délivrer son interlocuteur.

Le professeur se retourna vers le journaliste en lui disant :

— Elle a beaucoup de talent cette petite !
— Effectivement, une jolie voix ainsi qu"une présence magnétique. Elle mériterait de faire une belle carrière.
— Comme vous le savez sans doute, le talent n'a rien à voir avec le succès, affirma l'homme en haussant les épaules.

Titoan approuva d'un hochement de tête. Il sentait son interlocuteur en veine de confidences.

— Alors, vous avez pu interviewer des membres de l'Amicale du pauvre Arcisse ?
— Oui, quelques-uns, fit le journaliste vaguement.

— Certains sont de sacrés numéros. Il y a de nombreux commérages et des rumeurs infondées ! C'est la raison pour laquelle il est difficile de faire la part du mensonge et de la vérité.

Puis il se tut. Après un moment de silence. Titoan le questionna à nouveau et lorsqu'il réagit, le professeur donna au journaliste l'impression d'un homme qui avait du mal à croire ce qu'il racontait.

— Comme vous le dites. Vous en connaissez ?
— Un petit nombre d'entre eux, notamment le sieur Matteo Accattabriga. Il est d'origine italienne du côté paternel et il le proclame à chaque occasion, même si aucun membre de sa famille proche n'a mis les pieds dans la péninsule depuis plus d'un siècle.
— Ah oui ! Le courtier de Saint-Gély. Et qu'en pensez-vous ?
— J'ai une mauvaise ouïe, mais des bruits courent sur lui.
— Quel genre ?
— Il n'est pas que courtier. Il ne fait pas que ça, il fait des affaires comme il l'affirme. Il est fasciné par l'argent, tout lui est permis pour arriver à ses fins.
— Comme quoi, par exemple ?
— Je ne sais pas trop mais on assure qu'il reçoit beaucoup dans sa luxueuse propriété. Qu'il a un fort penchant pour l'alcool, la drogue et je ne vous avais pas encore avoué qu'il était aussi un coureur de jupons. Peu importe le procédé, il ne se limite pas à ses invitations, aux cadeaux, pots-de-vin, auprès de certaines personnes influentes pour obtenir des informations ou des marchés. On dit que ce type a cent idées par jour, dont trois ou quatre sont bonnes, les mauvaises langues ajoutent que pour son malheur, c'est qu'il ne sait pas lesquelles.

— Je veux bien admettre que ce soit un type dénué de scrupule mais...

Le professeur le coupa :

— C'est le genre de personne dont les exigences morales appliquées au reste du monde sont strictes, mais qui savent toujours trouver des excuses à leurs défauts personnels.
— Soyez plus précis.
— On dit que des hommes d'affaires, dont il fait partie, évidemment, se rencontrent tous les vendredis soir à 18 heures à l'Hôtel Saint-Marc.
— Je ne connais pas cet endroit.
— C'est un hôtel particulier construit en 1782 pour le marquis de Saint-Marc, poète, auteur dramatique et collectionneur, afin d'y loger sa galerie de tableaux.
— Et que s'y passe-t-il ?
— C'est un endroit parfait pour rester entre gens du même monde. Où l'on fréquente ses semblables dans des cercles très privés. Des hommes et des femmes aux accolades aussi fausses et artificielles que leurs sourires. Tout cela autour d'un bon cigare, d'un dîner ou bien d'un verre. Les grands patrons, les banquiers, avocats, notaires, propriétaires de cliniques et j'en passe aiment se retrouver dans ces cocons, pour se détendre ou parler affaires.
— Cela n'en fait pas un malfaiteur ou un criminel.

Lentement, il dirigea de nouveau le regard vers le journaliste.

— Mais, vous prenez beaucoup de notes !
— Bien sûr. J'ai toujours pris beaucoup de notes, parce qu'on ne sait jamais ce qui va être utile ou pas. Un détail

insignifiant, oublié dans un coin me permettra peut-être de trouver la solution.

Le professeur se gratta le menton et poursuivit :

— Vu de l'extérieur, l'endroit dont je vous parle ferait plutôt penser à une ambiance de club d'anciens élèves des plus grandes écoles. Ils y échangent des informations sur les contrats en cours et les besoins ou renseignements privés concernant leurs clients, exactement comme une société fermée.

— Ce n'est pas interdit. Mais vous êtes certain que Matteo fait partie de ce groupe ?

— Bien sûr, au-delà de l'argent qu'il parvient à obtenir par on ne sait quels moyens, il s'est débrouillé pour se constituer un important carnet d'adresses, de relations fort utiles. Tout cela ressemble à du trafic d'influence n'est-ce-pas ?

— Je veux bien admettre qu'il ne soit pas très reluisant qu'il manque de moralité, mais cela n'en fait pas pour cela un assassin et puis quel serait son mobile ? Et puis l'accuser de trafic d'influence ! Vous y allez un peu fort !

— Je suis sûr de moi, lorsque je vous dis cela, croyez-moi !

— Avez-vous des preuves pour étayer vos arguments ? Vous n'avez aucune justification sur ce que vous venez d'avancer et puis cette histoire semble un peu tirée par les cheveux, relança Titoan espérant obtenir des informations plus concrètes auprès de son interlocuteur qui ne s'en offusquait pas.

— C'est exact, pas de preuve, mais il faut parfois faire confiance à ses intuitions et je peux vous dire que celles-ci ne m'ont guère trahi au cours de ma longue expérience. Ce type est un crétin qui a quelques éclairs d'imbécillité. Cet individu n'est pas net. Mais je vois que je ne vous ai pas convaincu, lâcha le professeur désabusé. L'humanité est entre les mains des politiques et des hommes d'affaires, elle va continuer à vivre des temps difficiles.

Titoan fit la moue en écartant les mains. Cependant, il était persuadé que Pierre-Nicolas Thiboutot ne plaisantait pas en lui racontant cette histoire. Il y avait trop de détails pour qu'il puisse les inventer. Mais, tout au long de sa carrière, il avait constaté que certains individus restaient bloqués sur des jugements. Il avait pu également vérifier que personne ne s'accrochait à ses opinions avec plus de véhémence qu'un type qui portait quotidiennement un nœud papillon.

Le retraité leva la tête. Le ciel, si chargé la veille, s'était dégagé. Le vent s'était lui aussi calmé, seul un souffle léger balayait la ville pour entraîner les derniers nuages vers la mer.

— Quelle journée magnifique ! On est presque heureux de vivre !
— Mais, moi, je suis toujours heureux de vivre !

L'homme laissa échapper un rire nerveux :

— Ah bon ? C'est parce que vous n'avez pas encore une femme qui exige de vous une énorme pension alimentaire ! Quelquefois, je me plais à penser que j'aurais pu être un excellent criminel ...

Le journaliste fut surpris pas ces propos, puis la surprise se transforma en consternation. Il lança un regard atterré vers le professeur afin de vérifier la conviction de ses propos. Mais celui-ci poursuivit :

> — Parce que je suis besogneux, méticuleux, imaginatif et pointilleux. Je suis constamment à l'affut du moindre détail et en plus, j'ai du flair, des intuitions. Mais on ne se refait pas, honnête je suis, honnête je resterai.

Puis, passant sur un autre sujet, le professeur confia :

> — Vous savez sans doute que sur cette magnifique place, ici juste à cet endroit, dit-il en montrant du doigt l'emplacement de la statue de Louis XIV, au plus fort de la terreur révolutionnaire, c'est là que fut installée la guillotine. On croit quelquefois naïvement que seuls les nobles ou quelques nantis y furent exécutés, mais pas seulement. Le 8 avril 1794, deux Montpelliéraines et deux Montpelliérains furent guillotinés ici. Leur crime ? Avoir fait cuire des galettes afin de nourrir leur famille.

Thiboutot se tut, comme s'il attendait que Titoan lui avoue quelles questions avaient occupées son esprit en cet instant. Autour d'eux l'air était parfumé de musique, de chants et de rires.

Le journaliste regarda le professeur. Il avait du mal à percevoir le véritable sens de ses réponses. Souvent, les expressions du visage en disaient plus long que les propos. L'homme semblait sincère et attristé, comme dépité par la nature humaine. Titoan se demandant comment faire repartir la conversation dans la bonne direction.

> — Que pourriez-vous m'apprendre de personnel sur Arcisse Poissenot ?

L'homme réfléchit. Fronçant les sourcils, il haussa les épaules.

> — De personnel ? Rien... Je ne vois pas, certifia le professeur d'une voix grave. Il menait une vie parfaitement calme.

C'était un étudiant de la vie, il était d'une modestie permanente, alimentée par une insatiable curiosité. Il s'emportait parfois. Je me rappelle la fois où' il s'était énervé quand il avait constaté que pour certains jeunes, Akhénaton était un rappeur et ne connaissaient même pas l'existence du pharaon. Il haïssait le rap ! Ah oui ! Il ne dédaignait pas faire de l'auto-stop, cela m'avait paru une idée saugrenue, venant de sa part.

— Il le faisait souvent ?
— Quoi ?
— De l'auto-stop.
— Non, lorsqu'il y était obligé. Quand sa voiture était en panne ou quand il était bloqué quelque part. C'est ce qu'il m'avait avoué.

Thiboutot paraissait perdu dans ses souvenirs.

— Il n'a jamais fait de réflexion, au sujet de son ancien travail, un propos qui vous aurait surpris ?
— Non. Mais maintenant que vous me dites cela, je m'aperçois que...
— Quoi ?
— Qu'il parlait peu de lui. C'était une personne qui donnait confiance, ses compétences d'écoute étaient incomparables. J'ai même pu constater que souvent des inconnus lui racontaient leurs vies car il inspirait confiance. Mais il ne parlait pas de lui. Ou bien, il disait des banalités, des choses sans importance. Il écoutait beaucoup. C'est ça... Il écoutait. C'est assez particulier, car nous sommes dans un temps où personne n'écoute personne et que personne ne sait rien de personne. Il semblait tellement normal que c'en était presque anormal. Il savait cacher ses émotions.

— Oui, il était très réservé donc, s'impatienta Titoan. Mais pour vous, rien d'inhabituel les dernières semaines dans son attitude, dans ses relations. Tâchez de vous rappeler.

L'homme parut fouiller dans le grenier de ses souvenirs pour se remémorer un élément en particulier.

— Non. À part quelques hurluberlus de l'Amicale. Je ne vois pas. Et puis j'avais un ami, prof de philosophie qui me soutenait qu'un souvenir n'est jamais conforme à l'original.

— Et il n'a jamais évoqué de graves problèmes avec qui que ce soit ?

— Non. Maintenant il n'est plus rien, qu'une poussière de souvenir.

— Réfléchissez, s'il vous plaît. Que pouvez-vous me dire sur lui de vraiment personnel ? Par exemple concernant sa vie sentimentale.

— Quasiment rien pour ce que je sais. Il appréciait les longues promenades solitaires dans des zones boisées et désertes. Arcisse n'a été marié qu'une fois. Ils ont divorcé et il avait du mal à entrer en relation avec les femmes. Toutefois, les gens sont rarement tels qu'on se les représente.

Le journaliste se tut, se demandant fugitivement si cela valait aussi pour lui et soupira intérieurement. Il attendit. Le silence était le meilleur ami du journaliste. Les gens normaux n'aimaient pas le silence et invariablement, ils tâchaient de le remplir.

— Mais… Je ne sais pas si c'est important et si cela pourrait vous aider. J'ai un vague souvenir.

Titoan écoutait avec un intérêt croissant, il attendait patiemment afin de ne rien trahir de son excitation.

— Deux ou trois semaines avant sa mort, nous sommes allés ensemble à une conférence. Nous avions pris sa voiture. C'est lui qui conduisait. Et il était très nerveux.
— Que voulez-vous dire, par très nerveux ?
— Il regardait sans cesse dans son rétroviseur, au risque de percuter le véhicule qui le précédait. Il me faisait l'effet d'avoir toujours un œil dans le rétroviseur pour vérifier que nul ne nous suivait. Cela m'a paru tellement bizarre que je lui en ai fait la réflexion.
— Et que vous a-t-il répondu ?
— Que je me faisais des idées et qu'une conduite prudente nécessitait une attention de tous les instants et de tous côtés, même derrière.

Coustou hocha la tête et rangea cette information dans un coin de sa mémoire.

— La conférence était située où ?
— Dans la cité de Molière à Pézenas. C'était organisé par la Société archéologique du Languedoc à l'Hôtel des Barons de Lacoste, l'intervenant était Liénard-Bernier, un grand échalas qui donne toujours l'impression de dépenser beaucoup d'argent pour s'acheter des costumes dénués de toute élégance.
— Et le sujet ?

Thiboutot sembla embarrassé, leva un sourcil étonné, intrigué, puis se rembrunit :

— Si je me rappelle bien : « Les chemins annexes à la Voie Domitienne, chemin des Volques ». Rien de bien original.

Un instant Coustou eut le sentiment que l'homme balançait entre deux décisions. Son ton était devenu hésitant et Titoan était certain qu'il y avait-là quelque chose à creuser. Alors, il utilisa l'un de ses vieux trucs de journaliste et lui demanda s'il n'y avait pas quelque chose qu'il voudrait rajouter.

— Non. Rien ! Excusez-moi, je ne suis pas au mieux de ma forme en ce moment, j'ai trop de pensées parasites.
— Vous avez mon numéro si jamais il vous revenait un souvenir en particulier ou d'autres éléments.

Ce fut à cet instant qu'un chien se rapprocha lentement du banc et se posta près d'eux, secouant la tête. D'un geste bref le professeur prit sa canne et en asséna vivement un coup sur le crâne qui fit fuir la bête.

— Mais que faîtes-vous ?
— Il ne faut pas m'en vouloir. Je déteste les chiens, j'en conviens, j'ai toujours détesté les chiens. N'en tirez pas trop de conclusions, A six ans, j'ai été mordu par un chien et depuis, je les déteste. Comme tous les canidés, ils ont un instinct de charognard. Il y a des gens tordus. C'est comme les chiens. Il y a des chiens qui mordent sans raison et on ne peut rien y changer. Ne vous fiez pas aux apparences, monsieur le journaliste. Nous avons tous nos secrets et nos démons. Et puis le mal est présent chez les meilleurs des êtres humains, sans conteste, mais sans nul doute un peu plus chez les pires d'entre nous.

Il appuya ses paroles d'un regard sévère et impavide, salua d'un coup de chapeau et prit la direction de la sortie de la promenade en s'appuyant sur sa canne. Une femme apparut avec un chien en laisse, il fit un écart et s'éloigna d'un pas assuré, presque dansant.

Il eut le sentiment que Thiboutot était de ces gens qui pouvaient perdre la raison à tout instant. Sans doute, un jour, sombrerait-il dans la folie et ne s'en rendrait compte que trop tard.

Machinalement, Titoan jeta un coup d'œil à sa montre. Il décida qu'il prendrait connaissance des documents chez lui, dans le calme sans risquer d'être dérangé. Avant de partir, il retranscrit sur son carnet dont il ne se séparait jamais, la quasi-exhaustivité de la conversation qu'il venait d'avoir avec le sieur Thiboutot. Puis, il prit la direction de la sortie du Peyrou.

Parvenu au niveau des grilles, il ne put s'empêcher de remarquer que le mime, sosie de Jacques Coeur était là ! Un chapeau haut de forme à ses pieds lui servait à récolter les fruits de sa performance. Deux jeunes filles éclatèrent de rire, jetèrent une pièce dans le chapeau et continuèrent leur chemin. À ce geste, l'œil rouge de l'artiste s'ouvrit et fixa Titoan pour se refermer aussitôt.

CHAPITRE 18

Le journaliste marchait dans les rues, une fois de plus perdu dans ses pensées, il ne prêtait aucune attention à ce qui se passait autour de lui. Ce furent les notes de musique s'échappant de deux violons qui le ramenèrent à la réalité. Il constata qu'il se trouvait dans la rue du Conservatoire. Tout allait bien, il était sur le bon chemin. Il reconnut la mélodie, le deuxième mouvement du concerto pour deux violons de Bach, le 1043. Il tenta de se faire violence afin de rester concentré et continuer à penser à son enquête, mais n'y parvint pas. Titoan remarqua soudain à quel point les rues étaient bondées et bruyantes. Il y avait des gens partout, des dizaines de gens –et même plus – qui marchaient dans les ruelles étroites, prenaient des photos. Il avait encore en tête la musique de Bach lorsqu'il ouvrit la porte de son appartement.

Après un repas frugal. Titoan se prépara un café. La soirée serait longue. Il s'installa à son bureau, sortit son carnet de notes de son sac de cuir qu'il posa délicatement. Songeur, il alluma son PC.

Sa tasse à la main, il se déplaça vers la fenêtre. Il regarda le ciel, comme pour susciter un état d'esprit propre à lui apporter l'étincelle lui permettant de trouver une solution. Il faisait nuit. Un éclairage solaire indirect éclairait la portion nocturne du globe de la lune. Il baissa la tête, vit une ombre passer sur le trottoir, juste en bas de chez lui. Une phrase de Florentin lui revint « Il se passe toujours quelque chose, même par un jour calme, même au cœur de la nuit, si on prend le temps de regarder et d'écouter ». Il tira le rideau et alla s'installer sur son fauteuil face à l'ordinateur.

Il prit son carnet où étaient notés l'ensemble des éléments qu'il avait consigné. Son écriture laissait à désirer, mais il avait l'habitude et il relut ses notes rapidement. Il parcourut lentement les informations sur la vie et la carrière du Professeur Poissenot. Il eut à nouveau l'intuition d'avoir vu ou entendu quelque chose d'important, mais ne pouvait pas mettre le doigt dessus, cela lui échappait.

Il avait pris la décision de faire parvenir par mail un compte-rendu le plus exhaustif possible aux membres du comité de rédaction du Clapasien ainsi qu'à la très efficace Matsumi.

Il avait dressé un ordre chronologique des événements.

Poussé par une inspiration qu'il ne comprit pas lui-même, il décida d'inclure dans les faits, l'accident concernant le mari d'Isabeau Rotoulp, car il avait eu lieu quasi simultanément avec la mort d'Arcisse Poissenot. Un peu tiré par les cheveux, mais ça pouvait se tenir. Toutefois, il n'y avait pas de lien avéré. Il se mit en devoir de rédiger les détails significatifs relatifs à la victime et aux autres membres de l'Amicale, il tenta de ne négliger aucune particularité de ses entretiens. Il essaya de se remémorer les paroles exactes de chacune des personnes qu'il avait interrogée lorsque ce n'était pas noté explicitement.

Il avait presque l'impression d'entendre cliqueter des rouages dans son cerveau qui fonctionnait à présent à plein régime.

Il se pencha ensuite sur la liste que lui avait aimablement procurée la documentaliste. Il s'agissait exclusivement de livres qu'il avait consultés, car ils ne pouvaient faire l'objet de prêt, éditions rares ou ouvrages trop anciens avait noté Isabeau en marge du document.

Les Derniers Arécomiques : Traces de la civilisation celtique dans la région du Bas-Rhône par Barre de Saint-Venant. Rome et les Volques : le territoire des Arécomiques au temps de Pompée et de César par Francis Pomponi. Des Antiquités de la ville de Nîmes par Jacques Devron. Histoire critique du passage des Alpes par Annibal par JL Larauza. Les cadastres antiques en narbonnaise Occidentale : Essai sur la politique coloniale romaine en Gaule du Sud. C.N.R.S. A.Perez.

La liste comportait exclusivement des documents concernant cette période et le peuple des Volques. Titoan dut reconnaître qu'il s'agissait pour lui d'un sujet quasiment inconnu. Il tenta de rassembler ses maigres connaissances sur ce thème, mais il ¨dû vite abandonner. Il se pencha sur Internet, mais n'eut pas de succès, les réponses les plus ineptes côtoyaient celles qui lui paraissaient sérieuses. Mais il n'était sûr de rien.

Il était très tard. Il hésita avant de prendre son mobile.

Il chercha dans ses notes le numéro de Thiboutot. Ce dernier décrocha presque aussitôt.

> — Désolé de vous déranger. C'est Titoan Coustou, le journaliste. J'ai une requête à formuler, professeur.
> — Je vous écoute.

Titoan consulta sa montre et songea soudain que cette conversation ne devait pas avoir lieu au téléphone.

> — Pourrions-nous convenir d'un rendez-vous demain ?
> — Oui. Sans problème. Mais pourquoi ?

— Disons demain matin au journal le Clapasien si cela ne vous dérange pas. J'aurai besoin de vos lumières sur l'histoire des Volques Arécomiques.

Coustou perçut une légère hésitation à l'autre bout du fil. Puis, le professeur reprit d'une voix bien timbrée :

— Les Volques ? Ah oui, le sujet préféré d'Arcisse ces derniers mois. Pas de souci, on se voit demain matin, vers dix heures. Cela vous convient ?
— Ce sera parfait, je vous prie de m'excuser de vous avoir dérangé à une heure si tardive.
— Vous savez, j'ai pris ma retraite depuis deux ans et je m'ennuie ferme, n'ayant ni femme ni enfant. Je précise, je n'ai plus de femme car je suis divorcé et ma modeste retraite est amputée de l'importante pension alimentaire que je verse tous les mois. Alors, toutes les occasions bonnes pour sortir de mon trou. Vous m'avez simplement dérangé en pleine écoute de l'opéra Cléopâtre de Jules Massenet. Tout cela n'est pas bien grave. Donc à demain, fit le professeur, qui à présent semblait ravit de trouver un moment afin d'occuper sa matinée.

Titoan ne savait que penser de cet individu étrange qui haïssait les chiens. Il semblait méfiant de nature, cet homme n'avait instinctivement aucune confiance en l'être humain, pourtant il semblait sincère quand il parlait d'Arcisse. Coustou ne pouvait s'empêcher de s'interroger sur le lien commun entre Arcisse, Thiboutot et Matteo Accattabriga, à supposer qu'il y en ait un.

Il médita là-dessus un long moment, regarda encore quelques instants son dossier après l'avoir refermé. Puis, il décida d'aller se coucher. Auparavant, il éteignit la lumière de la pièce se dirigea vers la fenêtre et tira le rideau. Une silhouette remontait la rue déserte, les mains enfoncées dans un manteau de cuir sombre. L'individu arrêta sa marche quelques mètres plus loin, afin de se poster dans un angle reculé, moins éclairé. Il semblait fixer la façade de son immeuble. Coustou appuya son front sur la vitre. Sous le faible éclairage orangé et inégal des lampadaires, il ne pouvait que distinguer une forme coiffée d'un bonnet noir. L'homme alluma une cigarette ou un cigare et s'enfonça dans l'obscurité jusqu'à ce qu'on ne vît plus qu'un bout rougeoyant. Puis, ce point incandescent fut avalé par la nuit. Titoan décida de n'y accorder aucune importance. Il y avait tout de même des limites à la paranoïa.

Se jetant sur son lit, il croisa ses doigts derrière sa nuque et fixa les poutres au plafond. Avant de céder au sommeil, il songea qu'il y avait certainement un ou plusieurs détails qui lui échappaient.

Le lendemain à neuf heures, le petit groupe de rédaction était assemblé dans la salle de réunion du Clapasien. Titoan avait laissé son téléphone portable bien en évidence à côté de lui, afin de ne pas louper l'appel du professeur. Les membres de ce journal fonctionnaient presque comme une famille. Cela lui inspirait réconfort, reconnaissance, il mesurait tous les jours sa chance de faire partie de cette belle équipe.

Coustou fit lentement, le récit de tous les événements de la veille et des jours précédents. Reprenant ses notes afin de préciser tel ou tel point, répondant avec patience aux questions de ses collègues. Florentin triturait ses lunettes, Martin semblait réfléchir intensément. Matsumi était pensive, son profil régulier se reflétait à présent sur la vitre de la pièce. Elle avait les traits terriblement tirés. Néanmoins, son charme naturel n'en ressortait que davantage.

— Je peux sans doute me procurer le compte-rendu de la conférence de Pézenas. Cela pourra peut-être faire avancer les choses ? avança Martin.

— Bonne idée. Ceci permettra de compléter le dossier des livres empruntés par Poissenot.

— Titoan, si Arcisse a consulté tous ces ouvrages, il a dû prendre des notes. Tu es certain de ne pas avoir trouvé de carnet ou de cahier chez lui ? demanda Florentin.

— Non et si je ne me trompe pas Isabeau nous a clairement expliqué qu'il venait avec son PC portable à la Médiathèque.

Les regards du groupe se tournèrent vers Matsumi.

— Je n'ai vu aucun dossier concernant des prises de notes dans son PC ni dans son historique, ni dans ses fichiers temporaires.

— Il n'y a rien correspondant à ses emprunts effectués à la bibliothèque ? demanda Max.

— Rien du tout. C'est le vide total, le néant. Pour moi aussi, toutes ces impasses sont frustrantes, j'aimerais pouvoir en dire davantage. Mais j'ai peut-être loupé quelque chose, ou alors il s'agit d'un dossier invisible qu'il a conçu avant de le cacher, je vais chercher encore, s'excusa presque la jeune japonaise.

— De mon côté je vais demander plus d'information sur l'accident du mari d'Isabeau, fin novembre. Comme vous le savez tous, les fonctionnaires de l'Hôtel de Police ont régulièrement besoin de mes compétences de pronostiqueur sportif. Donc ce sera du donnant-donnant, lança Florentin en remettant ses lunettes.

— Je vais faire quelques recherches sur le mari de cette dame Isabeau. Il s'agit donc de Jean Rotoulp, confirma Pierrette, l'adjointe du Rédacteur en Chef, en le notant sur son petit carnet.

Matsumi toussota légèrement pour attirer l'attention du groupe.

Toutes les personnes autour de la table levèrent la tête et fixèrent la jeune japonaise.

— Par contre, j'ai des informations sur quelques membres de l'Amicale. Ceci ne concerne que ceux qui sont actifs sur les réseaux sociaux. Je ne porte à votre connaissance que les éléments qui pourraient nous aider dans notre enquête.
— Pas de souci, nous te faisons une totale confiance, répondit Max.

La jeune fille sourit timidement et commença :

— Matteo Accattabriga, le courtier, il fait partie du Billard Club Occitan et indique tous ses scores sur sa page. Il joue au Club situé place de la Comédie. Il mentionne également sa passion pour la détection, mais là, il est beaucoup plus discret.
— À part ça, rien de spécial ou de particulier ? questionna Titoan.
— Non rien qui vaille la peine d'être noté.
— Et sa femme Romane ?
— Romane est plus prolixe, si je puis me permettre cette expression. Elle fait mention de leurs nombreux voyages aux destinations les plus exotiques les unes que les autres. À noter qu'elle n'hésite pas à indiquer le montant pharamineux de ces périples. D'autre part, elle collectionne les pendules

anciennes. Elle photographie et met en ligne chacune de ses acquisitions. Tout comme ses nouvelles robes crées par les plus grands couturiers parisiens, il y en a pour une vraie fortune !

— Un couple qui ne manque de rien, affirma Pierrette.
— Vous ne savez pas tout… Je poursuis… Erwan Ghioan, le frère de Romane, a également une fréquence de publications très importante et régulière : il est membre de nombreuses associations caritatives, il a également soutenu des organisations à but non- lucratif qui fournissent une aide d'urgence aux réfugiés, côté privé il est amateur de pêche au gros en Méditerranée. Toutefois, il se déplace régulièrement à l'étranger pour assouvir sa passion, Zanzibar, l'Île Maurice, La Réunion, le Gabon tout cela avec photos et vidéos à l'appui.
— Je veux pas avoir l'air de rouscailler mais je trouve que ces voyages ne coûtent pas trois francs six sous, remarqua Martin.
— Quant à sa femme Fiona, son dada est également la mode, le ski nautique dans les pays exotiques et ski alpin dans les stations les plus huppées, avec d'innombrables photos et vidéos.
— Cette liste me déplaît de plus en plus, lâcha Florentin.
— Il ne faut pas occulter l'aspect social des actions du couple Ghioan, le coupa Pierrette.
— C'est vrai, mais ce ne sont que des actes en trompe-l'œil, répliqua Florentin.
— Peut-être, mais pour l'instant on est sûr de rien. Nous n'avons aucune preuve, répondit Pierrette.
— J'allais oublier. Gioan possède des parts dans une importante marque de parapharmacie britannique qui propose des

traitements homéopathiques supposés contenir "des molécules de fragment de météorite lunaire, de la roche lunaire éjectée de la Lune par un impact puis découverte sur Terre. Ces gélules "homéopathiques" sont censées soigner toute une série de troubles, l'asthme, les maux de tête, la dépression ou l'insomnie. Voire d'améliorer les relations sociales.

— Mais c'est de l'arnaque ! s'exclama Martin.

— Tu sais ce qu'on dit, plus c'est gros, plus ça passe ! répliqua Florentin Ventadour.

— Après, les autres publications sont plus modestes, si on peut dire. Les autres personnes sur les réseaux sociaux, c'est le couple d'artistes : Armelle Racicos et Jorge Gorbeil. Sur leur page, il y a toutes les dates de leurs spectacles avec quelques messages de leurs admirateurs, messages peu nombreux, il faut le reconnaitre. Il y a aussi des photos et des extraits de chansons.

— Pour eux on comprend mieux l'utilité des réseaux sociaux, compléta Max.

— Gaétan Bedefer, lui, il allie la tête et les jambes comme vous dites en France, l'informatique sur laquelle il en déballe peu. Mais il est plus prolixe sur le sport, tennis, trail, running, judo, et même billard comme Matteo. Sur sa page, il distille des conseils à celles et ceux qui débutent. En plus d'être très visuel, son compte retrace ses projets et exercices quotidiens.

— Un peu narcissique sans doute, l'interrompit Titoan.

— J'ai parlé à l'un de ses anciens camarades d'Université, dans ses souvenirs, il était obstiné, plutôt fier de son intelligence, agressif lorsqu'il était en position d'infériorité et ne tolérait pas la frustration. Un autre m'a avoué qu'il se représentait la tête de Bedefer comme un quartier mal famé. Sinon, à part ça, rien d'anormal.

— Un homme peut être obstiné sans avoir assez d'intelligence pour constituer un danger, répondit Pierrette.

— Ah !! j'allais oublier monsieur Jean Bourgund, l'entrepreneur des travaux publics que vous avez rencontré au golf, lui, il poste des vidéos de ses parcours. Ce monsieur a l'air assez content de lui, si je puis dire.

— Les Accattabriga, les Ghioan... la vie a été injuste avec eux. On devrait organiser une cagnotte en leur faveur qu'en pensez-vous ?! s'exclama Florentin qui ne trouvait aucune excuse à cet étalage de vies privées.

Le plus âgé des journalistes vit le regard surpris de Matsumi se poser sur lui. Il s'accorda quelques instants de réflexion, puis lâcha :

— Oui, je sais. Je suis un vieux dinosaure qui ne comprend rien au monde moderne.

— Je pense qu'il est temps de mettre un grand coup de pied dans la fourmilière ! déclara Max.

— Quelle est ton idée ? questionna Pierrette.

— Titoan, tu vas rédiger un article qui met en doute la thèse du suicide. Une information très brève, un entrefilet, c'est tout. Ne va pas au fond des choses, reste superficiel, juste quelques interrogations. Après, nous verrons si ça bouge. OK ?

— D'accord pas de souci, je m'y mets.

CHAPITRE 19

Titoan s'apprêtait à sortir de la pièce lorsque son portable sonna. C'était le professeur en retraite, qui lui, était resté inconnu des réseaux sociaux, question de génération sans doute.

— Bonjour monsieur Coustou, je suis désolé mais je voulais vous aviser que je ne pourrai venir au rendez-vous. Je ne suis pas libre ce matin.
— Oh ! Vraiment ?
— Oui, mais je vous le répète, je suis désolé mais j'ai des impératifs aujourd'hui !

Il restait aimable et poli, mais Titoan ressentit comme une tension sous-jacente. Il mentait, il en était convaincu, mais l'homme n'allait probablement rien dire de plus.

— Cela sera-t-il possible cet après-midi ?
— Peut-être. J'ai des obligations et je ne sais si je pourrai être disponible, fit l'homme, hésitant.
— Dans ce cas, vous m'appelez ? OK ?
— Oui, bien sûr, sans problème. Bonne journée et excusez-moi, déclara-t-il en raccrochant brusquement.

Le journaliste leva la tête, croisant le regard de Florentin qui retira ses lunettes et entreprit de nettoyer ses verres qui, manifestement, n'en avaient aucun besoin, ce qui était chez lui le signe d'un embarras profond. Dans ces moments-là, il le faisait avec les mêmes gestes lents et méthodiques, comme si rien ne pressait, l'opération semblait monopoliser son attention.

— Tu as entendu ?
— Suffisamment, affirma-t-il.
— Qu'en penses-tu ?
— J'ai l'impression qu'il ne joue pas franc-jeu. Qu'il a quelque chose à cacher ou alors qu'un nouvel élément s'est produit entre hier soir après ton appel et ce matin.
— Je le pense aussi. C'est peut-être ce qu'on a de plus précieux dans ce boulot. L'instinct. L'intuition.
— Il t'a paru comment hier lorsque tu l'as croisé au Peyrou ?
— Plus convivial, plus ouvert que la fois précédente sur l'Esplanade. Il a beaucoup chargé le courtier Matteo, comme je vous l'ai dit, car pour lui, un individu aussi riche ne peut pas être honnête. Tu sais à quoi il me fait penser ?
— Non.
— À un homme pendule. Quelqu'un qui hésite en permanence entre deux décisions.
— Il ment. En tout cas, il ne raconte pas tout ce qu'il sait. Était-il vraiment son ami ? Qui était son ennemi ? Et surtout, qui était son ennemi déguisé en ami ? Tu veux mon avis ? Le mieux serait de ne faire confiance à personne. Bon, je vais au stade et je passerai quelques coups de fil.

Titoan quitta la salle de réunion avec un profond sentiment d'insatisfaction. L'étude du dossier concernant la mort d'Arcisse lui semblait être un véritable puis sans fond ou plutôt un vrai labyrinthe. Pas de mobile apparent, de nombreux individus concernés. Il était contrarié parce que la situation lui avait échappé et il n'avait pas eu le cran de pousser complètement sa conversation avec le professeur la veille au soir au téléphone. Il comptait bien se rattraper dès leur prochaine rencontre. En espérant que le retraité soit en veine de confidence. Il y avait un lien, il le sentait, mais il ne le voyait pas encore.

De retour dans son bureau, machinalement, il ralluma son PC. Le soleil matinal inondait la pièce d'une chaude lumière faisant danser de minuscules particules de poussière dans ses rayons. Du couloir montaient des rires étouffés et des voix enjouées.

Il se rapprocha de la baie vitrée, posant un regard absent sur les rues et immeubles voisins. À travers cette ouverture, il pouvait aussi voir un grand parc planté d'arbres à feuillages persistants et dont les branches servaient aux ébats d'oiseaux qui voltigeaient en tous sens et qui chantaient. Le ciel bleu d'avril était lumineux. À l'instant où il allait s'asseoir dans son siège, un choc violent accompagné d'un bruit mat l'arracha à sa rêverie. Un petit moineau avait percuté la baie. Tombé sur l'étroit balcon, il semblait complètement sonné et désorienté et ne parvenait pas à reprendre son envol. Il ouvrit la vitre, s'en saisit d'un geste rapide, mais avec précaution pour ne pas effrayer le volatile. L'oiseau était en état de choc prostré, léthargique, le bec ouvert en respirant fortement. Coustou le prit dans ses mains avec ménagement, en le rassurant. Peu à peu, l'animal semblait retrouver ses esprits. Quelques instants plus tard, Titoan fit glisser la vitre de la baie et relâcha avec prudence le moineau qui d'un vol allègre partit rejoindre ses congénères. La matinée ne sera pas totalement perdue, songea-t-il.

Ensuite il rédigea l'article comme convenu avec Max.

Il avait trouvé un titre accrocheur : Affaire Poissenot : Meurtre ou suicide ? Le doute au cœur de l'enquête. Il y posait de nombreuses questions, soulevant des interrogations, mais pas de piste. Et concluait "Rien d'exclu, rien de probant".

Le reste de la matinée Titoan parcourut le dossier contenant tout ce qu'il avait rassemblé concernant Arcisse Poissenot. Rien de nouveau. Il soupira, se cala bien au fond de son fauteuil, levant les yeux au plafond. Il fallait qu'il fasse quelque chose.

Le téléphone portable sonna alors qu'il s'apprêtait à sortir. C'était Florentin, qui l'appelait du Centre d'entrainement.

— Titoan ?
— Oui. Flo comment va ?
— Impec. Bon, je te contacte parce que je pense avoir du nouveau.
— Vas-y, je t'écoute, sollicita Titoan, plein d'espoir.
— Ne t'emballe pas. Il s'agit de l'un des cyclotouristes qui a découvert le mari d'Isabeau Rotoulp au Pic Saint-Loup, lorsqu'il a été renversé par la voiture. Il pourra peut-être nous apprendre quelque chose.
— OK, j'arrive.
— Ne viens pas ici. Il n'y est pas. C'est un gars du club de Montpellier qui m'a filé ses coordonnées. En plus du vélo, c'est un

supporter de Montpellier-Hérault et il avait parlé de cette affaire à tout le monde.
— Ah d'accord.

Il entendait son ami respirer bruyamment dans l'appareil, il l'écoutait attentivement.

— J'ai pu avoir son numéro de portable. En résumé, je l'ai appelé, on s'est donné rendez-vous à Saint-Guilhem au restaurant que tu connais bien, juste après le village. Ça coutera une petite facture au journal, mais ça vaut peut-être le coup. On s'y retrouve vers midi ça te va ?
— D'accord, de toute façon, nous n'avons pas de nouvelle piste, approuva Titoan.

Vers onze heures trente, Titoan sortit promptement du siège du journal, marcha rapidement vers sa voiture que son garagiste lui avait enfin restituée et se mit au volant de sa Ford Mustang bleu. Lorsqu'il démarrait, il avait toujours grand plaisir à entendre le bruit d'échappement spécifique à sa voiture de sport. Il avait consenti à se payer ce petit plaisir, en fait son seul vrai luxe. Et puis elle en avait sous le capot. Il n'accordait pas extrèmement d'importance à l'argent. Non qu'il en possédât beaucoup, mais il ne représentait à ses yeux qu'un moyen de mener une vie à peu près confortable, de s'offrir un voyage de temps en temps et puis cette voiture, sportive à la riche sonorité. Ce qui n'était déjà pas si mal, pensa-t-il.

La route était agréable, avec peu de circulation. Le sentiment de liberté qu'il éprouvait à prendre des virages serrés sur des routes sinueuses lui procurait beaucoup de plaisir. La voiture s'enfonçait dans le paysage qui défilait à toute vitesse. Ça lui faisait du bien de sortir de la ville et d'admirer les champs, les bois, les collines aux garrigues odorantes. Partout illuminaient des jaunes et des verts brillants. Dans quelques mois, les couleurs du printemps auraient disparu et l'on entrerait dans la partie triste de l'été où tout devient sec et brulé. La route battait la cadence sous les pneus.

Il franchit le Pont du Diable, passa devant Saint-Guilhem et poursuivit son chemin vers le lieu du rendez-vous. Il aimait beaucoup venir dans ce village aux ruelles étroites, inscrit au patrimoine mondial de l'Humanité par l'Unesco. Il adorait admirer les maisons d'architecture romane collées les unes aux autres dans le centre qui avait réussi à conserver son identité médiévale.

Il se gara et se dirigea vers le restaurant Le Diable Aux Thym. Florentin et son invité étaient déjà installés sur la magnifique terrasse aux épais murs de pierres taillées. De leur place, ils surplombaient le fleuve Hérault, celui-là même qui, quelques kilomètres plus loin passait sous le Pont du Diable.

Titoan, encore contrarié de son rendez-vous manqué, salua l'homme, leur poignée de main fut brève et de pure forme.

— Je te présente Philippe Pompil, fit Florentin. Titoan remarqua qu'une nouvelle fois son ami s'était placé de façon à pouvoir visualiser tout nouvel arrivant sur la terrasse.
— Enchanté monsieur Pompil.
— Titoan, nous nous sommes permis de passer commande du plat du jour si cela te convient. C'est à mon goût et je pense que pour toi, il en sera de même, ajouta son ami.
— Tu es un fin gourmet, je te fais confiance, dit Coustou en souriant.

— Voilà ce que je te propose : une salade du Languedoc, Côtelettes d'agneau de l'Aveyron grillées aux sarments de vigne accompagnées d'un excellent Terrasses du Larzac.
— Ce sera parfait.
— Ah oui, j'oubliais, en apéritif une petite Cartagène.
— C'est tout ?
— Oui, restons sérieux ! s'exclama Florentin en riant.

Cette attitude décontractée permit de détendre l'atmosphère autour de la table. Coustou jeta un coup d'œil circulaire sur la terrasse. Un groupe d'Italiens occupait bruyamment un angle de celle-ci, il entendit quelqu'un dire qu'ils étaient de Florence. Il observa également leur invité. Il était grand et mince, une trentaine d'années, les cheveux châtains, le teint mat, la mâchoire carrée et les lèvres pincées.

Une fois l'apéritif servit, Titoan lança les hostilités.

— Alors, parlez-nous de vous monsieur Pompil, vous faites du cyclisme, des courses ?
— Appelez-moi Philippe. Je vous appellerai Florentin et Titoan, si vous le permettez, déclara-t-il sans ambages.
— Bien sûr. Vous faites du vélo régulièrement ?
— Oui, tous les week-ends, cela se voit, non ? Admirez la plastique, fit-il d'un ton désinvolte.
— Vous faites partie d'un club ? l'interrogea Florentin qui servit à chacun un verre de vin rouge.

D'un regard Titoan avait constaté que la mesure versée à leur interlocuteur était sensiblement supérieure à la leur.

— Non, c'est entre amis, on se fait cent à cent cinquante kilomètres à chaque sortie. Vers le Pic Saint-Loup et alentour.
— C'est sportif, ce type d'itinéraire, il faut une bonne condition, le relança Titoan.
— À qui le dites-vous. J'aurais pu faire une belle carrière dans ce domaine, j'étais prometteur à ce qu'on disait. Tout jeune, j'ai même été sélectionné dans l'équipe du département, mais ensuite, disons, j'ai commencé à m'intéresser à d'autres sports, comme le tennis. J'avais le mental, mais j'étais trop grand de taille et je n'ai jamais voulu toucher à certains produits, affirma-t-il d'un air entendu.
— Alors que s'est-il passé ce week-end-là ? demanda Florentin.
— On finissait notre boucle de cent vingt kilomètres, on s'était fait le Pic deux fois, raconta-t-il fièrement. Quel plaisir de battre les garrigues, cheveux au vent et mains sur le guidon !
— Sauf que vous devez porter un casque, le coupa Titoan.
— Oui, bien sûr, mais j'ai l'âme d'un poète, vous savez ça plaît aux dames et je suis un séducteur, assura-t-il, ponctuant sa phrase d'un clin d'œil.

Quasi simultanément, un serveur aux cheveux ramenés en queue-de-cheval et au sourire permanent apporta les trois entrées ainsi que le vin.

— Nous n'en doutons pas Philippe, le rassura Florentin. Alors qu'avez-vous vu ?
— On est tombé dessus par hasard, C'était tout à fait par hasard, mais les événements qui changent une vie arrivent généralement par hasard, non ?

— Sans doute. Mais encore, qui est arrivé le premier, qui a découvert la victime ?

— Vous posez la question ? Mais voyons, c'était moi, affirma-t-il, bombant le torse. On venait de terminer l'ascension de la côte. C'était le début de la descente, j'ai un peu ralenti pour attendre le groupe. Malgré mon excellente condition, quand je l'ai découvert, j'avais du coton dans les jambes et du brouillard plein les yeux. Vous savez la souffrance est l'essence du cyclisme.

— C'est un sport difficile, en convint Florentin.

— J'ai trouvé le bonhomme sur le bas-côté, au détour d'un virage. Ce que j'ai pu voir, c'était qu'il avait le visage en sang, une jambe tordue, heureusement qu'il avait son casque. Le vélo était en piteux état, je ne l'ai pas vu de suite, car il se trouvait au moins à une vingtaine de mètres, projeté sans doute par le véhicule qui l'avait renversé.

— Que s'est-il passé ensuite ?

— J'ai appelé immédiatement les secours. Ils sont arrivés rapidement, puis quelques minutes après ça été le tour de la Gendarmerie.

— Qu'ont-ils fait ?

— Leur boulot, je suppose, dit-il.

Titoan remarqua que les deux rides qui entouraient sa bouche lui donnaient un air dédaigneux.

— Qu'avez-vous remarqué ?

— Autant que je m'en souvienne, cela fait quelques mois depuis cet accident. Les gendarmes ont récupéré plusieurs morceaux de pare-chocs appartenant au véhicule en fuite. Des débris qui ont été placés sous scellés. Ils nous ont posé des questions, du genre si on avait vu une voiture s'enfuir. Mais nous n'avions rien vu, aucun de nous quatre n'a rien vu d'ailleurs.

— Les morceaux de pare-chocs appartenaient à quel type de véhicule ?

— Alors là je n'en sais rien, faudrait leur poser la question, je n'y connais rien en mécanique, ni en voiture, moi c'est le vélo, le football et la gent féminine, si vous voyez ce que je veux dire, appuya-t-il, d'un clignement de l'œil.

— Vous faites quoi dans la vie ? Quelle est votre profession ?

— Je suis vigile.

— Vous travaillez où ?

— Pour une société de surveillance la Hawk, je fais des missions à droite à gauche, mais toujours dans la région.

— Et vous surveillez pour qui ?

— On est dans les secteurs du BTP, de l'industrie, des banques, des entreprises, des compagnies aériennes.

— Je suppose que vous allez me certifier que vous ne procédez jamais à des activités de surveillance illégale.

— Je vais vous le dire, effectivement, car c'est vrai ! Je travaille dans une boîte cent pour cent honnête ! Vous êtes suspicieux !

Ils furent interrompus par le serveur, qui leur amenait la suite. Une appétissante odeur de côtelettes grillées provenait du plat posé au centre de leur table. Florentin s'en délectait par avance, cela ne l'empêcha pas de resservir une bonne rasade de vin au cyclotouriste.

— Je suis aussi un expert en football, savez-vous ? lança-t-il.

— Un expert ? Non, je ne savais pas, assura Florentin amusé.

— Je suis un membre éminent d'un club de supporters de Montpellier. C'est grâce à nous que le football vit. Malgré le fait que la télévision n'accorde aucune importance aux supporters, mais sans le bruit, sans la ferveur des spectateurs, le foot, ce ne serait rien ! C'est une histoire de passion.

— Pour ma part, j'ai du mal à comprendre comment le spectacle d'hommes jouant avec un ballon peut captiver des millions de personnes depuis leur enfance jusqu'à un âge avancé, c'est une quelque chose qui va à l'encontre de tout raisonnement cartésien, avoua Titoan.

— Alors vous n'aimez pas le foot ?

— Pas vraiment.

— Vous détestez le foot alors ?

— Détester n'est pas exactement le mot que j'emploierai, je m'en désintéresse. Et puis, je serais reconnaissant aux joueurs s'ils se contentaient de taper dans le ballon et s'abstenaient de parler à la télévision ou de publier des messages dans les réseaux sociaux.

Pompil reporta son attention sur Florentin.

— C'est aussi votre avis ?

— Sur le jeu du football ? En aucune façon. Mais l'époque du football traditionnel est révolue, je dirai hélas. Les clubs de l'élite du championnat de ballon rond sont devenus des machines à générer des sommes d'argent colossales. Un comble pour un sport enraciné dès l'origine dans un terreau populaire, vous ne trouvez pas ? répliqua Florentin en servant un nouveau verre au cycliste.

Ce dernier ne répondit pas, son attention avait quitté la compagnie de ses deux hôtes pour s'évader vers le couple qui venait d'arriver sur la terrasse du restaurant. Les nouveaux clients furent accueillis avec une certaine obséquiosité par le serveur qui semblait les connaître. L'homme était un bien plus âgé que la femme. Tous les deux étaient habillés de blanc, lui était coiffé d'une casquette de marin, elle portait de grosses lunettes de soleil bleues retenant ses cheveux blonds. De lourds bracelets d'or tintaient à son poignet droit.

— Une grosse cylindrée, c'est sûrement pas sa femme. Le genre de couple, donne-moi-ta-jeunesse, tiens-voilà-mon-pognon, une femme de ce genre peut faire un crétin de n'importe qui, affirma Pompil, dépité, portant ensuite son attention vers son assiette.
— Pour revenir à nos moutons. Vous n'avez rien de plus à nous apprendre sur cet accident ? le relança Titoan.
— Non, je ne vois pas. Au fait, il s'en est tiré le cycliste ?

Il avait l'air un peu éméché. Élocution lente, regard brillant, tentant toutefois de parler correctement.

— On pense qu'il va s'en tirer mais avec de graves séquelles, certifia Titoan.
— Mince, pas de scoop en vue pour vous, il n'est pas mort.
— Que voulez-vous dire ?
— Ben, vous adorez les drames, les articles à sensation, vous les journalistes ! C'est bon pour vendre du papier. Les gens n'ont pas d'importance à vos yeux ! Vous vous foutez pas mal de ce que vous pouvez raconter, pourvu que vous soyez le premier à le faire !

Chaque phrase paraissait lui demander un effort de concentration.

— Ce sont des idées toutes faites sur les journalistes. Nous sommes tous différents et la plupart attachés à une certaine déontologie. Tout comme les stéréotypes véhiculés par la société sur les policiers qui souffriraient tous d'une dépendance au tabac, à l'alcool, au cannabis, voire à l'héroïne et pourquoi pas aux jeux et qui de plus seraient tous de droite voire d'extrême droite, répliqua vivement Titoan.

— J'ai dit ça, moi ? Ne faites pas attention à ce que je raconte, quand je bois plus d'un verre, je me mets à dire des bêtises.

Ce fut à ce moment que le serveur leur apporta le café. Titoan et Florentin le prenaient sans sucre. Pompil mit du sucre dans le sien. Il remua sa cuillère de nombreuses fois, comme s'il s'agissait d'un toc, jusqu'à ce que le bruit commençât à taper sur les nerfs de Coustou. Il s'apprêtait à lui demander de s'arrêter lorsque le trentenaire se tourna vers lui :

— Avant de repartir, je vais me reposer, faire une petite sieste dans la voiture. Ce ne serait pas prudent de conduire immédiatement, murmura lentement Philippe Pompil.

— Vous avez raison, mieux vaut être sage.

— Surtout après ce qui est arrivé à mon cousin.

— Qu'est-il arrivé à votre cousin ? questionna Florentin qui sentait l'homme en veine de confidence.

— Mon cousin était pilote d'hélicoptère, il avait piloté dans tous les endroits dangereux au monde, au-dessus des montagnes, des volcans, sur les océans des fois en pleine tempête, enfin en des tas d'endroits, parvint-il à dire.

— Il a eu un accident ?
— Pire que ça, balbutia l'homme.
— Ah ?
— Une nuit, ayant participé à une fiesta, il a été pris d'une grosse fatigue, faut dire qu'il aimait bien picoler. Il a décidé d'aller se reposer, avant de prendre le volant et comme il faisait chaud, il a préféré s'allonger dans un champ mitoyen de la salle des fêtes, plutôt que dans sa voiture. Ce champ, couvert d'herbe, servait de parking pour les invités à cette soirée festive. En milieu de nuit donc, le conducteur d'un des véhicules en stationnement dans ce champ a quitté les lieux pour rentrer chez lui. Mais il n'a pas aperçu mon cousin allongé près de son véhicule et lui a roulé dessus en démarrant. On suppose que l'automobiliste ne s'est même pas rendu compte de la présence d'un obstacle et qu'il venait d'écraser un corps, il a poursuivi tranquillement son chemin. Il est activement recherché, depuis. Vous vous rendez compte un type qui risquait sa vie dix, vingt fois par an dans son hélico, mourir comme ça ! s'écria-t-il en sanglotant.

Les deux journalistes compatirent, Titoan lui laissa sa carte pour le cas où un souvenir lui reviendrait.

Ils saluèrent leur invité et quittèrent le restaurant avec ce sentiment de soulagement qu'ils ressentaient lorsqu'ils parvenaient à échapper à un lourdaud.

Le téléphone de Coustou vibra dans poche. Le journaliste s'en saisit.

— Monsieur Coustou ?
— Oui.

— C'est Danièle Tal Coat. Vous m'avez laissé un message il y a quelques jours, je regrette de n'avoir pu vous contacter plus tôt, mais nous n'avions plus de réseau téléphonique ici.
— Je vous remercie de m'avoir rappelé madame Tal Coat. J'aurais aimé vous poser quelques questions sur l'Amicale.
— L'Amicale ? Quelle Amicale ?
— L'Amicale de Prospection Héraultaise dont vous faites partie.
— Ah oui ! Je comprends mieux maintenant de quelle amicale vous voulez parler. Je n'en suis plus adhérente depuis cinq ans. Tout compte fait cela ne m'emballait pas, il faut avoir la foi pour crapahuter tous les week-ends.
— Ah ! Que s'est-il passé ?
— Rien de grave, j'ai déménagé, je vis en Bretagne à présent sur l'Ile de Bréhat, où je consacre mon temps à la peinture. Je peins principalement des paysages de Bretagne.

La femme écouta Titoan motiver les raisons de son appel, elle eut la bonne grâce d'être attristée, se ressaisit rapidement, mais avoua qu'elle ne pouvait malheureusement lui être d'aucun secours.

CHAPITRE 20

Chacun regagna son véhicule, ils décidèrent de rentrer au journal, Florentin roulerait devant, son ami le suivrait. Les deux conducteurs circulaient à allure modérée lorsque Titoan reçut un appel provenant de Matsumi. Grâce au Bluetooth, il put répondre rapidement, espérant, enfin, une bonne nouvelle.

— Titoan, je ne vous dérange pas ?
— Non, je vous écoute. Vous avez des informations ?
— Pas grand-chose, si ce n'est que j'ai pu localiser un autre membre de l'Amicale, l'un de ceux que vous n'avez pas encore rencontré.
— Je vous écoute, fit-il plein d'espoir.
— Je me suis permis de le contacter. Il faudrait que vous vous rendiez au parking du domaine de Restinclières, vous pourrez y rencontrer monsieur Antonio Ubieto.
— D'accord à quelle heure ? Et comment fait-on pour le reconnaître ?
— Rien de plus simple, il tient le camion à pizza qui est sur le parking et il est ouvert. Vous pouvez y aller de suite, si vous le voulez, répondit la jeune japonaise.
— Parfait, je vous remercie Mitsmumi. Je suis avec Florentin, nous y serons dans quinze minutes environ.

Titoan fit un appel de phares à son ami qui le précédait toujours et le contacta sur son portable. Il avait toujours plaisir d'aller se balader dans le Domaine. Campé sur les hauteurs, le château de Restinclières s'ouvrait sur un parterre à la Française qui dévalait en terrasses et dominait un panorama fait de garrigues. Bordé du Lez et du Lirou, il offrait au visiteur une grande mosaïque de paysages dans un silence reposant, perturbé uniquement que par le chant joyeux des oiseaux.

Un quart d'heure plus tard, les deux véhicules se garaient sur le parking du Domaine de Restinclières.

Le camion était vraiment remarquable, impossible de passer à côté sans y jeter un œil admiratif. Il s'agissait d'un fourgon Citroën transformé en camion à Pizza. Sur le véhicule sang et or, il était inscrit en lettres dorées sur le fond rouge. Antonio L'Hérault de la Pizza et dessous, artisan Pizzaiolo, cuisson au feu de bois. À côté, était placé un fauteuil en acajou.

De la musique s'écoulait de petites enceintes disposées de chaque côté de la banque du fourgon. Ils reconnurent « Elle vendait des glaces à la vanille », une chanson bien adaptée à l'esthétique du véhicule.

— Vous êtes les deux journalistes ? les questionna l'homme qui se trouvait à l'intérieur.
— Oui c'est bien nous, déclara Titoan, qui, intrigué observait l'homme.

Très brun, les yeux sombres de taille moyenne, un léger accent, peut-être l'accent de Biscaye ou de Catalogne, il portait une moustache fine des lunettes de soleil et était habillé de pied en cap comme un pizzaiolo de catalogue de la toque au pantalon en passant par la veste et le tablier de cuisine.

— La chanson c'est parce que je vends aussi des glaces, confia-t-il, en faisant une grimace qui devait se vouloir un sourire. Mais aussi du miel, des compotes, plein de productions locales. Si vous voulez, on pourra se tutoyer, reprit-il.

Les deux journalistes acquiescèrent, d'un signe de tête.

— Vous êtes venus me parler de ce pauvre Arcisse ?
— En fait, nous sommes plutôt passés pour vous écouter, car notre sujet d'enquête est effectivement Arcisse, précisa Coustou. Désolé de vous poser ce genre de questions, mais le travail du journaliste qui prospecte, c'est un peu comme lorsque le spectateur entre dans un théâtre quand la pièce a déjà commencé. Vous ne savez pas ce qui s'est déjà passé et vous essayez de comprendre.
— Ce n'était pas un homme ordinaire le professeur, il était un peu décalé par moments, souvent perdu dans ses pensées. Je l'aimais bien, très sociable, habile pour faire parler les gens, pour gagner leur confiance. Il avait un abord affable, très apprécié dans le milieu de la détection.
— Il n'avait que des qualités, donc, le coupa Florentin.
— Ah ça, non ! Il avait une fâcheuse tendance à ignorer certains conseils. Il n'en faisait qu'à sa tête. Mais il croyait en sa bonne étoile.
— Quels conseils ?
— C'était lui qui pilotait les zones de recherches, quelquefois, certains membres de l'Amicale conseillaient d'aller détecter en certains endroits, mais lui ne voulait pas et nous allions détecter dans d'autres secteurs.

— C'était efficace ?

— Plutôt, oui. Nous faisions régulièrement des découvertes intéressantes et toujours dans la légalité.

— Comment définissait-il les zones à explorer ?

— Ça je ne sais pas, c'est lui qui déterminait cela. En fait, il était assez solitaire dans ses prises de décision, il ne faisait pas dans la décision collégiale. Si vous voyez ce que je veux dire. Cela ne plaisait pas beaucoup, mais comme il y avait des résultats.

— Et vous qu'en pensiez-vous ?

— Moi ? J'ai très peu de connaissances sur l'Histoire et l'Archéologie. Tout ce que je sais, je l'ai appris sur le tas et la quasi-totalité grâce à Arcisse. Moi, je l'aurai suivi au fin fond de la Sibérie pour faire de la détection. Mais, maintenant que vous m'en parlez, je pense qu'il agissait un peu comme s'il se méfiait.

— De quelqu'un en particulier ?

— Non, en tout cas, je n'ai jamais rien remarqué. Mais je ne peux qu'insister, je ne crois pas au suicide. Il n'était pas le genre d'homme à choisir de s'agenouiller, par une nuit sans lune, face à un TGV ou bien à se pendre où que ce soit. Il était très discret, solitaire, il aimait faire cavalier seul. C'est l'image qu'il donnait de lui en tout cas. Mais il adorait blaguer avec moi.

— Il était sociable, il vous parlait de lui ?

— De lui, non, jamais. Enfin, je ne me le rappelle pas, fit-il pensif.

— Et comment ça se passait avec les autres membres de l'Amicale ?

L'homme prit le temps de réfléchir avant de répondre.

— Bien en général. Il y avait quelques engueulades, mais rien de bien grave.
— Des différends ? Pour quels motifs ?
— Les endroits de détection. Arcisse choisissait, excluait. Cela ne plaisait pas à tout le monde.
— Ça déplaisait à qui ?
— À qui ?
— Aux rois du pétrole, comme je les appelle. Les Ghioan. Ils sont pleins aux as. Sous prétexte qu'ils avaient offert des poêles à frire à toute l'Amicale, ils estimaient être en droit de décider de tout. Je précise que les poêles à frire sont nos appareils de détection.
— Oui ça on le sait. Il y avait donc des tensions ?
— Oui. Mais bon, cela restait dans les limites du raisonnable. Ils n'avaient pas les mêmes points de vue. C'est tout.
— Vous avez un exemple qui vous vient à l'esprit ?

L'homme souleva légèrement sa toque, prit un mouchoir pour s'essuyer le front.

— En octobre nous avons trouvé des monnaies gauloises. Et Arcisse a décidé de les reverser au musée de Lattes. Les Ghioan n'étaient pas d'accord.
— Ils voulaient quoi ?
— Que les 24 ou 25 pièces soient partagées entre les membres de l'Amicale présents, car c'étaient eux qui avaient découvert ce trésor, comme ils disaient.
— Arcisse n'était pas d'accord, évidemment.
— Bien sûr. C'est lui qui a emporté la décision.
— Comment les a-t-il convaincus ?

— Simple. Ou ils livraient les pièces, ou il les dénonçait à l'INRAP.

— Vous étiez combien à cette sortie ?

— Une poignée : cinq. Les deux Ghioan : le mari, la femme, la sœur de Ghioan, Arcisse et moi. Là où il a été fort, c'est qu'il les a obligés à apporter eux-mêmes le butin au musée de Lattes. De plus, il a appelé le lendemain pour vérifier qu'ils l'avaient bien livré, c'est lui qui me l'a confié.

— Ils étaient furax sans doute.

— Vous pouvez le dire ! Arcisse m'a indiqué que les pièces n'avaient pas grande valeur, elles étaient trop abimées et assez communes. Cela ne valait pas beaucoup d'argent. Il avait fait ça pour le principe. Arcisse était un homme à principes. J'en étais arrivé à me faire à cette douce certitude que rien, strictement rien, ne pouvait ébranler sérieusement le bloc de granit dans lequel s'était pétrifié le formidable Arcisse. Vous aimez les pizzas ?

— Oui, mais nous sortons du restaurant. Alors ce sera pour une autre fois si vous voulez bien, répondit Coustou.

— Pas de problème. Je suppose que vous avez fait un bon gueuleton.

— Ce n'était pas mal du tout. Nous avons la chance de vivre dans un pays où la cuisine est considérée comme un art.

— Vous avez bien raison. Je peux vous offrir à boire ?

— Vous vendez de la Salvetat ? demanda l'ainé des journalistes.

— Bien sûr. Je ne propose que des produits locaux. C'est ma marque de fabrique. Je vous l'offre, vous m'êtes sympathiques, ce n'est pas le cas de tous les clients.

— Vous avez eu des problèmes ?

— Venez. Il n'y a pas d'importun, on va s'asseoir un peu.

Antonio se dirigea vers le fauteuil à bascule, s'y installa et désigna deux chaises aux deux journalistes. Les trois hommes s'étaient placés autour d'une petite table ronde sur laquelle se trouvait une boîte métallique. Il remplit les verres.

— Vous voyez l'affiche dans le camion ? dit-il en montrant du pouce le véhicule dans son dos.

Il s'agissait d'un poster intitulé « Exceptionnelle corrida des vendanges à Nîmes » daté de septembre 1978 représentant un toréador face à un taureau. Il sourit, arrêta son fauteuil à bascule et se pencha vers la table. Il prit un cigare dans sa boite à tabac et le fit tourner dans sa bouche un moment. Il en offrit un à Florentin qui accepta. Coustou fit non de la tête. Ils allumèrent les cigares cubains puis le pizzaiolo s'installa bien confortablement dans le fauteuil.

— La semaine dernière, un couple d'Américains m'a violemment pris à partie en raison de cette affiche. « Que j'incitais à la barbarie, qu'il s'agissait d'un spectacle violent où les animaux souffraient ». Ils m'ont traité de tous les noms.
— Que s'est-il passé ? demanda Florentin en lâchant un nuage de fumée.

Antonio dont les yeux clignaient sans arrêt, avec une irrégularité d'essuie-glaces usés, retira son cigare de sa bouche et examina le brillant point rouge de l'extrémité allumée. Après l'avoir consulté quelques secondes, il leur expliqua :

— Ces deux rigolos arboraient chacun une casquette et un tee-shirt du lobby des armes aux Etats-Unis. Alors je les ai envoyés bouler. En leur disant qu'en soutenant un système, qui prônait la liberté de porter des armes ce qui causait la mort de plusieurs milliers d'êtres humains chaque année, ils ne devaient pas la ramener. C'était le type de personne qui a l'illusion que leur pays est l'élu de Dieu et d'autres fantasmes du genre. La majorité d'entre eux ne semble pas savoir ce qui se passe dans le reste du monde et vous traite avec une arrogance incroyable.

— Que s'est-il passé ?

— L'abruti est parti en gueulant et en donnant un grand coup de pied dans la portière. Vous voyez la bosse ?

— Oui.

— Je me méfie de tous les extrémistes, quelle que soit leur chapelle, ou leur mosquée, affirma-t-il en clignant de l'œil.

Il sembla effacer ce mauvais souvenir, en écartant de sa main, le petit nuage bleu de la fumée de son cigare. Puis, il éclata en un véritable fou rire. Complétement éberlués, Florentin et Titoan regardaient l'homme essayer en vain de se calmer. Quand enfin, il parvint à reprendre son souffle, ce fut pour dire :

— Que ne faut-il pas faire pour gagner sa vie ? J'aurai dû écouter mon père, faire médecine ou droit. Mais je n'avais pas les capacités. De plus, les enfants ne sont pas sur terre pour réaliser le rêve de leurs parents, mais le leur. Enfin, si c'est possible, souffla-t-il à la fin de sa phrase.

Antonio constata que la radio n'émettait plus de musique à son goût. Ce fut au moment où il tripotait les boutons du poste afin de trouver une station qui lui convenait que son téléphone portable sonna.

— Excusez-moi, c'est ma sœur. Je dois prendre l'appel.

Il mit l'appel en attente et ne put résister à l'envie de leur expliquer.

— Elle traverse une mauvaise passe. Il y a six mois, le mari de ma sœur l'a quittée pour divorcer, proclamant qu'il avait besoin de "se trouver". C'étaient ses propres termes, il voulait découvrir qui il était réellement. En fait, c'était pour se mettre à la colle avec une jeunette de vingt ans de moins que lui. Quant à découvrir qui il était réellement, cela s'est concrétisé très rapidement par quelque chose d'aussi profond, que d'aller s'installer chez la jeune écervelée, sortir en boîte tous les week-ends et ignorer royalement de régler les pensions alimentaires de sa femme et de ses deux enfants. Le monde va de pire en pire.

Le téléphone portable de Titoan sonna à son tour. C'était Pierre-Nicolas Thiboutot.

— Monsieur Thiboutot ! Vous me voyez ravi de votre appel.
— Rebonjour monsieur Coustou. Je vous contacte par simple courtoisie afin de vous dire que nous ne pourrons pas nous voir aujourd'hui.
— C'est bien dommage, j'aurai eu besoin de vos services, répondit Coustou avec un long soupir. Il faut que vous éclairiez ma lanterne !
— Sur les Volques ?
— C'est cela.
— J'ai un peu de temps, si vous voulez on peut en parler au téléphone ce sera moins agréable, mais si cela peut vous aider...
— Pourquoi pas. Ne quittez pas s'il vous plaît.

S'adressant au patron du fourgon, Titoan demanda, d'un geste de la main s'il pouvait s'installer sur la petite table. D'un hochement de tête, Antonio accepta avec un grand sourire, ceci malgré le fait qu'il semblait toujours fort préoccupé par sa conversation au téléphone avec sa sœur.

Titoan déballa ses affaires, sortit son carnet afin de prendre des notes. Il posa son portable à son côté, mit l'amplificateur afin d'avoir les mains libres. Il n'y avait plus qu'eux et le fourgon sur le parking. Le pizzaiolo avait éteint le poste. Ils étaient tranquilles.

— Monsieur le professeur, que pouvez-vous me dire sur les Volques ?

— Je ne vais pas vous faire un cours magistral, trancha immédiatement son interlocuteur. Mais, ce que l'on peut dire, c'est que la puissante tribu des Volques est un peuple Celte qui a émigré du Danube au sud de la Gaule vers le troisième siècle avant Jésus-Christ. On les divise en deux les Tectosages et les Arécomiques.

— Trois siècles avant Jésus-Christ ?

— C'est cela. Mais les Volques qui intéressaient Arcisse étaient les Volques Arécomiques, ceux qui se sont installés dans notre région. Parlez un peu plus fort, mon ouïe n'est plus ce qu'elle était.

— D'accord. Ils étaient installés où précisément ?

— Bouzigues, Poussan, Montbazin, Viols le Fort, Saint-Martin-de-Londres, Vailhauques. Tout le Gard également. Et puis ce sont eux qui ont fondé Nemausus le nom antique de l'actuelle ville de Nîmes, qui fut leur capitale.

— Ils n'étaient donc pas des barbares ?

— Loin de là. D'autre part, certains historiens disent que lors des guerres puniques, quand Hannibal a attaqué Rome, une partie des Volques soutint l'armée carthaginoise d'Hannibal, encouragée par l'or de ce dernier, en lui fournissant des barques pour passer le Rhône.

— Ils étaient des ennemis de Rome ?
— Pas toujours. Cela dépendait des circonstances. Enfin, ça n'est qu'entre 22 et 19 avant Jésus-Christ que Nîmes, leur capitale, devînt une colonie romaine sous le nom de Colonia Augusta Nemausus. On pense que c'est à la même époque que le territoire des Volques Arécomiques fut subdivisé entre trois cités : Nîmes, Lodève et Béziers.
— Je ne savais pas, pour Béziers et Lodève.
— Personne ne sait tout. Je peux même vous dire qu'à l'époque de César, les Volques Arécomiques reçurent le droit latin et furent dégagés des obligations envers Marseille qui avait pris le parti de Pompée.
— Mais pour quelles raisons Arcisse effectuait des recherches spécifiques sur les Volques ?
— Je n'en sais rien. Je ne sais pas, affirma le professeur.
— Vous m'avez fait un beau résumé qui ne me sera pas inutile pour ma culture générale, je vous remercie. Cela dit, je ne suis pas plus avancé, j'ignore toujours la motivation principale du pauvre Poissenot. Pourquoi cette obsession sur les Volques Arécomiques ?
— Peut-être pour écrire un livre ? Vous savez, l'avantage de l'âge, c'est d'ouvrir les perspectives.
— Hmm, fit le journaliste, avec l'air d'accepter l'explication.
— Appelez-moi si vous avez des questions complémentaires.
— Je m'en souviendrai, merci monsieur le professeur.
— Monsieur Coustou …
— Oui ?
— Quelquefois, il vaut mieux s'occuper de ses affaires, et éviter de mettre le nez dans celles des autres. Loin de moi l'idée d'entraver vos recherches, mais faites attention, vous

ne savez pas dans quoi vous avez mis les pieds. Vos belles bottes pourraient vous emmener sur des chemins tortueux et dangereux où vous pourriez rencontrer des ennuis ! déclara Thiboutot en raccrochant.

Titoan leva la tête, son regard croisa celui de Florentin, il avait un air dubitatif, il n'était clairement pas convaincu. Ses pensées furent interrompues par le cri d'une chouette qui résonna dans le silence. Titoan échangea un regard avec son ami. Selon une légende occitane, dont Florentin lui avait fait part, le hurlement de la chouette en fin d'après-midi était annonciateur d'une mort violente. Il haussa les épaules, exprimant son mépris pour cette superstition et ils prirent leur marche silencieuse vers leurs véhicule respectif.

À l'instant où il activait le système d'ouverture à distance des portes de sa voiture, son téléphone sonna à nouveau. Un type à l'accent étranger, affirmant toutefois s'appeler Jean Durant et être mandaté par le plus grand et le meilleur des opérateurs téléphoniques, lui proposait de souscrire pour une somme astronomique le plus fabuleux des forfaits. Coustou, qui n'était pas dans son meilleur jour, le renvoya immédiatement dans ses cordes, au grand étonnement de son ami.

— On se retrouve au journal, lança-t-il en démarrant.

Titoan était à peine installé depuis cinq minutes dans son bureau que Pierrette Casterats, frappa à la porte et entra. Après de nombreux coups de fil, elle avait obtenu les renseignements qu'il attendait.

— Vas-y Pierrette, je note, assura le journaliste.

— Jean Rotoulp, quarante-deux ans, né à Albi dans le Tarn, marié à Isabeau, sans enfants. Ils sont propriétaires de leur logement. Profession : chargé du plan et de la documentation cadastrale. Je peux même rajouter que leur situation financière est correcte sans plus. Leur seul bien est l'appartement qu'ils occupent pour lequel ils ont effectué un emprunt important sur vingt-cinq ans et dont les échéances sont réglées rubis sur l'ongle.

— D'accord, merci, fit Titoan, tout en réfléchissant. Ont-ils une voiture ?

— Non, pas de véhicule. Ils habitent en ville tous leurs déplacements s'effectuent en Tram ou en bus, j'ai même leurs numéros d'abonnements à la TAM si tu veux.

— Il ne faisait pas partie de l'Amicale des chercheurs de trésors ?

— En aucun cas. Il n'était membre d'aucun cercle, aucune association ou syndicat, rien, j'ai vérifié.

— Mais comment fais-tu pour avoir ce genre de renseignement ?

Elle posa ses lunettes, leva les yeux et sourit.

— La police a ses indics, les journalistes aussi. Disons que mes sources sont fiables puisqu'elles émanent de ... Tu ne sauras pas de qui.

— Je m'en contenterai, soupira Titoan en riant. Mais je suppose qu'il s'agit-là d'informations transmises par l'un de tes innombrables admirateurs.

L'intéressée, manifestement ravie, sortit de la pièce en haussant ses frêles épaules.

CHAPITRE 21

L'homme jeta un coup d'œil à la jauge à essence ; le réservoir n'était plein qu'au quart lorsqu'il s'était emparé de la voiture, mais ça suffirait largement. Il se sentait à la fois exalté et heureux, car on lui avait confié une belle mission. À peine eut-il mis le contact que la pluie commença à tomber à torrents. Dans la voiture, ça sentait la bière, l'humidité et la poussière brûlante qui montait du chauffage-désembuage qui n'avait pas fonctionné depuis longtemps. Il essaya de régler le ventilateur pour éviter que le pare-brise ne se couvre de buée. Il pleuvait, et même la pluie semblait de bonne humeur.

Il était en chemin avec la mort pour compagnon de voyage, il ne se trouvait donc pas seul, même si son boss lui disait qu'il préférait opérer en solitaire parce qu'il n'aimait pas les gens. Il aimait les missions que lui confiait le patron, des missions compliquées, des missions importantes, vitales, même. Cela lui convenait bien, quand la vie tournait trop longtemps au ralenti, le vide l'habitait.

Ses pensées allaient vers son père, il suivait ses traces. Chaque automne, au mois d'octobre, le vieux l'obligeait à l'accompagner quand il partait tirer les lièvres et les petits oiseaux. Il traquait ces animaux, équipé d'un fusil de chasse superposé calibre 12, parce qu'il n'aimait qu'une seule chose, détruire. Maintenant, c'était son tour. Mais à un niveau plus élevé, beaucoup plus élevé. Son père n'aurait pu s'imaginer sa fulgurante évolution, car rien dans la chenille n'indiquait qu'elle deviendrait papillon. Faut dire qu'il s'était donné du mal pour se construire une façade qui lui permettait de ne trahir aucun de ses sentiments, ni de ses petits travers.

Le véhicule avait traversé Prades-le-Lez, passant devant l'église, et roulait en direction du lieu du rendez-vous. Il conduisait comme s'il était en train de passer son permis, sans jamais dépasser la vitesse autorisée ni oublier son clignotant Il fit un écart pour éviter un poivrot qui traversait en dehors de l'unique passage piéton de la commune et poursuivit sa route. À la sortie du village, ce fut le mur du cimetière. Il jeta un regard au-delà de cette clôture qui traçait la frontière entre les morts et les vivants. Il allait trop lentement aux yeux de la voiture qui le suivait. Celle-ci déboîta, le doubla en lui faisant une queue de poisson, il braqua violemment vers le côté, puis redressa sa direction. Les passagers de la voiture devant lui se retournèrent pour lui faire un doigt d'honneur. Il les fixa un moment en pensant à l'homme qu'il avait tué et au fait qu'il y restait encore largement assez de place dans les bois pour creuser quelques tombes supplémentaires.

L'averse avait cessé aussi brusquement qu'elle était apparue. À cran, comme Charles Bronson attendant Henry Fonda dans la scène finale de "Il était une fois dans l'Ouest". Il avait passé l'après-midi à se préparer pour le grand moment.

Il ne fallait pas qu'il regarde en arrière, car regarder en arrière vous ralentit. Regarder en arrière pouvait signer votre arrêt de mort. Aujourd'hui, le message du patron était clair. Il avait échoué par deux fois, c'était sa dernière chance. Dans le monde où nous vivons on ne récompense pas les perdants, lui avait-il dit d'un air menaçant. Lui, il l'avait reconnu, son guet-apens afin de supprimer le journaliste à l'Hortus ne s'était pas déroulé comme il l'avait prévu. Il ne s'attendait pas à ce barrage de la Gendarmerie. C'était imprévisible. Sans cela, il était certain qu'il aurait réussi. Mais pour le journaliste, ce n'était que partie remise, ce serait bientôt son tour. Car il n'avait pas dit son dernier mot.

Pour ce qui concernait le cycliste, le type du cadastre, là aussi pas de chance puisque le gars du cadastre s'en était tiré. Il n'était pas mort, mais il n'était plus qu'un légume. Il ne représentait plus un danger. L'homme se remémora la préparation minutieuse du piège qu'il lui avait tendu. Il avait repéré ses heures de sortie et ses itinéraires habituels lors de ses escapades à vélo. Il avait même calculé en fonction de son allure et de son heure de départ à quel endroit et à quel moment il lui fallait agir.

Il se rappelait que ce jour-là, il portait une casquette des Chicago Bulls. Pour se motiver, il avait mis la sono à fond. Un rap assourdissant vibrait à l'intérieur du véhicule. La route étroite escaladait les flancs arides des pentes du Pic-Saint-Loup. Mais l'orage était venu d'un coup, les nuages étaient bas. La pluie brutale, violente. L'eau ruisselait sur la route. Il se remémora avoir vu Rotoulp atteindre le sommet, plongeant dans la descente. Les virages serrés se succédaient. Il avait du mal à le localiser. L'homme roulait à vive allure, aux alentours des soixante kilomètre-heure. Lui, il retenait son souffle et s'agrippait au volant tandis que la voiture tanguait dans les courbes.... Là, près de trente mètres plus bas, enfin, il le vit sur son vélo, il avait ralenti. Il y avait des gravillons qui pouvaient faire perdre l'adhérence à tout moment et puis la proximité du ravin. Il n'y avait personne, c'était l'endroit propice, le lieu idéal. Ce fut un jeu d'enfant. Il avait accéléré puis percuté. Son corps avait été projeté en avant comme une marionnette dont on aurait coupé les ficelles. Il n'était pas mort, mais c'était pareil, murmura-t-il pour lui-même.

À présent, il parlait à son propre reflet dans le rétroviseur intérieur du véhicule, en disant les phrases à voix haute, pour voir si ça leur donnait davantage de sens. Ce soir, il n'était plus acceptable d'échouer, mais, heureusement, le boss avait pris soin de fixer une heure relativement tardive pour accepter cette rencontre.

Car l'autre ne lui avait pas laissé le choix, c'était à prendre ou à laisser. Ou bien, il payait ou le vieux balançait toute l'affaire au journaliste.

Le patron avait accepté à condition de fixer le lieu et l'heure du rencard. Il ne serait pas présent, bien sûr. Lui, il ne se salissait jamais les mains. C'était son boulot à lui, l'homme de main, le meurtrier. Un jour, ce serait à son tour d'être le type aux commandes, d'être tout en haut, celui qui fait la pluie et le beau temps.

Pour ce qui concernait le prof, il n'était pas question de destin ni de malchance, c'était un choix conscient.

Il ralentit et examina les environs. L'endroit était désert à présent, mais mieux valait être prudent. L'heure, mais aussi le déluge qui était tombé dru auparavant avaient chassé les éventuels promeneurs du lieu. Il nota qu'aucune voiture n'était stationnée sur l'aire prévue à cet effet. Il s'y gara, il était suffisamment loin pour n'être pas aperçu par sa cible. Il sortit de la voiture. Il plissa les yeux face à la lumière blafarde du lampadaire. Dans son manteau noir, il resta ainsi un instant, les yeux fermés, en écoutant le bruit des moteurs qui résonnaient sur la route départementale qui se trouvait à deux cents mètres environ. Pas d'autre bruit à proximité. Il sentait que tout n'était qu'ordre, équilibre et harmonie. Il sut que c'était maintenant !

Il ressentait cette minute comme un moment beau et sauvage, cet instant, il devait le déguster afin d'en conserver toute la saveur et l'inventivité. Il **était** un rêve qui marche, un rêve sauvage. Dans les tréfonds esseulés de son imagination, il nourrissait des idées dont il n'avait osé faire part à personne.

Très jeune, il lui arrivait d'entourer de rouge les jours du calendrier où il s'était passé quelque chose de plaisant, comme le jour où il avait tué ce chien à coups de batte de baseball. C'était peut-être l'effet de l'herbe ou bien c'était peut-être un brusque éclat de colère. Mais il ne pourrait pas le faire aujourd'hui, car il ne fallait pas laisser de trace avait insisté le boss. Surtout, ne pas mécontenter le boss. Il avait le bras long. D'après les renseignements qu'il avait obtenus, le patron avait souvent profité de ses connaissances dans le milieu politique régional pour négocier des transactions immobilières à la limite de la légalité. C'était un mec dangereux, qui n'hésitait devant rien. Et il était en cheville avec des familles mafieuses.

Lui, il était différent, il était un homme d'action et il n'aimait rien tant que semer l'inquiétude et le désespoir. Le prof allait payer la facture. La vie est comme un livre. Et tous les livres ont une fin.

Il aperçut Thiboutot qui attendait à l'arrêt de bus, le dos au vent. Il situait cet homme dans la bonne soixantaine, l'âge qu'aurait son oncle s'il était encore de ce monde et s'il n'avait pas été emporté par une cyphose du foie vingt ans auparavant. Seulement vêtu d'une veste noire de demi-saison, ouverte sur une chemise blanche à manches longues, un chapeau noir bien vissé sur sa tête, une main dans la poche, l'autre tenait nerveusement une valise noire. Il savait qu'elle était vide, c'était pour mettre l'argent, puisque le chef avait accepté de lui refiler deux cent mille euros en échange de son silence. Celui-ci lui avait confié que le type avait des dettes de jeu et qu'il était littéralement saigné à blanc par son ex-femme. C'était un type poussé par le désespoir, qui agissait sans avoir le choix, le temps de la réflexion, un homme qui se cognait la tête contre le mur du destin. Le professeur avait enregistré tous ses soupçons et tout ce qu'il savait sur son ordinateur, bien protégé par un mot de passe.

Précaution inutile, car tout cela ne résiste pas bien longtemps à un hacker qui sait très facilement purger un ordinateur de tous les fichiers sensibles et tout cela en moins d'une heure.

Il l'observait à la dérobée depuis un bon moment, lorsque soudainement une voiture passa, le professeur s'avança sur le bord de chaussée, comme s'il attendait l'occasion pour traverser ou bien de héler le conducteur, mais il se ravisa et rejoint l'abribus. Il était seul, nerveux, peut-être réalisait-il, enfin, qu'il était allé trop loin et qu'il était dangereux de menacer le patron. Mais c'était trop tard. Les gens se comportent comme s'ils allaient vivre éternellement. Le boss lui avait dit de l'envoyer en enfer. Mais l'enfer, ça n'existe pas, sinon, il devrait aussi y avoir un paradis.

Son heure était venue, la blancheur immaculée de sa chemise offrait une cible parfaite.

CHAPITRE 22

Coustou, qui avait l'habitude de partir l'un des derniers du journal, reçut un appel de son ami Florentin. Il l'invitait à passer chez lui, car il avait des informations de première main dont il souhaitait lui faire part.

Sur le trajet à l'angle de la rue du Moulin de Sémalen et de l'avenue Jean-Mermoz, il vit un peu plus loin devant lui, une femme assise sur le bord du trottoir, se lever pour faire la manche auprès des automobilistes arrêtés au feu rouge. Elle leur présentait une sorte d'écriteau, certains donnaient d'autres pas. Dès que le feu passa au vert, la circulation reprit. Un peu plus loin, à l'avenue du Pont Juvénal, les voitures étaient fortement ralenties par un mendiant qui déambulait au milieu de la chaussée. Les conducteurs devant Titoan cherchaient désespérément à fuir leur destin et tentaient de trouver un nouvel itinéraire. Lui, le savait, il fallait prendre son mal en patience. Tout à coup, l'homme se ravisa et en boitant alla retrouver sa place au bord du trottoir. Le flot de véhicules repartit de plus belle.

L'ancien marin habitait à Palavas, un petit appartement donnant sur la mer. Ex officier de la Marine Nationale, il avait développé une nostalgie des mers et des océans qui l'habitait en permanence. La résidence où il logeait était récente, les façades d'un blanc immaculé, réfléchissaient les derniers rayons de soleil de cette fin de journée. Les fleurs qui entouraient son immeuble allaient bientôt éclore. Des boiseries claires accueillaient les visiteurs dans le hall d'entrée. Il examina son visage dans la glace. Dans cette lumière blafarde, il semblait vieilli, c'était la fatigue ou bien l'âge. L'âge menaçait. Mais ce n'était encore qu'une menace, c'était dans l'ordre des choses. À la quarantaine, on avait le visage qu'on méritait.

Florentin lui ouvrit la porte, il s'était changé, il était vêtu d'une chemise tropicale flottant au-dessus de la ceinture de son pantalon gris.

Il le fit entrer dans le salon. Sur la platine tournait un disque de Bob Dylan. Coustou reconnut le morceau Boots of Spanish Leather. Son hôte l'invita à s'asseoir dans l'un des fauteuils à toile bleu marine et à la structure en bois, qui lui était si familier. Florentin s'installa juste en face, sur le canapé en tissu écru.

C'était une grande pièce décorée dans un style maritime, son ami lui avait avoué que dans cette atmosphère il trouvait calme et sérénité. La porte-fenêtre était ouverte, laissant pénétrer le doux bruit des vagues. Ils percevaient également les gémissements des petits bateaux tirant sur leurs amarres. Leurs coques s'entrechoquaient et se bousculaient dans le port.

La musique s'arrêta. Son hôte se leva pour changer la face du trente-trois tours.

— Tu sais qu'il existe des chaînes Hi-Fi avec lecteur de CD ?
— Tourner le disque, ça ne me dérange pas, assura Florentin avec un haussement d'épaules. Pour moi, ces galettes distillent plus que du son, elles offrent de la musique !
— Tu te comportes vraiment comme un incurable nostalgique.

— Tu vois ceci ? fit-il en montrant un crâne d'animal posé sur un buffet en teck.

— Oui. Qu'est-ce que c'est ? demanda Titoan, intéressé.

— C'est un cadeau d'un Indien Atacameno, né dans le désert d'Atacama. Un homme-médecine, comme ils disent, une sorte de chamane. Il a peint des signes magiques sur ce crâne de coyote. Il me l'a donné pour me protéger, car lors d'une escale au Chili, je l'avais aidé.

— Tu l'avais aidé à quoi ?

L'ancien officie de marine se comportait comme s'il n'avait pas entendu la question.

— Il communiquait avec les esprits et interprétait leurs signes pour répondre aux interrogations et aux angoisses. Il m'avait affirmé que nous vivions dans un monde de violence et que la violence était comme une tempête, qui prenait dans ses griffes ceux qui la commettaient aussi bien que leurs victimes. Il disait aussi que nous voyons ce que nous croyons et non l'inverse.

Puis, il se dirigea vers son bar en bois d'hévéa et en laiton, toujours d'inspiration marine, pour servir un verre de whisky à chacun. Tous les deux partageaient le même goût pour cet alcool irlandais.

Titoan leva la tête pour admirer, comme à chaque fois où il venait chez l'ancien officier de marine, le magnifique tableau aux couleurs fantastiques qui représentait un voilier dans le mauvais temps.

Florentin tendit le verre à son ami, tandis que Dylan commençait.

— A ta santé fit-il, en portant le breuvage à ses lèvres. Comme je te l'ai annoncé au téléphone, j'ai de nouvelles informations.

— Ces renseignements, ils proviennent de qui ?
— Ne te préoccupe pas de ça, tout ce qui compte c'est qu'ils soient fiables, non ?
— J'aime bien connaître toutes nos sources, c'est pour cela que je te repose la question.

En voyant son visage se refermer, il comprit qu'il avait posé la question de trop. Il n'en apprendrait pas plus sur ce sujet.

— Cela fait pas mal de temps que je suis dans le métier. J'ai donc pu rendre pas mal de services.
— Oui, c'est le cas à de nombreux journalistes.
— Oui. Mais, il y a rendre des services… et rendre des services.
— Je ne te suis pas.
— Il ne vaut mieux pas. Il m'est arrivé de tendre la main à certains individus qui vivaient en marge de la loi. Tu n'en sauras pas plus.
— D'accord. Va au fait, s'il te plaît.
— L'un d'entre eux est garagiste.
— Garagiste ?
— Oui. Je l'ai envoyé examiner la voiture d'Arcisse Poissenot, tu sais que son véhicule n'a pas bougé et qu'il est garé depuis des mois devant chez lui.
— Dans quel but ?
— Vérifier son fonctionnement.
— Et alors ?
— La voiture avait été sabotée. Il n'aurait pas pu démarrer.
— Mais comment ?
— Je ne suis pas mécano, loin de là. Mais il m'a expliqué une histoire de fil d'alimentation de la bobine qui aurait été

débranché. Et si Poissenot était aussi bricoleur que moi. Il n'a pu démarrer.
— Donc, il est parti de chez lui, mais pas seul.
— Exact.

Titoan reprit ses notes :

— Un voisin l'a vu descendre de son véhicule, la veille de sa disparition. C'est donc que sa Citroën a été sabotée dans la nuit

Florentin se leva et alla se planter devant la baie vitrée, les yeux fixés sur l'horizon, où une ligne pâle se dessinait entre le ciel et la mer.

— Je pense comme toi.
— Il est parti avec une ou des personnes en qui il avait confiance.
— En tout cas qu'il connaissait.

Le téléphone portable de l'ancien marin se mit à vibrer doucement puis de plus en plus fort. Florentin l'avait posé sur le bord du buffet du salon. Il hésita un instant, regarda sa montre : vingt-deux heures. Un peu tard, sans doute une mauvaise nouvelle ou bien une information importante.

Il se leva pour aller répondre. C'était un appel du commissariat. Alors que son interlocuteur lui expliquait la situation, un grand froid l'envahit progressivement.

— Ça s'est produit où ? Il y a des témoins ?

Florentin posa d'autres questions dont il nota les réponses sur son carnet qu'il laissait toujours machinalement à côté de son appareil. Puis, il fit de courtes interventions et surtout écouta en silence.

Quand il raccrocha un instant plus tard, ses mains tremblaient légèrement. Titoan le dévisageait nerveusement, d'un air inquiet.

— Que s'est-il passé ?
— Le prof est mort. Sa pendule s'est arrêtée.
— Le professeur Thiboutot ?
— Lui-même.
— Mais comment ?
— Je vais t'expliquer ce que je viens d'apprendre.

L'ancien marin se dirigea vers le bar, se resservit un nouveau whisky, demanda d'un signa de tête à Coustou s'il en désirait un également. Ce dernier joua avec l'idée de prendre encore une goutte d'alcool irlandais, mais rejeta fermement celle-ci. Florentin s'assit et expliqua :

— Comme tu le sais, j'ai encore de nombreux contacts dans la maréchaussée. Après notre réunion, j'ai appelé l'une de mes sources à l'Hôtel de Police, un type sérieux et discret que je connais depuis vingt ans. Je lui ai demandé s'il pouvait me trouver des informations sur le Prof, pas Arcisse, l'autre … le Thiboutot. Je ne le trouvais pas net.
— D'accord. Et c'est lui qui t'a contacté ?
— Oui, coïncidence il était de garde ce soir. Alors quand il a appris son décès, il m'a appelé.
— Ça s'est passé comment ?
— Ils disent que c'est un accident.
— Un accident ?
— Oui, affirma Florentin.
— N'importe quoi !
— Tu as raison sans aucun doute. Voici ce que je sais, ajouta-t-il en saisissant son carnet de notes. Cela s'est passé il y a un

petit peu plus d'une heure. Il a été renversé au niveau de l'arrêt de bus du Cirad de Baillarguet à Montferrier.
— A Montferrier ? Mais que faisait-il là-bas ?
— Va savoir. Certainement qu'il y avait un rendez-vous. A priori il attendait à l'arrêt du bus de la ligne 26.
— Raconte.
— Un témoin a assisté à l'accident mais il était relativement éloigné. Voici ce qu'il a dit aux gendarmes. Un SUV de couleur noire roulant à vive allure sur le côté gauche de la chaussée a dévié de sa trajectoire pour percuter par derrière l'homme qui n'a rien vu venir. En tout cas il n'a fait aucun mouvement. Il pense que le chauffard a perdu le contrôle de son véhicule. Ensuite, la voiture a poursuivi sa route, frôlée un panneau indicateur et un chien, mais emportée par sa vitesse, elle a zigzagué, franchit le terre-plein central et percuté de plein fouet l'autre abribus, malgré cela le chauffard a redressé sa course et s'est enfui.
— Il entendait mal, le prof. C'est pour cela qu'il n'a pas bougé. Mais à mon avis, il l'a été renversé intentionnellement.
— Sans aucun doute. Le type en savait plus que ce qu'il t'a raconté et il est tombé dans un piège. Et je suis sûr que la voiture est déjà en train de brûler quelque part dans l'arrière-pays.
— Tu sais à quel genre de personne me faisait penser Thiboutot ?
— Non, à quel genre ?
— À ceux qui regardent les nuages et essayent d'y voir des formes.

Florentin se servit un nouveau verre et murmura :

— Savourons une minute de silence poignante à la mémoire de nos illusions défuntes.

Déçus, les deux hommes se levèrent pour aller planter leur regard sur la Méditerranée. Un orage éclata au loin sur la mer et les éclairs étirèrent leurs doigts électriques. Comme le soleil avait totalement disparu, une balise du phare s'alluma, à une centaine de mètres de l'immeuble, pour montrer le trajet à suivre sur le chenal. Florentin se taisait, observant la mer et le ciel. Titoan le savait, par moments quelque chose en lui larguait les amarres.

Ils ne s'attendaient certes pas à ce que le mystère Arcisse Poissenot soit résolu très rapidement. Mais ils avaient espéré progresser. Avec la mort de Thiboutot, ils avaient tous deux le sentiment qu'une porte s'était refermée brusquement. Où allaient-ils la trouver désormais, leur prochaine petite lueur d'espoir ?

Titoan se sentait déprimé. Et fatigué.

À cet instant, Dylan interprétait un nouveau morceau sur la platine de Florentin. Coustou connaissait assez son répertoire pour reconnaître le titre : « The Man in The Long Black Coat ». La chanson disait : « les gens ne vivent pas plus qu'ils ne meurent, ils ne font que passer ». Dans la chanson, le rôdeur, l'homme au long manteau noir, entraperçu aux abords de la ville, avait cité la Bible et invité une femme à danser. Elle avait choisi de le suivre. Qui était-il ?

Sur le retour Titoan, reprit le même trajet qu'à l'aller. Dans une rue, il accompagna du regard un vieil homme qui avançait lentement. Devant une poubelle, ce dernier s'arrêta et la fouilla d'une main sans rien trouver, son visage afficha une profonde déception. Coustou éprouva un sentiment de malaise et de colère mêlé à un sentiment de mélancolie vague. Les médias, dont il faisait partie, martelaient des messages du type « une société qui ne prend pas soin des jeunes n'a pas d'avenir ». C'était une évidence. Mais une société qui ne prend pas soin de ses anciens est une société qui va très mal. Il avait conscience de vivre dans une époque où inconsciemment, on jugeait coupables les vieux qui n'avaient pas l'élégance de quitter la scène avant de coûter de l'argent à la société.

D'un coup de volant brusque, il stoppa son véhicule sur le côté de la rue, s'attirant un coup de klaxon agressif du conducteur qui le suivait. Descendu de la voiture, il rejoint le vieillard pour lui glisser discrètement un billet dans la main. Titoan savait en son for intérieur qu'une aumône de quelques pièces ou billets ne lui suffirait pas à se considérer comme un philanthrope. Le vagabond l'avait remercié chaleureusement, mais Coustou avait encore en mémoire la peur qu'il avait lue dans ses yeux lorsqu'il s'était approché de lui. Il songea qu'au cœur de la nuit, Montpellier et sa respiration moite murmurait désormais que la haine et la violence étaient devenues des choses communes.

La circulation était encore intense, malgré l'heure tardive. Mais il n'était jamais que 23 heures dans la ville qu'un ancien édile avait complaisamment appelée la surdouée, il savait que le langage politique a pour fonction de rendre le mensonge crédible.

Titoan se trouvait à présent sur l'avenue du Pont Juvénal. Un Van bleu marine aux vitres teintées le précédait. Celui-ci stoppa d'un coup net devant lui. La porte latérale s'ouvrit et à son grand étonnement, il vit subitement l'homme qui, quelques heures avant faisait la manche en boitant, arriver en courant pour monter rapidement dans le véhicule. Puis, sous les yeux ébahis du journaliste, le même manège se produisit sur l'avenue Jean-Mermoz avec la mendiante.

Sa nuit fut très agitée. Il se réveilla en sueur. Il avait encore fait un cauchemar, le cœur cognant à se rompre, sa tête était douloureuse. Son mauvais rêve lui semblait tellement réel. Toujours le même. En fait, ce n'était pas un cauchemar, mais un souvenir très désagréable. Il était enfant et avec deux copains, ils s'étaient aventurés dans un endroit dangereux, dans une grotte et s'étaient retrouvés coincés dans une cavité très étroite. Il était en seconde position et son ami François, le troisième avait fait un malaise lorsque le premier Bernard, les avait informés de l'impossibilité d'avancer. Il fallait faire demi-tour. Bernard évanoui, le trio était bloqué, prit au piège dans cette galerie étroite ; trop étroite pour faire demi-tour. À force d'appels, mais aussi de coups de pied en arrière, Titoan, angoissé, paniqué, avait réussi à raviver son ami.

Pendant quelques instants, il demeura immobile, les yeux grands ouverts dans l'obscurité, peinant à retrouver son souffle. Il resta un moment allongé dans le lit, pétrifié. Ensuite, il eut la force d'allumer sa lampe de chevet, il était deux heures du matin, il se leva quand même, se fit un café, se recoucha et s'endormit.

CHAPITRE 23

Le matin, lorsqu'il se réveilla sa tête bourdonnait encore imperceptiblement et il avait mal à l'estomac, une sensation de brûlure, sans doute due aux excès d'alcool de la soirée. Il avait mal dormi, l'esprit tourmenté par les différentes options qui s'ouvraient à lui. La nuit avait été agitée, entrecoupée de nombreux réveils. Toutefois, il était de bonne humeur. Titoan avait eu une idée lorsqu'il avait vu la veille au soir la camionnette faire le ramassage des miséreux. Et si Arcisse avait été enlevé et jeté dans une sorte de Van devant chez lui le jour de sa disparition ?

Se raccrochant à cette hypothèse, il laissa un message à Florentin en l'avisant qu'il se rendrait au domicile de la victime pour procéder à une sorte d'enquête complémentaire, ciblant la présence éventuelle d'une camionnette à proximité de chez le professeur, la veille de la disparition.

Lorsqu'il parvint au lotissement de Poissenot, il se gara juste à côté de la Citroën de ce dernier. Toujours couverte de poussière, elle n'avait pas bougé.

Il sonna au premier portillon sans succès. Pas de réponse. Il en fut de même lors des tentatives suivantes. Il restait un dernier pavillon, celui qui clôturait l'impasse. Peut-être aurait-il plus de chance ? pensa-t-il.

Effectivement, à son coup de sonnette, une femme sortit à petits pas. Elle l'accueillit sur le perron. Elle était assez maigre, était enveloppée dans une robe bohème aux motifs fleuris. Elle portait un chapeau de paille ceint d'un foulard rose. Ses longs cheveux, teints en blond, flottaient légèrement au vent. Elle avait une allure de vieille hippie sous son couvre-chef.

— Qu'y a-t-il pour votre service, jeune homme ?

Titoan esquissa un sourire, cela faisait bien des années qu'il n'était plus un jeune homme, mais la différence d'âge avec la personne qui l'accueillait semblait valoir le compliment.

- — Bonjour madame, je suis Titoan Coustou, journaliste au Clapasien et je fais une enquête sur le décès de votre voisin monsieur Poissenot.
- — Ah oui, j'ai appris ça ! … Quel malheur ! …C'est horrible ! Je dois vous avouer que je ne le côtoyais pas. Il habitait plus bas, je crois, fit-elle en tendant le bras.
- — Je vais vous montrer une photo. Vous pourriez me dire si vous reconnaissez cet homme ?
- — C'est bien ça ? Vous êtes de la police ?

Elle souleva ses lunettes en forme d'étoiles. Elles étaient du même style que celles popularisées, bien des années auparavant, par Elton John. Puis, elle étudia la photo en cillant à plusieurs reprises ses yeux agrandis par la curiosité.

- — Pas du tout. Je suis Titoan Coustou. Je suis journaliste.
- — Vous vous appelez vraiment comme ça ?
- — Quoi, Coustou ?
- — Non, idiot, Titoan. Drôle de prénom ! Moi, c'est Versois, comme Odile Versois, l'actrice. Elle a vécu un peu plus

haut. Il y a aussi un mec dans le coin qui s'appelle Sardou et aussi un Martin Martin qui affirme que son prénom est un hommage aux Martin Circus, mais ça me paraît un peu tiré par les cheveux.

Le journaliste trouvait le comportement de la femme particulièrement étonnant. Il se rapprocha lentement, une odeur douceâtre ressemblant étrangement à celle de la marijuana flottait comme un nuage invisible autour de madame Versois. La matinée était chaude et calme, sans un souffle de vent, l'odeur entêtante et douceâtre du cannabis se répandait par bouffées, dans l'air tiède. Il sourit.

— Non, je ne le connaissais pas ce gars ! C'est vrai qu'il est mort ?

— Oui. Cela ne fait pas de doute.

— Dommage. Il avait l'air sympa sur la photo. Il me fait penser à un acteur, ou bien à un type vu à la télé, pas très connu, mais sa tête me dit quelque chose pourtant....

— Oui, c'est exact, il ressemble à un acteur de série américaine un certain Titus Welliver.

— Oui, c'est ça. Il fait le même boulot que vous dans la série, il est flic.

— Je ne suis pas flic, madame Versois, je suis journaliste. La police fait régner l'ordre. Moi, je me contente de révéler le désordre. Et j'avais une dernière question à vous poser si cela ne vous dérange pas.

— Allez-y. Vous m'êtes bien sympathique même pour un policier. Je vais faire de mon mieux, murmura-t-elle en posant son bras sur le muret afin de conserver son équilibre défaillant.

— Fin novembre. Auriez-vous remarqué une camionnette ? Un Van ? garé sur le parking devant le domicile de monsieur Poissenot ? Je sais cela date un peu, mais essayez de vous souvenir, c'est important.

— Je peux vous répondre de suite. Oui. J'ai remarqué un Van noir de marque Mercedes. Il avait les vitres teintées. Rien de plus facile pour moi de m'en souvenir. Mon défunt mari avait le même. Et puis la date, je peux vous la donner, c'était le 25 novembre. Je ne sais pas s'il était garé devant chez votre bonhomme, mais il était par là-bas, fit-elle en faisant un signe du bras, ce qui eut pour effet de la déstabiliser légèrement.

— Vous êtes bien précise !

— Facile ! Cela a fait deux ans le 25 novembre dernier que mon défunt mari a cassé sa pipe et que je suis libre comme le vent ! s'exclama-t-elle en riant. Au fait, je m'en suis débarrassé.

— De quoi ? questionna Titoan, inquiet.

Il n'avait pas l'impression qu'elle regrettait beaucoup son défunt mari.

— Du Van ! Mon mari, c'est sœur cirrhose qui l'a emporté, lança-t-elle en claquant la porte, pour l'ouvrir aussitôt. J'allais oublier monsieur le policier, il a recommencé !

— Qui a recommencé, quoi ? demanda Titoan d'un air désabusé.

— Le voisin, celui qui habite là à côté de chez moi !

— Il a recommencé quoi ?

— À gueuler comme un putois après sa femme, il avait encore picolé, je suis sûr qu'il a à nouveau frappé. Faut le dire à vos collègues, ils sont déjà venus le mois dernier. Et elle ferma la porte, cette fois-ci définitivement.

Parvenu à sa voiture, Titoan prit le temps de noter l'exhaustivité des maigres résultats obtenus. Coustou appela Florentin et lui fit un compte-rendu de son dernier entretien.

— À ton avis, elle est fiable, la vieille ?
— Je suis partagé, je dirai oui, quand même.
— D'après ce que tu m'as dit, elle est assez perchée, non ?
— Oh oui ! pour cela il y n'y a pas de doute. Mais nous avons un moyen de vérifier.
— Les appels à la police pour les violences du voisin sur sa femme ?
— Exact.
— Effectivement, j'y pensais. Je vais vérifier ça et je te tiens au courant. Si c'est pas du pipeau, on pourra prendre au sérieux cette histoire de Van. Il y a toujours quelqu'un qui sait quelque chose. Et c'est notre boulot de le découvrir.

Il lui fallut une demi-heure pour rejoindre le centre-ville et l'Ecusson. Il entra dans la Brasserie de l'Aiguillerie, situé dans la rue du même nom et se posa sur un tabouret au comptoir. Il commanda un café et passa l'heure suivante à lire et étoffer ses notes. Par moments, il levait la tête pour admirer à nouveau les magnifiques photos de l'Archipel des Kerguelen où il avait travaillé plus d'une année. Un gros chat gris, couché sur l'appui de la vitre dévisageait Coustou de son regard vigilant. Le chat miaula. Titoan leva à nouveau la tête pour constater que derrière la baie vitrée, l'individu habillé en mime blanc l'observait attentivement. Décidément, ce type était partout, songea-t-il. N'y tenant plus il s'adressa au patron :

— Vous le connaissez ? demanda-t-il en montrant du pouce l'homme qui se trouvait de l'autre côté de la rue.

Le patron derrière le bar, fit une pause et réfléchit.

— Pourquoi ? questionna l'homme, hésitant.
— J'ai l'impression que vous le connaissez, insista Coustou.
— Un peu. Vous lui voulez quoi ?

Titoan garda le silence, puis finit par demander :

— C'est-à-dire ? Soyez plus précis, poursuivit le journaliste agacé en se rapprochant de l'homme qui se trouvait derrière le bar.

L'homme blond, aux sourcils teints, lui jeta un coup d'œil et le regarda abasourdi. Son client, cet habitué, avait jusqu'à ce jour été d'une parfaite attitude, poli, sérieux, discret. Jamais un mot plus haut que l'autre. Et là, il disjonctait, prêt à l'attraper par le col de sa veste Armani qui lui avait coûté plus de neuf cents euros. Le téléphone de Titoan retentit à cet instant, il l'éteignit sans quitter des yeux le patron.

— Est-ce un interrogatoire ?
— Non, juste une conversation.
— Je suis trop occupé pour converser, comme vous pouvez le constater, dit-il en montrant la salle. Et puis j'ai assez parlé dans la vie. Donc je ne dis plus rien et je n'écoute plus les autres. À part ma femme, parce que j'y suis obligé et mon comptable, parce que j'y suis aussi obligé, mais pas pour les mêmes raisons. Toutefois, je vais vous faire une fleur, malgré votre manque de courtoisie, ce type est muet, il gagne sa vie comme ça ! Il ne ferait pas de mal à une mouche, il dort juste là, au-dessus, je lui loue une petite chambre gratuitement, pour lui rendre service. Mais que vous arrive-t-il ? Vous ne seriez pas un peu surmené ?

L'absurdité évidente de la situation fit brusquement émerger Coustou du cauchemar. En reprenant pied dans la réalité, il comprit qu'il avait perdu la tête, qu'il était allé trop loin. Atterré, il se confondit en excuses.

— Ne vous en faites pas, on a tous nos moments de faiblesse, ou de ras-le-bol. Vous devriez prendre des vacances.

Il allait sortir lorsque soudain, il revint sur ses pas à la grande surprise et inquiétude du patron.

— Puisque vous le connaissez si bien, pourriez-vous lui demander de venir ? J'ai peut-être un petit job pour lui. Il s'appelle comment ?

Le mime était assis sur le trottoir en train de lire une BD, après un court conciliabule, pendant lequel le patron montra Titoan plusieurs fois du doigt, le jeune muet entra dans le café accompagné du propriétaire. Ils s'isolèrent à une table.

— Voilà, Jean-Gaspard, j'ai remarqué que vous écumiez le centre historique et que malgré tous vos talents de mime, vos recettes semblaient minces.

Le muet approuva d'un pauvre sourire.

— Je suis journaliste et je fais une enquête discrète et qui doit le rester. J'insiste sur ce point, fit Coustou. Vous me rendriez service si, tout en pratiquant votre art des rues, vous pouviez surveiller les deux hommes dont je vais vous envoyer les photos dans un endroit bien précis. Ils se rendent régulièrement au Billard Club situé place de la Comédie et je souhaiterais que vous observiez leurs partenaires de jeu. Vous avez un portable ?

Le jeune homme acquiesça d'un signe de tête. Et à l'aide du clavier, nota :

— Appelez-moi JG. Je préfère.
— Parfait. Vous surveillez les lieux, si d'aventure ces hommes se présentent et si vous êtes d'accord, vous prenez en photo leurs partenaires de billard et vous me faites un message. Voici mon numéro de portable. Dans un premier temps, je vous donne cinquante euros pour votre aide. Et cent lorsque vous aurez une photo à me soumettre. Qu'en pensez-vous ?

En guise de réponse, son interlocuteur lui serra la main avec une tonicité qui démontrait toute sa joie.

Ils échangèrent leurs numéros de portables et convinrent de ne se contacter que par messagerie. Coustou demanda une nouvelle fois au patron de l'excuser puis sortit dans la rue, toujours confus, mais quand même légèrement rassuré, car il lui semblait avoir un peu rattrapé sa bévue. Tout en marchant, il consulta son téléphone et appuya sur la touche rappel de celui-ci.

— La vérité émerge lentement de la brume, commença Florentin.
— Il serait temps car toute cette affaire me rend sérieusement nerveux, assura Coustou.

Il lui raconta ce qu'il venait de se passer, un épisode dont il n'était particulièrement pas fier.

— C'est bizarre, tu es plutôt du genre à maîtriser tes émotions d'habitude, déclara son ami.
— Faut croire qu'avec l'âge je ne m'améliore pas.

— Je pense que c'est parce que tu prends cette histoire trop à cœur. En tout cas, je t'annonce que la mère Versois avait tout juste.
— Tout juste sur quoi exactement ?
— Le voisin, a déjà fait l'objet de plaintes de sa femme, pour violences conjugales.
— Mais elle reste avec lui ?
— Oui. Même si je suis d'accord avec toi et que je ne comprends pas cela, il ne s'agit pas de notre problème aujourd'hui, mais celui de la justice.
— Tu as raison, on se concentre sur le meurtre d'Arcisse.
— Yes my friend ! On peut donc partir sur le fait qu'il y avait un Van Noir Mercedes avec les vitres teintées, garé à côté de la Citroën de mister Poissenot.
— On avance un peu.
— Et cerise sur le gâteau, on retourne à Saint-Orfons.
— Tiens donc. Et pourquoi ?
— Amène-toi, je te raconterai en route. Car on prend ma voiture.
— Oh non !
— N'insiste pas ! On va dans la cambrousse, la mienne ne risque plus rien et il ne faudrait pas abîmer ton beau carrosse, affirma Florentin.

CHAPITRE 24

Ils se retrouvèrent devant la quatre-chevaux verte de Florentin.

En démarrant celui-ci raconta la conversation qu'il avait eue dans la matinée.

— Je discutais avec Pierrette, un bon café à la main, lorsque mon téléphone a sonné. Je décroche et puis j'entends :
— Salut c'est Pascal !
— Pascal, qui ? J'en connais plein des Pascal !
— Pascal Vitalis ! On a travaillé ensemble, il y a quelques années.

Le journaliste étonné n'en avait pas cru ses oreilles. Pascal Vitalis était membre de la fine équipe du Clapasien lorsque Florentin avait débuté au journal, bien des années auparavant. Vitalis était bien plus âgé que lui à l'époque. Mais Florentin ne parvenait pas à se rappeler s'il était parti à l'âge de la retraite ou bien s'il avait quitté le journal avant l'âge légal. Depuis, il n'avait plus donné de nouvelles, n'avait jamais téléphoné et ne s'était jamais déplacé au journal pour voir les collègues.

— Ah oui, je me souviens très bien de toi. Qu'y a-t-il pour ton service ?

— Ce serait plutôt l'inverse, si j'ai bien compris le Clapasien a besoin d'un petit coup de main.

— Sur quel sujet peux-tu nous aider ? questionna le journaliste.

— Je vais te dire, j'habite Saint-Orfons et j'ai des informations pour toi et pour Coustou, évidemment. Alors passe me voir, j'aurai peut-être quelque chose d'intéressant à vous raconter.

— OK, on arrive.

— Attends, je vais t'expliquer le chemin à emprunter, c'est compliqué.

Une fois dans la voiture, Florentin lui confia :

— C'était il y a bien des années, avant que je m'engage dans la marine, j'étais très jeune, à peine vingt balais. Lors de l'un de mes premiers reportages, en compagnie de Pascal. Il faisait une enquête sur un type qui avait collaboré avec les Allemands pendant la seconde guerre. Vitalis avait eu des renseignements, cet homme s'était réfugié dans l'arrière-pays et vivait dans l'anonymat le plus complet depuis 1945. Nous avons écumé tous les petits villages de la Vallée de l'Hérault, les pieds des Cévennes, cela a duré des semaines. En amassant et en recoupant nos informations, nous sommes parvenus à Saint-Jean-de-Buèges, petit village médiéval, situé dans la vallée, au pied de la montagne de la Séranne. Un petit village que Paul Cézanne aurait pu peindre.

— Je connais ce village, il est splendide. Le monde est un lieu magnifique et terrible.

— C'était bien choisi, ce petit bourg était resté à l'écart du tourisme de masse et de l'agitation des grandes villes. Je me rappelle encore ses ruelles étroites bordées de hautes maisons de pierre aux toits de tuiles ocre, s'enroulant, montant vaillamment à l'assaut des remparts du "Tras Castel", le château de Baulx. J'y suis retourné depuis, ça n'a pas bougé. Au bout d'une rue, on apercevait un petit ruisseau et une allée de platanes centenaires qui cet après-midi-là nous abrita d'un soleil ardent. On a trouvé le bonhomme.

— Il devait être vieux.

— Oui, déjà très âgé, il n'a pas cherché à nier. Il avait changé radicalement de vie. Il était devenu le rebouteux du village, c'est-à-dire quelqu'un qui savait réparer les membres cassés, les entorses, tout ça. Il s'était rendu indispensable dans cette région éloignée de tout où aucun médecin n'avait voulu s'installer. Une sorte de guérisseur. Il soignait tout : maux de ventre, brûlures, stress, problèmes de peau, troubles du sommeil. Il se déplaçait, hiver, été, peu importe la distance et le temps. Il n'était pas de ces charlatans abusant de la naïveté de ruraux superstitieux en vantant les mérites d'étranges poudres. Il sauvait des vies. On disait même que grâce à lui, à cette époque, de nombreux villages alentour comptaient plusieurs centenaires en bonne forme, certains continuaient même à garder les moutons. Il faisait ça bénévolement et vivait des dons des malades, des voisins.

— Il avait fait le grand saut !

— Visiblement il s'était acheté une conduite. Il subsistait avec peu, très peu. Ce type avait changé, il nous accueillit avec attention dans sa modeste maison. Pascal lui expliqua le motif de notre visite. Il hochait la tête, nous avoua qu'il comprenait, nous offrit à boire. Nous avons passé un long moment avec lui, à discuter. Puis, Pascal s'est levé a dit adieu au vieil homme. Je l'ai suivi évidemment. Vitalis m'a fait signe chut, en mettant le doigt sur la bouche. Nous avons abandonné nos investigations. Une enquête qui aurait pu le rendre célèbre à l'époque. Nous n'avons plus jamais parlé de ce reportage avorté. Et je crois qu'il m'a toujours su gré d'avoir conservé le silence. Tu te poses la question, où est-ce que je veux en venir, moi le vieux pirate ?

— Ce que tu dis m'intéresse, mais effectivement je ne vois pas le rapport.

— Des années durant, j'ai repensé à cet endroit comme à une île que la modernité n'avait pas touchée, totalement à l'écart des villes où règnent violence et anonymat. Lorsque j'étais sur le bateau en pleine mer démontée, je me remémorais cette couleur du ciel et ces paysages somptueux. J'ai surtout appris que les hommes peuvent changer. Et ce jour-là Pascal m'a donné la preuve d'une humanité, qui depuis guide mes pas dans mes enquêtes. Ce fut une belle journée.

Pascal Vitalis habitait un joli petit domaine sur les Hauts de Saint-Orfons qui surplombait une partie de la route menant au parking. La propriété était constituée d'un mas principal de 300 mètres carré environ, située dans un environnement préservé. C'était une belle propriété, dans un espace clos et arboré. Vitalis les attendait, il les accueillit sur une large terrasse ombragée. C'était un vieil homme à la barbe et aux cheveux blancs. Les longues années passées au grand air avaient ridé son visage. Il les scruta de ses yeux bleus perçants, tout en souriant. Un chien à la silhouette harmonieuse et à l'allure légère suivait tous les gestes de son maître avec un regard expressif et amical. Titoan savait qu'il s'agissait d'un braque d'Auvergne, son grand-père avait eu le même bien des années auparavant. Les deux hommes levèrent la tête, sur un petit écriteau en bois apposé au mur était gravé :

« Beatus ille homo-Qui sedet in sua domo-Et sedet post fornacem-

Et habet bonam pacem »

Le plus âgé des deux journalistes renseigna Coustou en lui donnant la traduction suivante : heureux l'homme qui peut s'asseoir paisiblement au foyer de sa demeure.

— Florentin Ventadour, mon ami ! fit-il en écartant les bras pour donner une accolade au journaliste. Tu n'as pas beaucoup changé.
— Oh si ! dit l'autre, quelques nombreux kilos en trop, des cheveux en moins et des rides en plus. Si un jour je croisais au hasard d'une rue, le jeune homme que j'étais on se regarderait comme deux inconnus.
— Et voilà le fameux Titoan Coustou, lança-t-il en saluant chaleureusement le plus jeune des deux journalistes.
— Fameux ? ! Vous me faites trop d'honneur, j'essaie de bien faire mon travail.
— C'est déjà pas si mal ! Mais, asseyez-vous. Flo, toujours fan de la Smithwick's Red Ale ?
— Oui, quelle mémoire ! Tu te souviens de ça ? C'est toi qui me l'avais fait découvrir.
— Oui, bonne mémoire et bon pied, bon œil ! Et vous monsieur Coustou ?
— La même chose s'il vous plaît…Et appelez-moi Titoan cela me ferait plaisir.

L'homme se tourna vers la maison et fit le signe trois avec ses doigts. Une chanson de Brassens, provenant d'une enceinte posée sur le rebord de la fenêtre, non loin de leur hôte, faisait fond sonore. Titoan reconnut « Marquise ».

— Pas de problème. Ma nièce va nous amener nos bières dans quelques instants… Quel plaisir de te revoir mon vieil ami !

— Moi aussi Pascal. Mais je ne te cache pas que ton appel m'a surpris.

— Je vais t'expliquer. Je ne travaille plus, mais je m'intéresse toujours autant à ce qui m'entoure. Et je continue à lire votre journal, donc vos articles…. On se ressemble pas mal tous les trois, des âges différents, mais des personnalités complexes, férus d'histoire, témoins privilégiés de leur époque, observateurs discrets et perspicaces. En étant obstiné et intuitif tout en cachant nos propres blessures, ça se voit, ça se sent lorsqu'on est un lecteur attentif.

— Merci pour vos compliments, déclara Coustou

— Il y a quelques jours, vous êtes allés au village poser diverses questions. Vous avez pu constater qu'ils sont assez, disons… particuliers. Ils ont d'autres défauts, par exemple, la conduite en état de sobriété est rare dans ce village. Toutefois, l'un d'entre eux est venu me rapporter la conversation.

— Tu sais quoi ?

— Regarde par toi-même Flo, que vois-tu d'ici ? interrogea Pascal en montrant du doigt une direction.

— La route qui mène au parking.

— Effectivement. Tu vas pouvoir constater le petit nombre de véhicules qui passent par ici. Alors imagine, combien de voitures ont pu circuler fin novembre par un temps de chien, pour aller se garer sur ce parking isolé ?

— Vous avez vu une voiture ? s'enquit Titoan.

— En fait, c'est le bruit qui m'a attiré. Le conducteur poussait trop les vitesses, il conduisait trop nerveusement et manifestement ne connaissait pas bien la route et le véhicule. Alors j'ai levé la tête, j'étais assis là et j'allais rentrer, le temps était trop mauvais, la tempête s'annonçait. Et j'ai vu un Van noir aux vitres teintées qui fonçait sur la route qui mène au parking. Je suis certain qu'il se rendait au parking, car comme vous le savez, c'est un cul-de-sac. Il n'y a plus rien après. Mais, hélas, vous pouvez constater qu'on ne voit pas le parking d'ici.

— C'est bien dommage, assura Florentin. Mais ton renseignement est très important pour nous.

— Ce n'était pas la période des touristes ou des parisiens. Je ne les aime pas beaucoup, ils envahissent notre région et ce qu'ils laissent sur leur passage, c'est des monceaux canettes de coca, de bouteilles en plastique et une flambée des prix de l'immobilier. Résultat nos jeunes ne peuvent même plus se loger. Enfin, à mon âge, les pensées que l'on peut avoir ne peuvent avoir d'intérêt que pour soi-même. Ici, c'est calme et tranquille. J'ai même vu un loup dans la colline, lundi. Tout près d'ici. J'étais ivre, sans doute, trop de bières, mais je suis sûr de l'avoir vu.

— Tu vis ici depuis longtemps ?

— Depuis pas mal d'années. Je teste ma capacité à rester seul. Je ne suis plus qu'un vieux réactionnaire, je ne parviens pas à me faire à cette époque qui se prétend festive, mais qui ne rit pas. Mais ma nièce vient me voir régulièrement. Tu as perdu une épouse, toi aussi Florentin...

Ce dernier fut surpris par la question, il n'aimait pas aborder ce sujet trop douloureux pour lui.

— Oui.
— C'est terrible de perdre une épouse.
— Terrible.
— Certains disent que c'est comme perdre une partie de soi-même, mais c'est pire que ça.

Ils furent interrompus par le cliquetis des verres remplis de bières placées sur un plateau qui fut posé par des mains féminines sur la petite table devant eux. Éblouis par le soleil, Titoan ne pouvait voir la jeune femme, aussi, il se décala légèrement et soudain apparut un visage qui attira irrésistiblement son regard. C'était un visage qu'il avait espéré ne jamais revoir après l'avoir si longtemps attendu. Il lui sembla que l'espace d'un instant, tout était étonnamment figé.

Si Coustou, fût étonné, ce ne fut manifestement pas le cas de la nièce de Pascal Vitalis.

— Bonjour Titoan.
— Bonjour Erin, articula-t-il, presque en murmurant.

Son visage avait pâli, il était sidéré.

— Vous vous connaissez ? Vous ne saviez pas qu'Erin était ma nièce ? questionna le vieil homme.
— Il ne pouvait pas le savoir, je ne m'appelle pas Vitalis comme toi, puisque je suis la fille de ta sœur.
— Evidemment. Je suis un peu déphasé parfois, excusez-moi.

Le chien s'appuya contre sa jambe avec la gracieuse légèreté d'un Saint-Bernard, Pascal resta assis sans dire un mot. Le chien ne dit rien non plus.

Titoan hocha la tête tandis que la jeune femme posait une cruche en terre cuite remplie d'eau fraîche sur la table, à côté de lui. Il fit tourner son verre de bière sur la trace circulaire que la condensation avait marquée. Erin et Titoan restèrent un instant à s'observer, face à face, évaluant les traces que le temps avait laissées sur chacun d'eux. Coustou fut le premier à détourner le regard, gêné. Coïncidence, la radio passait la chanson « Tes Yeux verts ».

— J'ai entendu dire que tu étais parti pour l'Antarctique il y a quelques années, tu es journaliste à présent.

Coustou envisageait d'en dire davantage, mais ne désirait partager avec personne ses expériences sur les Iles de la Désolation.

— Oui. Les Kerguelen. J'y suis resté dix-huit mois.
— Ça fait plaisir de te voir, lança Erin, avec un sourire immense et spontané, de savoir aussi ...
— De savoir ce que je suis devenu ?

Titoan n'avait pas oublié... Dans la voix de cette femme, c'était toujours le printemps.

— Oui, fit-elle en souriant à nouveau. Je savais que tu étais journaliste, je suis une fidèle lectrice du Clapasien et je lis tes articles. Tu as une famille ?
— Non, je suis célibataire.
— Quel âge ça te fait ?
— La quarantaine, lâcha Titoan amusé.
— Ça commence à faire, je ne te croyais pas si vieux.
— Je sais, moi aussi ça m'a pris par surprise, confirma Coustou en souriant, s'abstenant de lui rappeler qu'elle n'avait que six mois de moins que lui.
— Vous savez ce qu'on dit les jeunes ? plaisanta Vitalis. La quarantaine, c'est comme la porte de sortie de la salle de cinéma. Une fois que vous l'avez franchie, vous ne pouvez plus retourner en arrière. Attention, à mesure qu'ils vieillissent, les gens ont de plus en plus de souvenirs et de moins en moins de projets !

Coustou éclata de rire. Erin observait son interlocuteur dans les yeux, mais ce n'était pas lui qu'elle fixait. En fait, elle semblait chercher avec une astuce patiente et secrète, cet autre être qui, elle le savait, l'accompagnait toujours. Elle avait conservé une beauté naturelle, sensuelle et des yeux verts rieurs. La coupe de ses cheveux auburn n'était pas à la mode. Il le remarqua qu'elle l'observait, mais préféra l'ignorer.

— Et toi, que fais-tu ? demanda Titoan.
— Je suis chargée d'inventaire au musée de Lodève. Célibataire, moi aussi.
— Tu ne devais pas t'installer à New-York ?
— Si. J'y suis restée cinq ans. C'était une proposition que je ne pouvais pas refuser, une proposition unique dans une carrière, se justifia-t-elle.
— Je sais.
— J'y suis restée cinq ans, puis six ans à Londres, quatre à Paris, trois à Berlin et je suis à Lodève depuis deux ans.

Erin le regarda en plissant les yeux. Sa bouche n'était plus qu'un trait fin et rectiligne. Coustou connaissait bien cet air, un air de colère froide.

— Belle carrière, qui n'est pas terminée je suppose.

Elle tourna son visage vers le vallon, son nez constellé de taches de rousseur et le vent rabattit ses cheveux en arrière. Puis elle se retourna vers lui, ils restèrent un moment à se regarder sans parler. La joie initiale des retrouvailles laissant place à la gêne qui s'installe chaque fois que de vieux secrets partagés enfouis par le temps remontent à la surface.

Titoan se laissa aller légèrement en arrière sur sa chaise et essaya de réfléchir à ce qu'il allait dire.

— Les Volques, ça te dit quelque chose ? demanda-t-il, soudain, à Erin.
— Pardon ?
— Plus précisément les Volques Arécomiques.

Elle haussa les épaules avant de répondre :

— Oui, bien sûr.
— Tu connais bien ?
— Non, pas... Enfin, pas grand-chose, juste ce que j'ai appris en cours, il y a de nombreuses années. Ce n'est ni ma spécialité, ni ma tasse de thé. Mais je peux me renseigner si tu veux. Puis elle leva les yeux sur les deux journalistes :
— Laissez-moi vous aider, je peux me renseigner, cela me fera plaisir.

Coustou ne s'attendait pas du tout à une telle proposition, mais hocha la tête et l'accepta. À la radio on entendait à présent la voix d'Alain Bashung, grave, intense et fragile, interpréter « La nuit je mens ».

— Excellente cette bière, s'exclama Florentin.
— Je suis ravi que tu l'apprécies. On en trouve rarement en France, mais j'adore cette bière irlandaise rousse. Cet excellent breuvage est servi dans la plupart des pubs en Irlande. C'est un ami Irlandais qui m'en apporte de temps en temps. Comme dirait le poète : buvons une gorgée de bière. La lumière de l'après-midi éclaire les collines, les ruisseaux s'ébrouent avec délice, et le bruissement des pins s'entend jusque dans nos songes. Rêvons d'immortalité et attardons-nous sur la belle folie des choses.
— Nous vous sommes très reconnaissants monsieur Vitalis, mais nous allons devoir vous laisser à présent. Merci pour

cette information cruciale pour nos investigations. Il faudra rester discret sur notre conversation.

— Ne vous inquiétez pas, je sais rester muet. Comme une tombe.

— Merci à vous deux, ajouta Florentin. Nous retournons sur Montpellier.

— Bon retour ! Je ne suis pas fâché de ne plus y habiter et depuis bien longtemps, lâcha Pascal. Il paraît que le monde progresse. Des fois, je n'en suis pas si sûr. Même si, ici, quelquefois les journées passent avec une lenteur perverse, j'y suis bien. Laisse la porte ouverte dans un grand ensemble à Montpellier et tu réveilles à poil, sans un meuble. Laisse la porte ouverte ici et tout ce que tu risques est de retrouver une chèvre qui mange tes plantes vertes.

Les deux journalistes éclatèrent de rire. Ils saluèrent le vieil homme. Florentin en fit de même avec la jeune femme. Coustou l'étreignit chaleureusement et la retint un moment dans ses bras, sans doute quelques secondes de trop, avant de la libérer.

Ventadour, démarra la quatre-chevaux. La voiture rebondissait et brinquebalait sur le chemin défoncé. Il avait le sentiment d'avoir raté quelque chose entre Titoan et Erin, mais il décida de ne pas s'y attarder.

— Je connais Pascal depuis très longtemps. Tu le sais, les vieux s'expriment par énigmes, ils aiment bien ça. Mais si on les écoute bien, il se peut qu'ils aient des choses importantes à nous dire. On sait donc que le Van noir était conduit jusqu'ici par un chauffeur qui ne connaissait pas le véhicule ou peu la route menant au parking.

— Je suis de ton avis, vieux pirate, assura Titoan encore perturbé par cette rencontre inopinée avec son passé.
— Cette Erin, tu veux qu'on en parle ?
— Non. Si tu es d'accord, ne parlons pas d'Erin, veux-tu ? Peut-être une autre fois.
— OK, OK, pas de problème. On cherche parfois bien loin de ce qu'on l'on a tout près. C'est une chose qui arrive souvent aux marins, je parle en connaissance de cause.
— J'envie les gens qui, naturellement, disent tout haut ce qu'ils pensent. J'en suis incapable. Je me sens depuis toujours inadapté. Un intrus à une fête où tout le monde connaît les règles de conduite. Et puis les femmes raffolent des imposteurs parce qu'ils savent embellir la réalité et je ne suis pas de ceux-là.
— Ton ami, le poète Peyrottes, te dirait que tu dois vaincre la couleur sourde du doute ou bien que les causes perdues sont les plus belles.

Titoan hocha pensivement la tête, un masque d'incrédulité mélancolique sur le visage, fredonnant Light Years du groupe de rock The National. À travers les vitres baissées, la brise leur apportait une odeur de fleurs, d'herbes et de pins.

CHAPITRE 25

Le lendemain, en fin de matinée, Titoan relisait ses notes. Il avait été interrompu à de nombreuses reprises, car le téléphone n'avait cessé de sonner et Max était passé pour une rapide visite. Mais Coustou avait fait de son mieux pour écourter les interruptions. Lorsqu'on frappa à la porte ouverte du bureau. Matsumi se tenait dans l'encadrement, l'air pensif, ce jour-là, elle portait son jean rouge et son tee-shirt Dragon Ball.

— Bonjour Matsumi, je peux vous aider ?
— Je ne sais pas si c'est important, mais cela concerne le couple Erwan et Fiona Ghioan. Vous désiriez les rencontrer.
— Dites toujours. Toutes vos informations seront les bienvenues. J'ai peu d'éléments nouveaux qui pourraient me permettre de progresser dans mon enquête.

La jeune fille esquissa un sourire, qui s'attarda un moment sur ses lèvres.

— Je me suis connecté sur la page de leur réseau social préféré afin de suivre les activités qu'ils font partager. C'est un outil assez intrusif, mais bon, ça plaît à certains, convint-elle en haussant les épaules. Donc j'ai appris qu'ils ont réservé dans

un restaurant au Grau-du-Roi. Lui, a prévu ensuite de sortir dans son bateau pour aller pêcher, elle doit aller faire les boutiques à La Grande-Motte. Je me suis dit que peut-être que cela pourrait vous être utile.
— Excellente initiative. Merci beaucoup pour ce renseignement, j'y vais de ce pas. Il s'appelle comment ce restau ?
— Le Mérou.
— Super. Merci.
— J'ai aussi autre chose pour vous. Le vigile, Pompil il travaille bien pour la société de surveillance Hawk. Mais savez-vous à qui appartient cette société ?
— Non...
— À Erwan Ghioan. Elle assure la sécurité de toutes les cliniques dans lesquelles il a des participations. D'après mes renseignements, poursuivit la jeune collaboratrice, l'homme serait une sorte d'intermédiaire, un peu touche à tout.
— Fabuleux ! C'est un élément très, très intéressant. Vous nous faites progresser !
— Je voulais vous dire, Titoan... Vous êtes déroutant.
— Ah bon ? Pourquoi ?
— Vous n'êtes pas comme les autres.
— Comme les autres, c'est-à-dire ?
— Vous avez dans l'œil un regard qui révèle que vous voyez plus que ce qui vous entoure. D'autre part, les Occidentaux ignorent l'art d'écouter, mais pas vous.
— Merci. Je prends ça comme un très beau compliment.

La jeune japonaise abandonna sa réserve habituelle pour effectuer un léger pas de danse sur le côté, puis regagna rapidement son bureau.

La petite ville du Grau-du-Roi avait d'abord pris naissance le long du chenal qui conduisait d'Aigues-Mortes à la mer. Elle n'était à l'origine qu'un simple groupement de cabanes de pêcheurs, construites en roseaux. La commune était située au milieu des plages sablonneuses, des marais salants et des étangs côtiers peuplés de flamants. En ce mois d'avril les touristes n'étaient pas encore trop présents. Et la majorité des visiteurs étaient des régionaux. La plupart, mais pas tous, savaient que l'on appelait grau les ouvertures par lesquelles les étangs communiquaient à la Méditerranée.

Des nuages, couleur d'huître, ponctuaient le ciel bleu et il faisait déjà chaud, si chaud qu'il avait laissé sa veste dans sa voiture. Il alla s'asseoir sur le banc situé face à l'entrée du restaurant, de l'autre côté de la rue. Il avait apporté un de ses carnets et l'un de ses stylos qu'il avait pris soin de glisser dans la poche de sa chemise. Plusieurs bateaux de pêche aux couleurs vertes, rouges et bleus étaient amarrés au quai.

Titoan observa les clients attablés, mais au premier regard ne trouva pas le couple qu'il recherchait. Peut-être étaient-ils déjà partis ? Il jeta un œil à sa montre, il était midi trente. Dans la ruelle adjacente, il aperçut un homme et une femme qui déambulait en s'engueulant, mais ceux-ci étaient trop jeunes pour correspondre aux Ghioan. De plusieurs bars montait comme une rumeur de conversations qui s'entremêlaient avec des musiques disparates.

Il jeta un œil au parking. De sa place, il pouvait voir devant la clôture basse les voitures qui y étaient garées ainsi que les quelques motos Harley-Davidson aux pneus gros comme ceux d'une automobile. Non loin de lui, sur le quai, un jeune adolescent, canne à pêche en main, en bermuda de surfer couvert de publicités pour des marques de sport, surveillait sans conviction un bouchon qui ne voulait pas s'enfoncer.

Un bateau promenade longeait lentement le chenal. Sur le pont supérieur, se trouvaient quelques retraités en vêtements marins, les objectifs de leurs appareils photo brillaient au soleil. L'embarcation laissa derrière elle un sillage en forme de V et le remous secoua doucement les barques amarrées au quai.

Il ferma les paupières et se concentra sur le rythme régulier du bruit des vagues qui venaient s'échouer sur le bord du quai en espérant que ce murmure fasse l'effet d'une berceuse. Mais le charme n'agit pas et en rouvrant les yeux, il pouvait toujours contempler le spectacle des gens, de leurs cris et entendre le tumulte musical qui remplissait les rues.

Il resta là près d'une heure, le temps passait lentement, c'est au moment où il allait abandonner qu'il vit enfin le couple sortir par une porte de côté du restaurant, elle devait donner sur une arrière-salle, invisible de l'extérieur. Un serveur les accompagna, les salua en leur souhaitant une excellente journée. Comme souvent, dans la région, à cette heure, le vent avait forci. Ils ne le remarquèrent pas et se dirigèrent d'un pas nonchalant vers le journaliste.

Tous les deux semblaient en pleine forme. La trentaine dynamique, l'homme blond s'était coiffé d'une casquette de marin qui semblait vissée sur son crâne, un pantalon blanc repassé de frais et un tricot de marin blanc rayé de bleu également. Un quidam au visage rougit par l'alcool s'arrêta pour lui serrer la main, il en semblait ravi. Elle, blonde aux cheveux longs, vêtue d'une robe émeraude, un foulard beige avec des bottines de motard cloutées assorties à son sac marron qu'elle portait en bandoulière. Pas tout à fait la tenue pour aller faire du bateau, mais pour faire les boutiques cela devait aller, songea Titoan.

— Tout le monde dit que l'on mange bien ici, leur fit le journaliste.
— Monsieur Coustou ! Le Sherlock Holmes du meurtre, l'Hercule Poirot de l'homicide ! Je savais que nous devions nous rencontrer un jour et que nos destins allaient se croiser, mais je ne m'attendais pas à ce que ce soit aujourd'hui, déclara-t-il sans se démonter.
— Vous me connaissez ?
— Qui ne connaît pas la peste ou le choléra ? Je plaisante, bien sûr. Je pensais vous voir lors de notre réunion mensuelle du Club Occitan des Bienfaiteurs qui s'est déroulé hier. Vous n'êtes pas sans savoir que notre club est tourné vers l'action humanitaire. Notre but est de réaliser ensemble des opérations efficaces et utiles, en mettant à profit nos compétences, notre bonne volonté et la solidarité amicale qui nous unit.

Il mit sa main sur son épaule, Titoan ressentit ce geste comme une agression et fut immédiatement sur la défensive.

— Effectivement, mais je ne suis pas venu pour ça aujourd'hui. Vous côtoyiez régulièrement Arcisse Poissenot dans le cadre de l'Amicale ? osa demander Titoan décelant à tort dans ses yeux un brin d'empathie. Que pouvez-vous me dire sur lui ?

Sa réponse fusa instantanément :

— Un escroc à la confiance, sans les qualités qui vont avec. Sans compter la rancune personnifiée.
— Chéri, voyons, ce brave Arcisse …. Même s'il n'était pas toujours d'accord avec toi, il était gentil tout de même.
— Pourquoi dites-vous cela ?

— Qu'il était rancunier ?
— Oui, exactement.
— Pardonnez mon langage. Même si, en tant que journaliste, il en faut sûrement plus que ça pour vous effaroucher. Il n'oubliait rien, aucune erreur ne passait aux oubliettes. Parlez-en à Gaétan.
— Je lui ai parlé.
— Je sais. Il me l'a dit. Gaétan est un brave type. Il ne ferait pas de mal à une mouche. Ce qui l'intéresse à présent, c'est le sport et l'informatique.
— Au fait, il travaille pour quelle boîte ?
— Il travaille pour moi. Je préfère vous le dire. De toute façon vous l'auriez appris. D'autre part, je n'ai rien à cacher. Même pas cette petite affaire des pièces de monnaie gauloises que j'ai offertes au musée sous la pression obstinée de monsieur Poissenot.
— Je suis au courant. Et puis, monsieur Bedefer avait fait le mauvais choix en publiant sur Internet les données concernant l'une des fouilles de l'Amicale. Vous savez dans la vie, il vaut mieux éviter de faire les mauvais choix.
— Je sais… Je sais... Je lis vos articles. Mais à mon avis vous vous cachez systématiquement derrière la notion du bien et du mal, j'ai toujours trouvé cela particulièrement pesant. Tout n'est pas tout noir, ni tout blanc.
— J'abhorre l'injustice.
— Nous sommes vraiment différents. Il y a des gens qui parlent et d'autres qui agissent. Vous parlez, moi, j'agis en faveur des plus démunis.
— Vous avez des cadavres dans vos placards, monsieur Ghioan. Nous le savons tous les deux.

> — C'est faux et vous le savez ! On trouve toujours des gens prêts à salir un honnête homme, même s'ils n'ont pas le moindre début de preuve de quoi que ce soit. Mais vous avez raison, de nombreuses choses nous différencient.

Titoan le regarda, incrédule.

> — La réussite sociale notamment, monsieur Coustou, affirma Ghioan, se haussant légèrement sur la pointe de ses pieds comme pour marquer le coup.

Ce dernier faisait croire à tout le monde qu'il était arrivé à la force du poignet, alors qu'il avait gagné son argent de la manière la plus facile qui soit : il l'avait hérité. Titoan le savait.

Fiona souriait et opinait du chef, comme si elle était d'accord avec tout ce que son époux disait. Elle en rajouta côté admiration, en soufflant à Titoan :

> — Ne vous méprenez pas. Nous sommes des gens honnêtes et charitables. La preuve, les nombreux dons que nous faisons et puis mon mari a embauché Gaétan en décembre. Alors qu'il était au fond du trou. Plus de boulot. Au chômage depuis plusieurs mois !

Il y avait une pointe d'indignation dans sa voix, légèrement déformée par le souffle du vent qui avait forci.

Erwan Ghioan fusilla sa femme du regard.

> — On ne t'a rien demandé ! Nos affaires ne concernent pas monsieur Coustou !
> — Ne me parle pas comme ça ! Si ta mère savait que tu me traites comme ça, Erwan, elle se retournerait dans sa tombe !

— Elle a été incinérée, Fiona !
— Vous savez ce que je pense Erwan ?
— Cela ne m'intéresse pas, mais je suppose que vous allez me le dire quand même, affirma agressivement l'homme d'affaires. Il se tenait les pieds écartés comme pour garder l'équilibre.
— Je pense que vous êtes impliqués dans la mort d'Arcisse Poissenot, d'une façon ou d'une autre ! Vous avez trempé dans cette sombre affaire.

Ghioan se figea imperceptiblement, puis pencha en avant, en posant sur le journaliste un regard noir. Titoan remarqua que depuis le début de la conversation, il avait laissé l'appeler par son prénom, mais lui, à la fois condescendant et plus malin, continuait à s'adresser au journaliste de façon formelle.

— C'est une affirmation tendancieuse, monsieur Coustou. De la diffamation pure et simple. Si vous écrivez ceci dans votre torchon, je n'hésiterai pas à vous poursuivre en justice, vous personnellement et votre canard !

L'espace d'un instant, une lueur s'alluma dans l'esprit du journaliste. Il le regarda avec méfiance, puis se tourna vers la femme.

— Fiona croyez-vous que votre époux soit tout à fait honnête avec vous ?

La question fut si abrupte qu'elle la fit rougir légèrement. Fiona dévisageait Coustou sans comprendre. Elle tourna vers le quai son nez constellé de taches de rousseur et le vent rabattit ses cheveux blonds en arrière. Elle prit un court moment avant de répondre :

— Oui. Je le crois honnête avec moi... la plupart du temps, ajouta-t-elle d'une voix qui vacillait.

— La plupart du temps ? Mais l'honnêteté, n'est-ce pas quelque chose de permanent ?

Elle tendit la main très naturellement et saisit le poignet de Titoan, mais seulement pour le tourner et regarder sa montre. Elle s'exclama :

— C'est l'heure à laquelle je dois aller faire les boutiques. J'ai rendez-vous avec une amie, je vous abandonne. Au plaisir monsieur Coustou. À ce soir chéri !

Elle tourna les talons sans un mot et ouvrit son portable tout en s'éloignant.

— Monsieur Coustou, je suis de ceux qui pensent, que l'argent, une somme conséquente cela va de soi, peut faciliter les relations humaines, les rendre plus harmonieuses, presque chaleureuses, qu'en dites-vous ?
— Je ne suis pas de ceux-là, monsieur Ghioan, répliqua sèchement Titoan.
— Vous voulez que je sois un saint ? Mais vous n'êtes pas un saint vous aussi ! Vous allez vous faire virer sans avoir le temps de dire ouf !
— Erwan, vous n'avez rien de plus à me dire ?
— Rien de plus, ça va de soi. Vos allégations sont fantaisistes, je n'ai jamais été un sentimental, mais pourquoi aurai-je voulu du mal à Arcisse ? Et pour quels motifs ?
— Je ne sais pas. Du moins, je ne sais pas encore. Mais je trouverai.
— Je sais comment vous pratiquez, vous les médias ! Les médias ont besoin de suspects pour pouvoir les transformer en coupables. Le but du jeu est de détruire celui qui est en

face. Pour travailler dans la presse, il n'est pas nécessaire d'avoir un QI exceptionnel. !
— Vos insinuations sont lamentables.
— Vous savez… quelqu'un de malveillant qui aurait un peu de pouvoir et qui vous en voudrait pourrait très facilement organiser un boycott d'annonceurs dans le but de le torpiller votre journal.
— Vous ne me faites pas peur et vos menaces n'auront aucun effet sur moi ni sur la politique éditoriale de notre journal. Nous en avons vu d'autres.

Erwan laissa aller son regard plus bas et vers la droite, comme si quelqu'un était debout à côté de Titoan. Il était plein de rage, mais veillait soigneusement à le dissimuler. Coustou prit conscience que l'homme face à lui, semblait avoir beaucoup d'entraînement dans ce domaine. N'est-ce pas ce que tout le monde faisait dans le milieu des affaires ? Un monde construit sur le mensonge et la tromperie. Toutefois, il remarqua que son visage avait pâli et que sa paupière gauche tremblait.

— Beaucoup de gens comme vous se sont mis en travers de ma route.
— Et ?
— Je vous le demanderai avec beaucoup de prévenance, ôtez-vous de mon chemin. Acceptez le conseil de quelqu'un qui sait ! Laissez tomber ! Je pense que nous nous sommes tout dit. À ne plus vous revoir ! Et je vous le rappelle : une seule insinuation, ou allusion dans votre journal et vos prochains interlocuteurs seront mes avocats ! Prenez conscience que les gens importants, comme moi, s'entourent toujours de gens importants. Ils ne sont jamais seuls ! Quelle que soit

votre décision, Coustou, vous pouvez compter sur mon influence et celle de mes amis ! lâcha-t-il d'un air menaçant.

Se dirigeant vers son bateau, il se retourna et lui jeta un œil mauvais, tentant d'ôter sa casquette pour mieux l'ajuster, mais il ne parvint qu'à la perdre dans le vent. Quand Titoan le quitta des yeux, il était en train de la poursuivre sur le quai comme si elle renfermait toute sa fortune.

CHAPITRE 26

En milieu d'après-midi, Titoan s'apprêtait à sortir de son bureau quand le téléphone sonna. Il ferma la porte du pied par réflexe, opéra aussitôt un demi-tour acrobatique sur son fauteuil à roulettes et se précipita vers l'appareil, heurtant la table dans sa course, renversant un peu de café. La sonnerie allait cesser lorsqu'il décrocha.

C'était Erin :

— J'ai des infos pour toi.
— Des informations de quel genre ?
— Du genre qui ne sont pas dans les cours magistraux enseignés à la Fac.
— C'est-à-dire ?
— Des bruits circulent sur le fait qu'il y a dans la région des types qui revendent des pièces de monnaie en bronze de l'époque des Volques. Tout cela s'écoulerait sous le manteau, ce serait issu de pillages, d'un vol ou de détections sauvages.
— Comment es-tu au courant ?
— Depuis la nouvelle loi, les musées français sont vigilants sur l'origine des objets qu'on leur propose. On ne peut pas risquer d'être partie prenante d'un éventuel trafic d'antiquités. Si j'acceptais ce type de marché, juridiquement, je pourrais

être poursuivi pour complicité de recel, m'a soutenu mon homologue dont le musée est spécialisé sur cette époque.
— Comment a-t-il été informé alors ?
— L'un des vendeurs, moins futé que les autres sans doute, a trouvé son nom sur Internet et l'a confondu avec celui d'un amateur d'antiquités moins regardant. Il l'a appelé pour lui proposer une cinquantaine de pièces de monnaie de cette époque. Des pièces en bronze et en argent.
— Et qu'a-t-il fait ?
— Que voulais-tu qu'il fasse ? Il a décliné l'offre, il pensait que ce n'était pas sérieux.
— Il ne t'a rien dit de plus ?
— SI, il a quand même posé une question à son interlocuteur.
— Laquelle ?
— Il lui a demandé d'où venaient ces pièces, de quelle région, de quelle commune ?
— L'autre est resté évasif, à l'évidence, il ne voulait pas trop en dire. Tout ce qu'il a lâché, qu'il s'agissait d'objets découverts dans l'Hérault. Sans plus de précision. Ce sera compliqué de les attraper. En France, le marché de l'art est connu pour son opacité. C'est sa part d'ombre. Un adage de notre Code civil stipule que possession vaut titre.
— Ah bon ?
— Oui, mais notre pays n'est pas le seul à pratiquer le flou artistique quant à l'acquisition d'objets rares et anciens. En Allemagne, par exemple, le Pergamon Museum de Berlin abrite de nombreuses antiquités, dont certaines ont été acquises en toute légalité, observa malicieusement la chargée d'inventaire.
— C'est intéressant, très intéressant. Je te remercie Erin.

— Tu ne trouves pas que je mérite une récompense ? Cela vaut bien un dîner ?
— Oui, dès que j'aurai clôturé cette enquête si tu le veux bien.

Il faisait nuit lorsque Titoan rentra chez lui. Il ouvrit la porte posa sa sacoche contenant son PC portable, jeta sa veste sur la chaise, son geste manqua de précision et celle-ci s'échoua aux pieds du siège. Il se déplaça vers le réfrigérateur pour se saisir d'une bouteille de Salvetat sortit un verre du placard et bu lentement tout en réfléchissant.

Puis, il s'assit dans le fauteuil et observa la nuit étoilée à travers la baie vitrée de son appartement. À la faveur de la lune et des réverbères, il pouvait distinguer les nombreuses voitures alignées le long des trottoirs et la silhouette des noctambules qui déambulaient dans les rues alentour. Ses pensées étaient comme un papillon de nuit enfermées dans une main fermée.

Levant les yeux, dans le ciel il put observer une chaîne de points lumineux alignés les uns derrière les autres qui défilaient au-dessus de la ville. Il savait qu'il s'agissait d'une cohorte de microsatellites envoyés par SpaceX, l'entreprise spécialisée dans l'ingénierie spatiale du milliardaire américain Elon Musk. Baptisés Starlink, ces derniers seraient déployés progressivement pour améliorer la couverture Internet dans le monde entier. C'était l'heure des doutes et des regrets. Il avait l'impression de se frapper la tête contre un mur depuis plusieurs jours.

— On a qu'une vie, Titoan, murmura-t-il, regardant par la fenêtre, les yeux rivés sur les toits de la ville. Qu'une vie et pas de deuxième chance.

Il tournait en rond.

Il entendit son portable vibrer, il était dans sa veste, se dirigeant vers celle-ci, il le tira avec difficulté de la poche.

Son premier réflexe, quand il eut lu le message et vérifié qu'il était 23 h 30, fut d'essayer de rappeler son correspondant, mais il se ravisa immédiatement, il s'était engagé à ne communiquer que par messagerie.

Il transféra aussitôt les photos que venait de lui transmettre JG, le mime, sur son PC. Il les ajouta à un mail qu'il fit parvenir à tous les membres de la rédaction du Clapasien. Il y avait complété son message par une question : qui connaît l'homme qui se trouve avec Gaétan Bedefer ?

Titoan se leva pour faire un café. Il avait eu raison de faire confiance à JG et son intuition, concernant le Billard Club, avait été la bonne. Enfin, la chance lui souriait. Il se versa une tasse de Quindio. Il adorait son mélange de finesse et de puissance.

Le journaliste observa à nouveau les vues saisies en rafales par JG. On pouvait voir les deux hommes en grande discussion à l'intérieur du Billard Club Occitan, ensuite un échange entre une mallette que confiait l'inconnu à Bedefer contre un sac de sport. Sac de sport qui semblait être assez lourd.

Ce qui paraissait avoir été une transaction avait eu lieu dans un endroit public. Le fait d'avoir choisi un lieu public pouvait laisser supposer que les deux protagonistes ne se connaissaient pas auparavant ou bien qu'ils ne se faisaient pas confiance. Coustou penchait pour les deux hypothèses conjuguées.

L'inconnu était brun, barbu, la trentaine, portait des lunettes de pilote à verres réfléchissant, il était vêtu d'une veste noire sur une chemise blanche et d'un jean également noir.

Il rédigea un message à JG afin de lui demander de lui communiquer par écrit toutes les informations concernant cette rencontre.

Le lendemain matin Coustou se mit à courir jusqu'à la Brasserie de l'Aiguillerie sous une pluie battante. Les trombes d'eau qui s'abattaient sans interruption depuis l'aube avaient dépouillé de nombreux arbres et jonché de feuilles la chaussée et les trottoirs. Les caniveaux débordaient et les rues étaient inondées. Comme d'habitude, il n'avait pas pris de parapluie. Il pensa qu'il fallait vraiment qu'il en achète un. Nerveux, il avait dormi d'un sommeil inquiet et agité dont il avait émergé bien avant la sonnerie du réveil. Il pénétra rapidement dans le café, balaya du regard la salle, se débarrassa de son pardessus trempé qu'il accrocha à une patère qui se trouvait à l'entrée et se dirigea lentement vers JG qui l'attendait à une table.

— Bonjour, j'ai failli ne pas vous reconnaître sans votre costume. Vous prenez un café ?

Le mime accepta en souriant. Il s'était équipé d'une ardoise afin de faciliter leur entretien. Il saisit sa craie et écrivit pendant que Coustou appelait le patron.

— Cet habit de mime c'est mon univers, c'est le monde que je me suis construit et quand on possède son propre univers, il vous reste une petite chance d'être heureux quel que soit votre handicap.
— Merci pour les éléments que vous m'avez communiqués par la messagerie avec les photos ! Mais j'ai quelques questions à vous poser, si vous voulez bien.
— Allez-y, nota le mime.
— Avez-vous pu entendre tout ou partie de la conversation entre les deux hommes ?
— Non.

— Il n'y avait qu'eux ? Pas une troisième personne ?
— Non, qu'eux. Dans la salle de billard, il y a des tables un peu à l'écart, ils s'y étaient installés. Heureusement, ils étaient proches d'une vitre et je pouvais les voir.
— D'après vous, ils se connaissaient ?
— Je ne crois pas. Le premier arrivé a été celui que vous m'avez dit être Bedefer. Et il a guetté l'homme barbu qui semblait ne pas savoir à qui s'adresser et l'autre Bedefer, lui a fait signe.

JG écrivait vite et paraissait heureux de pouvoir épauler le journaliste. Ce dernier se félicitait intérieurement d'avoir pu trouver une aide aussi précieuse qu'efficace.

— D'accord. L'entretien a duré longtemps ?
— Non, je dirai 5, 10 minutes maxi.
— Est-ce qu'ils ont ouvert le sac et la mallette ?
— L'homme brun barbu a entrouvert le sac. Il y a jeté un coup d'œil et après ? il a donné une mallette noire à Bedefer qui l'a entrouverte et l'a refermée aussitôt.
— Le sac semblait lourd sur les photos, d'après vous c'était le cas ?
— Oui. À mon avis, je dirais qu'il devait peser dans les 10 kilos. Je sais ça parce que quand j'étais petit, j'aidais mon grand-père à mettre les patates dans des sacs, alors j'ai l'œil.
— La mallette d'après vous elle contenait de l'argent ?
— D'après moi, oui. Combien ? J'en sais rien, j'ai pas l'habitude. Je suis désolé, je suis plus calé en patates qu'en euros, hélas…
— Ce n'est pas grave, fit Titoan en souriant. Savez-vous si le barbu parlait français ?

— Je ne sais pas. Il était barbu, brun. Il portait des lunettes d'aviateur, même à l'intérieur, comme pour dissimuler un peu plus son visage. Mais je ne les ai pas entendus, ils étaient dans la salle.
— Ils ne sont pas partis ensemble ?
— Non. L'autre homme est parti en premier. Et lorsqu'il est sorti du Billard Club, je l'ai bien vu regarder en arrière pour voir si Bedefer ou quelqu'un d'autre le suivait. Bedefer est resté assis et il est parti cinq bonnes minutes plus tard.
— JG vous avez été excellent ! Je vous ai mis cent euros dans l'enveloppe.

Ravis, le jeune mime se jeta sur l'ardoise et indiqua :

— Je suis prêt à recommencer n'hésitez pas si vous avez besoin de moi !
— Je le ferai sans faute, vous pouvez y compter !

Coustou eut une intuition, il supposait que l'homme devait faire partie d'une bande ou d'une structure qui trempait dans le trafic d'objets antiques volés. Tandis que JG profitait d'une accalmie pour sortir de l'établissement, il commanda un second café et appela Erin. Après quelques sonneries, il n'obtint que son répondeur :

— Vous êtes bien sur la messagerie vocale d'Erin. Il n'y a aucun problème technique, votre numéro s'est certainement affiché, mais il est fort probable que j'aie préféré ignorer votre appel. Merci de ne pas le renouveler.

Le message avait le mérite d'être clair. Mais Titoan faisait toujours preuve de pugnacité et ne laissait pas tomber si facilement. Il lui rédigea un court message en demandant si elle connaissait le type barbu, en lui joignant plusieurs photos de l'individu.

Dehors, la pluie, qui avait cessé un instant, redoublait à présent d'intensité tambourinant sans relâche sur la vitre de la brasserie, elle y traçait des lignes sinueuses.

Avant de sortir du café. Titoan alla régler la commande et renouvela ses excuses pour son manque de tact auprès du patron.

— Je suis vraiment confus.
— Mais il ne s'est rien passé ! En tout cas, je ne m'en souviens pas ! fit le gérant, dans un grand éclat de rire.

Après quelques pas seulement la pluie cessa, le soleil dissipa les derniers nuages. Il en fut soulagé et prit à droite sans réfléchir, passa devant la Maison de la Lozère, évita quelques étudiants. Il marcha un bon moment, perdu dans ses pensées. Ce fut ensuite la place des Martyrs de la Résistance, puis la rue Foch. Il dépassa l'Arc de Triomphe et traversa vers la Promenade du Peyrou, pour parvenir ensuite sous l'Aqueduc Saint-Clément. Il ne réalisa qu'il se trouvait à cet endroit qu'au moment où il leva la tête pour croiser le regard de Jean Moulin qui figurait sur la célèbre photo prise en 1940, qui avait l'objet d'une plaque commémorative apposée en 1999 contre un pilier de l'aqueduc. Coustou eut un frisson à la pensée qu'il se trouvait à l'endroit même où avait été prise cette photo emblématique d'un héros de l'ombre. Il ne parvenait pas à chasser la pénible obsession d'être observé.

Il devait contacter Florentin pour l'informer des renseignements que lui avait fourni JG, le mime. Il se saisit de son portable qui se trouvait dans sa poche et fit un pas vers le jardin afin d'obtenir une connexion au réseau parfaite. Ce pas de côté lui sauva la vie, car à cette seconde, une pierre de grosse taille tomba à l'endroit où il se trouvait un instant auparavant.

Des travaux de réfection de l'Aqueduc étaient en cours, mais Titoan était persuadé qu'il ne s'agissait pas d'un accident. Il se rua vers les escaliers afin d'atteindre le niveau supérieur. Malheureusement, lorsqu'il y parvint ce ne fut que pour constater qu'il n'y avait plus personne. Son cœur bougeait comme un piston dans sa poitrine. Son agresseur avait disparu. Il regarda autour de lui, remarqua le tas de morceaux de pierres de tailles qui étaient stockées derrière la grille donnant l'accès à l'ouvrage de Pitot. Le criminel n'avait eu que l'embarras du choix. Il tourna vivement la tête, quelque part en périphérie de son champ de vision il perçut au loin une forme vêtue d'un survêtement noir qui courait rapidement vers la sortie de la Promenade du Peyrou, il était hors de portée.

La sonnerie de son portable retentit. C'était Max le rédacteur en chef du Clapasien.

— Du nouveau ? questionna-t-il nerveusement.
— Un problème ? répondit son patron, à qui le ton, inhabituellement fébrile, de Coustou n'avait pas échappé.

Titoan réfléchit avant de répondre, puis fit un bref compte rendu des derniers événements.

— Tu viens d'échapper à une tentative de meurtre.
— Ce n'est pas la première.
— Comment ça ?

Coustou lui expliqua brièvement la poursuite dont il avait l'objet, le soir aux pieds de l'Hortus. Il perçut l'inquiétude dans la voix de Max :

— Il est certain que tu as une cible dessinée dans le dos et ceux qui ont échoué aujourd'hui ne vont pas en rester là.

Le journaliste eut un frisson rétrospectif en songeant qu'il aurait pu être tué quelques instants auparavant.

— Cela va me motiver davantage afin de trouver les coupables.
— Justement. Je te communique des renseignements obtenus de haute lutte par notre petit jeune Martin.
— Je t'écoute.
— On a retrouvé le véhicule qui a écrasé le professeur Thiboutot. C'est un SUV noir complètement brulé.
— C'est tout ?
— Non. Ce SUV a été déclaré volé par un garagiste. Le propriétaire du garage Léopold aux Matelles.
— Il a vu quelque chose ?
— Non. Mais tu comprendras mieux lorsque tu apprendras le nom du patron.
— C'est qui ?
— Léopold Bedefer. Le père de Gaétan Bedefer.
— Très intéressant. Le puzzle commence à se compléter. Je te fais un topo par écrit de mes dernières découvertes. Merci de les faire partager aux collègues.
— Ce sera fait sans faute. Passes par le journal, dorénavant, je t'adjoins Flo. Tu dois être prudent, vous ne serez pas trop de deux. Il faut garder à l'esprit le principe qui est le nôtre : croiser les regards, c'est de ce croisement que vont déboucher les conclusions les plus pertinentes. À ce stade de l'enquête, ce n'est plus un travail de solitaire. Tu ne fais plus un pas tout seul que ce soit en ville ou bien ailleurs. On est bien d'accord ?

— OK, fit Titoan en maugréant. Je suis d'accord. Il faut accélérer, mon intuition me dit que sur ce coup-là, le facteur temps est essentiel.

Il raccrocha du bout de l'index et composa aussitôt le numéro d'Erin, une nouvelle fois il tomba sur son répondeur. Il haussa les épaules de dépit.

Il allait ranger son appareil dans sa poche lorsque celui-ci se mit à sonner. Il reconnut la voix d'Isabeau Rotoulp :

— Je vous appelle car j'ai remarqué quelque chose concernant Arcisse, mais je ne sais pas si c'est vraiment important.
— Dites-moi.
— Nous faisons deux fois par an un inventaire des livres pris et non restitués et sur le listing de ce semestre j'ai constaté qu'Arcisse avait emprunté un livre à la Médiathèque qu'il n'a jamais rendu.
— Il a peut-être oublié, ou bien pas eu le temps de le rendre dans les délais ?
— On voit bien que vous ne le connaissiez pas. Avec une autre personne que lui, cela aurait possible, mais pas avec lui. Il était assez organisé et je dirais maniaque pour ne pas l'oublier. Surtout qu'il était passé la veille de sa disparition pour en ramener un certain nombre et qu'il n'avait pas remis celui-ci.
— Il s'agissait de quel livre ?
— Le titre c'est : Chronologie de l'Histoire Ancienne.
— Un livre rare ?
— Non, pas du tout. Un livre pour les spécialistes, mais pas rare.
— Pourquoi d'après vous ne l'aurait-il pas restitué ?

— Je n'en ai aucune idée. Mais pour moi, c'était volontaire.

Les propos d'Isabeau ne souffraient d'aucune ambiguïté il lui faisait confiance.

— D'accord. Je vais aller faire un tour chez lui. Je vous tiens informé. Merci pour votre appel.

Il leva la tête, quelques oiseaux s'envolèrent vers le toit du château d'eau. Il y vit comme un heureux présage. Il songea que si pour certains de ses confrères le travail de journaliste se réduisait de plus en plus à des tâches bureaucratiques, que pour eux les claviers d'ordinateurs et téléphones portables, étaient à présent les outils essentiels de l'enquêteur moderne. Il se distinguait de ses pairs par sa volonté farouche d'enquêter sur le terrain. Et il préférait nettement être à sa place qu'à la leur malgré les dangers qui le menaçaient.

CHAPITRE 27

Il marcha un petit quart d'heure, observa au passage un cracheur de feu, plus loin un marchand de crêpes itinérant, qui faillit se faire renverser par un livreur de pizza à vélo vêtu d'un survêtement bleu marine, il observa les façades des hôtels particuliers. Coustou avait profité de la durée du trajet pour appeler Florentin et lui donner rendez-vous devant le domicile d'Arcisse Poissenot.

Le soleil était revenu dans un ciel sans nuages à présent. Son am-Ventadour l'attendait à la porte d'entrée du domicile de la victime.

— Tu arrives au bon moment. Je parviens juste de m'échapper des tentacules de la veuve Versois. Elle ne fume pas que des Gitanes. Pour qu'elle me lâche, j'ai dû lui faire croire que j'étais de la police. Tu sais ce qu'elle m'a assuré ?
— Non.
— Que j'étais moins sympathique que le jeune homme qui l'avait interrogé quelques jours auparavant. Je suppose que c'était toi ! Toi ! Un jeune homme ? Elle n'a plus les yeux en face des trous la vieille !
— Oui. En tout cas plus jeune que toi ! Et contrairement à toi, je ne lui ai pas dit que j'étais de la police.
— OK. OK. Bon, alors on entre ?
— Le temps d'ouvrir.

Les deux hommes pénétrèrent dans la maison. D'un rapide coup d'œil Titoan put constater que rien n'avait bougé depuis sa précédente visite. Il leva les yeux et aperçut son reflet dans le miroir du couloir : des fils d'argent dans ses cheveux, les traits tirés, des bouffissures sous les yeux, son front qui commençait à se rider...

Il souffla de dépit :

Lorsque Florentin découvrit la bibliothèque il siffla d'admiration. Puis, parcourant du regard les rangées de volumes, il déclara :

— Cette bibliothèque aurait pu se trouver dans n'importe quelle petite maison de la Culture ou association d'historiens locaux.
— Elle est impressionnante tant en quantité d'ouvrages historiques qu'en terme de qualité, souffla Titoan.
— On cherche quoi au juste ?
— Un bouquin intitulé Histoire Chronologique de l'Antiquité de format dix-neuf sur vingt-deux et huit-cent-quatre-vingt-douze pages.
— Je cherche dans le bureau. Tu fais la bibliothèque d'accord ?
— Tu es gonflé ! Le meuble mesure plus de deux mètres de haut et il y a au moins cinq cents bouquins là-dedans, je ne sais pas par où commencer ! râla Coustou.
— Privilège de l'âge mon gars. Je choisis d'abord, car je suis le plus vieux. Je viendrai t'aider dès que j'aurai fini de mon côté.

Ventadour se dirigea vers le meuble stéréo. D'une pression sur la télécommande, il alluma la chaîne HiFi. Il choisit un disque sur l'étagère et l'inséra dans le lecteur. Une musique de rock s'échappa des enceintes.

— Un type qui appréciait les Creedence Clearwater Revival ne pouvait être foncièrement mauvais.

Titoan observa les rayonnages de la bibliothèque. Ils étaient tous remplis du sol au plafond. Il eut un souffle de dépit s'avança et là tout s'éclaira. Arcisse était un maniaque du rangement.

Lors de sa précédente visite, Coustou avait repoussé l'un des bouquins qui sortait légèrement du rayonnage. Il n'était pas dans l'alignement, pas énormément, mais suffisamment pour être remarqué par un observateur perspicace. Il s'en souvenait à présent. Ce bouquin devait être sur la troisième étagère.

Le journaliste le trouva rapidement et appela Florentin.

— Je l'ai ! Je l'ai !
— Tu l'as déjà trouvé ?
— Oui ! Le voilà !
— Ouvre-le !

Titoan l'ouvrit, le mit à l'envers, le secoua afin de faire tomber un éventuel message qui aurait pu être glissé à l'intérieur. Mais rien ne se passa.

Il possédait une mémoire extrêmement rare, quasi photographique, qui lui permettait de lire des textes beaucoup plus vite que les autres et de mémoriser très facilement les visages. Ensemble, ils feuilletaient le livre, page par page. Puis :

— Ici ! Le numéro de la page trois est surligné en bleu, affirma nerveusement Titoan.

Les deux hommes poursuivirent leur lecture.

— Regarde page quarante-trois, ici, en bas ! fit Florentin
— Le numéro de la page est surligné au feutre en jaune. Titoan se saisit de son bloc et nota les deux nombres.

Ils découvrirent que les numéros de bas de pages cinquante-cinq et sept cent vingt-quatre étaient surlignées de bleu ainsi que les pages et huit-cent deux et trois cent trente-sept, mais en jaune.

— Six chiffres en tout, résuma Florentin. Que faire avec ça ?
— Je prends le livre. Nous verrons bien. Il y a deux couleurs différentes, cela veut dire quelque chose. J'appelle Matsumi. Elle aura peut-être une idée. Matsumi ?
— Oui. Je vous écoute Titoan.
— Je vais vous faire parvenir une série de données. Je souhaiterais avoir votre avis. Pourriez-vous me dire à quoi correspondent ces chiffres ?
— Bien sûr. Faites-moi un SMS. Heu… Titoan ?
— Oui.
— Vous m'aviez demandé d'examiner le PC de monsieur Poissenot et de regarder si je trouvai quelque chose d'anormal.
— Je me le rappelle. Avez-vous découvert quelque chose d'intéressant ?
— De prime abord, rien de particulier. Mais en épluchant le dossier des fichiers système, j'ai pu constater que des dossiers avaient été supprimés. Cet ordinateur a été nettoyé et complètement purgé !

Titoan écoutait attentivement.

— C'est peut-être lui qui a tout supprimé.
— Impossible.

— Pourquoi ?
— Ils ont été supprimés en décembre, le 3. C'est-à-dire plusieurs jours après sa disparition. Et je peux vous dire autre chose.
— Quoi ? demanda nerveusement Coustou.
— Le gars qui a fait ça, est un expert, c'est du bon boulot. Car il a fait cela à distance. Il est bon. Très bon même. Mais il n'a pas encore mon niveau, fit-elle en riant.
— Matsumi, puis-je vous demander autre chose ?
— Oui, bien sûr.
— Auriez-vous la possibilité de retrouver les numéros de portables du groupe de l'Amicale c'est-à-dire Arcisse, Thiboutot, les épox Ghioan, Accattabriga, Gaétan Bedefer, les deux artistes Armelle Racicos, l'entrepreneur Borjung et pourquoi pas Antonio le pizzaiolo ?
— Oui ça c'est facile.
— Mais ce qu'il faudrait faire. Je ne sais pas si c'est dans vos cordes. Ce serait d'essayer de trouver où étaient situés ces portables le jour de la disparition d'Arcisse.
— J'y avais pensé. Ces logiciels existent, mais ne sont pas à la disposition de tout le monde. Toutefois, dès les premiers jours de nos recherches, j'avais contacté un ami, un hacker japonais, Enkako, malheureusement il était en voyage.
— Quel dommage !
— Je lui avais laissé un message. Ce matin, il m'a appelé, il est à notre disposition. Je vais lui fournir la liste, il nous communiquera la géolocalisation des numéros de portables que je vais lui envoyer.
— Vous êtes fabuleuse Matsumi !

Titoan observa Florentin, l'air perplexe.

— Tu as entendu ?

— Oui. Bien sûr.

— Tout nous conduit vers Gaétan Bedefer. Les qualités techniques en informatique. Le SUV qui a servi à écraser Thiboutot, sans doute le Van Noir et pourquoi pas le véhicule qui a renversé le mari d'Isabeau.

— Il n'y a pas d'autres explications possibles. Ça se tient. Mais il reste plusieurs points à éclaircir.

— Sans doute. Mais lesquels ?

— Par exemple, je vois mal le jeune Bedefer exécuter ces actions. Seul. Et puis pourquoi ? Pour quelques pièces antiques ?

— Tu as raison.

Titoan hocha pensivement la tête.

— Bon. On fait quoi ?

— Et si on allait faire une petite causette au jeune Gaétan ?

— Bonne idée Titoan.

— Avant que tu émettes la moindre parole, je t'informe que l'on prend ma voiture. On laisse la tienne ici. Je te ramènerai pour la récupérer.

— Dis tout de suite que tu as un doute sur mes grandes qualités de chauffeur !

— Mais non. Mais non, fit-il en démarrant la Ford Mustang.

Les deux journalistes prirent la direction de Prades-le-Lez. Ils roulaient alors que le soleil s'échappait vers l'ouest d'un ciel marbré de rouge sang, se couchant au-dessus des toits. L'allure de Coustou était rapide. Florentin affolé regarda le compteur.

— Tu sais qu'il y a plus de 3000 morts par an sur les routes de France et plus de 70 000 blessés ?
— Ah oui ? Tu es de nature optimiste, vieux pirate !
— Oui, en général. Mais tu ferais peut-être bien de lever un peu le pied avant que nous ne rentrions nous-mêmes dans les statistiques.

Titoan allait répondre. Mais il fut interrompu dans son élan par un appel sur son portable qui bascula en Bluetooth.

C'était Erin :

— Franchement. On ne se voit pas pendant plus de dix ans et la seule chose que tu trouves à me dire, c'est me demander des renseignements sur un type ! Tu ne manques pas d'air !
— Erin, c'est toi qui m'avais proposé de nous filer un coup de main !
— Je plaisante ! Tu n'as pas changé. Tu prends tout au premier degré. Toujours aussi sérieux.
— Je sais. Et comme le répète régulièrement Florentin, à mon âge on ne va pas changer les rayures du zèbre.
— Bon. J'ai tes renseignements.
— Super ! Tu connais le bonhomme ?
— Moi ? Non ! Mais j'ai passé les photos à deux collègues. Je l'ai fait discrètement rassure-toi.
— Que peux-tu nous révéler ?
— C'est un antiquaire espagnol. Il s'appelle Riera Mercado, il a 35 ans. Il est le propriétaire d'une galerie réputée internationalement, ouverte en 2002 à Valence et spécialisée dans le négoce d'objets d'art ancien issus des civilisations grecque, étrusque, celte, romaine et égyptienne. Il est soupçonné d'être le dirigeant d'un réseau international par lequel

transiteraient quantité d'œuvres d'art antiques destinées à la revente. S'il s'est déplacé personnellement, c'est que le jeu en valait la chandelle. Comme on dit, il ne fait jamais le voyage pour rien. Il devait y avoir une grosse somme en jeu.

— Combien, d'après toi, tu as une idée ? demanda Titoan, intrigué de savoir où commençait pour elle une "grosse somme".

— On dit qu'il ne se déplace pas personnellement pour moins d'un demi-million d'euros. Il est également soupçonné de recel de contrebande, contrebande et usage de faux.

— Ah oui, quand même ! C'est du gros gibier !

— Les collectionneurs de ce genre de pièces sont du type spéculateur et ils ne déclarent rien ! Mes collègues font un long travail de veille et de vigilance. Ils veulent réellement se donner la peine de combattre le commerce illégal d'antiquités. Ils vont passer l'info aux agents de l'Office central de lutte contre le trafic de biens culturels, l'OCBC. Ils te remercient.

— Ravi que nos informations puissent être utiles. Pour ma part, je te suis reconnaissant pour toute l'aide que tu nous apportes... Je t'embrasse !

— Même pas dans tes rêves ! Et elle raccrocha brusquement mettant fin ainsi à la conversation.

Titoan s'efforça de ne pas paraître blessé et regarda avec un sourire incrédule son ami. Il n'en croyait pas ses oreilles. Décidément, elle n'avait pas changé. Malgré tout, il était satisfait de la tournure que prenaient les événements.

Florentin se marrait.

— Quel tempérament ! Je vois bien qu'elle ne t'est pas indifférente, tu sais. Quant à elle, eh bien... Disons simplement que tu ne lui es pas indifférent, non plus. Ma vieille expérience me dit que vous n'en resterez pas là.
— Tu finiras ta vie en vieillard sentimental.
— Et moi qui croyais que les années allaient te rendre plus adulte.
— Décevant, n'est-ce pas ? Nous ne devenons pas plus sages, juste plus vieux. Tu en sais quelque chose.

CHAPITRE 28

Trente minutes plus tard, Titoan se gara devant la maison de Gaétan Bedefer. La rue était déserte. Tout était calme. Un choucas vint se poser sur l'un des piliers du portail. Quand les journalistes se rapprochèrent, l'oiseau s'éleva et survola la maison en faisant des cercles comme au-dessus d'une proie. Aucune lumière ne filtrait à travers les volets fermés. Une voiture était garée dans l'allée, mais ils ne remarquèrent aucun signe de vie. Ils savaient que l'homme qu'ils allaient voir était potentiellement dangereux, il était nécessaire d'être prudent. Il y avait une sonnette à poussoir, Titoan l'actionna à quatre reprises du plat de la main. Ils attendirent en vain. Il essaya d'ouvrir la porte. Elle était fermée à clé. Comme ils n'obtenaient pas de réponse, ils se dirigèrent le plus silencieusement possible sur la gauche de la porte d'entrée. Ils firent le tour de la maison pour essayer de jeter un œil à travers les ouvertures, il n'y avait pas de lampe allumée à l'intérieur. La fenêtre à côté de la porte était protégée par des barreaux. Florentin colla son nez à la vitre. La cuisine semblait vide, il en était de même pour le salon. Un peu plus loin, ils savaient qu'il y avait un auvent. Un homme pouvait fort bien se trouver dans la véranda sans qu'il soit possible de le voir. Et ça, les deux journalistes en avaient conscience. Mais il n'y avait personne. Ils avaient pratiquement fait le tour de la villa, lorsqu'ils perçurent de légers bruits provenant du dernier secteur qu'ils n'avaient pas encore vérifié.

Ils s'arrêtèrent et tendirent l'oreille. De l'intérieur leur parvenait un murmure étouffé interrompu de temps à autre par une plainte sourde.

Manifestement, cette fenêtre donnait dans une chambre. Là aussi, les volets étaient clos. Les bruits qui les avaient arrêtés se turent, puis reprirent un instant. C'étaient des gémissements étouffés.

— Attends ! J'ai aperçu une maison en construction un peu plus loin au début de la rue, j'y cours. Je trouverais certainement sur le chantier un outil qui pourra nous aider à ouvrir, affirma Florentin.

Coustou patientait, à l'écoute, attentif au moindre bruit. Le quartier était calme. Les plaintes étaient de plus en plus faibles. Et cinq minutes plus tard, Florentin était de retour avec une sorte de barre à mine en acier. Il s'en servit comme un levier et le volet céda. Il brisa la vitre avec le même outil afin de pouvoir pénétrer dans la pièce. Les deux hommes s'éclairaient de leur portable et ne parvenaient pas à distinguer grand-chose. Titoan trouva enfin l'interrupteur. Leurs regards firent le tour de la pièce.

Ils furent très surpris d'y trouver Jorge Gorbeil attaché sur le lit, un bâillon dans la bouche. Un bandeau l'aveuglait. Il avait l'air hagard et mal en point, complètement épuisé. Des courroies de cuir l'emprisonnaient et un harnais lui maintenait la cage thoracique. L'homme était couché sur le dos. Ses mains et ses jambes étaient retenues par des lanières de cuir de part et d'autre du lit. Manifestement, il était entravé ainsi depuis plusieurs heures. De plus, son visage était couvert d'ecchymoses.

— Qui est là ? s'efforça-t-il de prononcer faiblement à travers le mouchoir qui faisait office de tampon.
— C'est nous les journalistes, le rassura Titoan en lui ôtant le bandeau.

Puis il lui enleva le bout de tissu qui lui obstruait la bouche.

— Que s'est-il passé ? Qui vous a fait ça ? le questionna Florentin.
— C'est une mauvaise blague, c'est tout. Il ne s'est rien passé, parvint-il à articuler d'une voix fragile. Donnez-moi à boire s'il vous plaît.
— Une mauvaise blague ? Vous vous foutez de nous ? Que faites-vous attaché ? Qui vous a fait ça ?
— Je n'ai pas à répondre.
— Il vaudrait mieux pour vous que vous soyez coopératif.
— Qu'est-ce que vous allez faire ? Me filer des coups ? Me passer à tabac ?
— Que vous est-il arrivé ? demanda le journaliste en montrant du doigt les coups portés au visage.
— Je me suis cogné dans une porte.
— Tiens donc ! C'est ce que racontent les femmes battues qui ne veulent pas dénoncer leur lâche de conjoint ! Répliqua nerveusement Coustou.
— Titoan. Ne le détache pas. Ce monsieur nous prend pour des rigolos ou des crétins, il est évident qu'il se moque de nous ! Il ne nous prend pas au sérieux. Je ne vais pas y aller par quatre-chemins ! C'est très simple Jorge. Ou bien vous nous racontez tout. Ou bien nous vous laissons là, ici dans cette pièce, seul, attaché sur le lit ! Je pense que sans manger et surtout sans boire, vous tiendrez deux jours, deux jours

et demi grand maximum. Et personne ne viendra vous sauver ! Affirma-t-il du ton de celui qui semblait avoir déjà vécu ce genre de scène dans le passé.

C'était une ruse vieille comme le monde, mais les vieux trucs étaient encore les meilleurs, songeait Florentin.

Mais l'homme allongé ne disait toujours rien.

— Vous ne pouvez pas m'abandonner ici, vous n'avez pas le droit, dit-il enfin, d'une voix rauque.

Florentin ajusta à nouveau ses lunettes, puis sans la moindre indulgence, le plus âgé des journalistes apostropha Jorge :

— On va se gêner ! De toute façon, nous ne risquons rien. Ce n'est pas chez nous ici. Il fait nuit, personne ne nous a vus rentrer dans la maison. Nous n'avons aucune relation personnelle avec vous. Vous allez crever comme un chien ! Seul ! Allez Titoan, remets-lui le bâillon, on s'en va !

Tournant le dos à l'homme allongé sur le lit, Florentin referma la main sur la poignée et ouvrit lentement la porte.

— Non ! Attendez ! Je vais tout vous dire, prononça-t-il doucement.
— Ne jouez pas au plus fin avec nous, cessez vos jérémiades ! le coupa Titoan.
— OK, OK. Mais donnez-moi à boire. Je vous en supplie, mon Dieu, je vous en supplie, faites-moi sortir d'ici, gémit-il. Sa voix était faible, sifflante ; ses lèvres tuméfiées laissant à peine passer le son.
— D'accord. On va vous donner à boire. Mais avant que vous sortiez d'ici, on va causer un peu. D'ailleurs pour s'assurer

de votre… disons… collaboration, nous ne vous détacherons qu'à la fin de notre entretien.

— Mais…

— Le mieux, c'est d'éviter de tourner autour du pot. C'est à prendre ou à laisser Jorge, nous avons toute la nuit, confirma Coustou dans un soupir fatigué.

Florentin revint de la cuisine avec un grand verre d'eau et une carafe pleine. Ils aidèrent Jorge à boire lentement.

— Maintenant, expliquez-nous. Et n'oubliez rien, l'avertit Coustou.

— Oui. Oui. Nous sommes arrivés tôt ce matin Armelle et moi. Elle avait convenu d'un rendez-vous avec Gaétan pour mettre en ligne le détail de notre nouveau spectacle. Ce devait être un voyage acrobatique surprenant mêlant humour, poésie et situations absurdes. Tout ce qui me reste est bien l'absurdité, dit-il dans un souffle.

— Que s'est-il passé ?

— Gaétan m'a servi un café. À postériori, je suppose qu'il y avait de la drogue dedans. J'ai perdu tous mes moyens. Je les entendais parler, mais je ne pouvais plus bouger. C'était horrible.

— Qu'avez-vous entendu ?

— Un beau jour, on rencontre quelqu'un qui vous tient la main et qui vous aide à traverser la vie comme dans un rêve, j'ai cru que c'était elle. Ne me laissez pas là, supplia-t-il d'une voix faible. Ils vont peut-être revenir. Je suis en danger.

Un frisson le parcourut.

— On vous écoute, Jorge.

— Armelle et Gaétan avaient une liaison. Je n'ai rien vu venir. Je ne le savais pas évidemment. Elle débordait de vie, elle était un peu déjantée, je la trouvais drôle. Je savais qu'elle avait des secrets. Comme tout le monde, j'imagine. Mais les siens étaient profondément enfouis. Elle a un problème et elle cherche la solution dans la drogue, c'est la pure et simple vérité.

— La vérité est rarement pure et jamais simple, murmura Coustou.

Le visage de l'homme se tourna lentement vers lui. Des larmes coulaient le long de ses joues brunes. Florentin resta planté à la fenêtre à contempler tristement les arbres éclairés par les lampadaires de l'autre côté de la rue. Jorge allait parler, ce n'était plus qu'une question de temps.

— Je les ai entendus parler. Il a été question d'une mallette avec sept cent cinquante mille euros en espèces qu'avait données à Gaétan un Espagnol en échange de pièces rares. Ils se sont organisés. Ils ont prévu de partir pour l'étranger.

— Où ça ? Et par quels moyens ?

— Je ne sais pas, je n'en sais rien ! Ils n'ont rien dit devant moi !

— C'est tout ? questionna Titoan.

— Non. Je l'ai entendu dire qu'il avait essayé de vous tuer. Ils étaient enragés, surtout lui. Je ne l'avais jamais vu dans cet état. En fait, il était si persuadé que j'allais mourir, qu'en me tabassant, il m'a raconté, tout en riant, ce qu'il avait fait. Il m'a drogué puis roué de coups et bombardé de coups de pied, au ventre et au visage. Mais ce qui m'a fait le plus mal était de voir le sourire éclatant d'Armelle. Elle se foutait de moi.

— Je vous imagine un peu comme les deux visages suspendus au-dessus de la scène dans certains théâtres, celle qui sourit et celui qui pleure… lâcha Florentin, qui visiblement ne cachait pas son antipathie pour Jorge.

Il était toujours pleinement disposé à donner aux gens une nouvelle chance d'atterrir sur sa liste noire, il rajouta :

— Désolé, je suis, comme tout le monde, enclin à juger sur les apparences.

Toutefois, Coustou l'avait détaché. L'homme buvait régulièrement à petites gorgées. Mais ses membres étaient toujours engourdis et il avait beaucoup de mal à bouger.

— Continuez…on vous écoute.
— Il a tué Thiboutot, il s'est flatté d'avoir aussi écrasé un type du cadastre. Il a tué aussi Arcisse Poissenot. C'est un vrai malade, un sociopathe, ce type !
— Vous savez pourquoi il les a tués ?
— Il y avait un petit vent de folie chez Armelle qui parfois me plaisait et d'autres fois me faisait peur.
— Jorge, je vous repose la question : pourquoi ?

L'homme baissa les yeux un instant. Il se délestait de son fardeau. Le temps s'égrenait lentement.

— Il faut que je vous avoue quelque chose, dit-il enfin. Le jour où Arcisse a disparu, Armelle n'est pas venue à la répétition. Elle m'a fait faux bond. Aujourd'hui, en ricanant, ils m'ont avoué qu'ils avaient passé la journée du meurtre ensemble et qu'ils avaient tué le pauvre type. Je me doutais qu'il y avait quelque chose de louche quand vous êtes venus chez nous et que vous avez posé toutes ces questions, mais je ne

vous ai rien dit et je le regrette, l'amour peut vous pousser aux pires conneries.
— Ils l'ont tué pour des pièces rares ?
— Pour des pièces qui représentaient sans doute plus que les sept cent cinquante mille euros, mais pas que...
— Que voulez-vous dire ?

Jorge écarquilla les yeux et respira profondément. Cela faisait des heures qu'il était reclus dans cette chambre.

— Que Gaétan n'agît jamais de sa propre initiative, ne décide de rien tout seul. Tout comme les faibles sont attirés par les sectes. Son mentor, c'est Erwan. Il ne fait rien sans son assentiment. Gaétan et l'autre sont des pervers.
— Comment ça ?
— Ghioan terrorise tout le monde. Gaétan ne peut rien lui refuser, impossible de lui dire non. Moi, il ne m'aime pas, alors nous n'avons pas de relation. En fait, il me déteste sans doute autant que je le déteste. Il n'accorde aucune confiance aux gens qui n'ont pas d'emploi ou qui ne sont pas riches. Gaétan est une exception, car il lui est utile, un peu comme un outil. Seul Arcisse parvenait à s'opposer à lui.
— Savez-vous exactement pourquoi Gaétan a tué Arcisse et le professeur Thiboutot ?

L'homme regarda ses mains qui tremblaient légèrement, mais son hésitation fut de courte durée. Titoan remarqua ce flottement dans le regard et se promit de revenir sur ce point en particulier.

— J'ai entendu Gaétan se vanter d'avoir écrasé Thiboutot comme une crêpe parce qu'il voulait faire chanter Erwan. Il demandait un million d'euros pour se taire. C'est tout ce qu'il a dit. Thiboutot aurait pu aller chez les flics et déballer tout ce qu'il savait, mais ils l'auraient pris pour un fou et puis il n'aurait pas eu de fric.

— Ghioan serait le maître d'œuvre, le cerveau de cette affaire ?

— Evidemment. C'est un manipulateur. Il va falloir le faire arrêter ! Il ne faut pas qu'il sache que je suis en vie, sinon je suis en homme mort ! En plus, pour ce genre de type, la loi est flexible. Il a le bras long et il connaît les meilleurs avocats.

— Calmez-vous. Personne ne sait que vous êtes toujours vivant. Tenez-vous tranquille.

— Il a toujours été maboul. Lui et sa sœur. Des bruits ont couru sur leur mère. Elle était frappée, leur mère. Elle a débloqué pendant des années. Elle est morte à présent.

— Sénile ? Alzheimer ?

— Non. Givrée, tendance psychopathe, seulement. Le père était pas mal non plus puisqu'il buvait, il avait aussi cette manie saugrenue de garder son pyjama sous ses vêtements, il est mort aussi. La sœur Romane, elle se prend pour la beauté du siècle, elle est orgueilleuse et elle est triste s'il n'y a pas quelqu'un prêt à l'adorer. De nos jours, il y a tellement de gens bizarres dans la nature.

— Ce que vous nous racontez nous aide beaucoup, mais c'est encore un peu brouillon tout ça.

— Aidez-moi à m'asseoir s'il vous plaît.

Son visage était devenu blanc. Il déglutit et dévisagea Titoan, les yeux pleins de crainte et de confusion. Il respirait avec difficulté et bruyamment.

— Elle n'avait sans doute pas d'autre choix que de le suivre et de faire ce qu'il lui disait, murmura-t-il avec encore une légère lueur d'espoir dans les yeux.

— On a toujours le choix. On est même la somme de ses choix, l'éteignit Florentin.
— Ils étaient quatre, fit-il dans un soupir.
— De quoi parlez-vous ?
— Ils se sont mis à quatre pour tuer Arcisse ! affirma-t-il, en portant un verre à la bouche.

L'effort lui arracha une nouvelle grimace.

— Qui était présent ?

Florentin observa attentivement le regard de Jorge, il parvenait souvent à repérer les menteurs. Il savait reconnaître les signes qui les dénonçaient.

— Le jour de la disparition d'Arcisse. Il y avait Gaétan, Armelle, Ghioan et sa sœur. Pour pas laisser de trace, ils avaient emprunté ou bien volé, un Van du père de Gaétan. Il est garagiste.
— Oui, on le sait, coupa Titoan.
— Il fait ça souvent, il se sert dans le garage de son paternel. Il s'était rendu compte de rien le père, il picole du matin au soir. Ils ont garé le Van à côté de la bagnole d'Arcisse. Ils lui avaient filé un rancard tôt le matin pour repérer un lieu de fouille potentielle, c'est pour ça qu'il n'avait pas son portable. Donc, à l'aube, il n'y avait personne dans la rue, ils l'ont tasé et enlevé. Ni vu ni connu. Ils étaient fiers de leur plan, ils avaient pensé à tout, ces ordures ! Puis ils l'ont emmené à Saint-Orfons pour le supprimer, mais ça n'a pas été si facile puisqu'il s'est échappé, il leur a donné du fil à retordre, il avait encore un peu d'énergie. Mais ils l'ont rattrapé, tué et pendu à un arbre pour faire croire à un suicide. Après Gaétan a nettoyé le PC de Poissenot. Voilà…

Les deux journalistes avaient du mal à suivre ce qu'il disait, mais c'était comme si Jorge ne s'adressait pas à eux. Le saltimbanque se racontait l'histoire à lui-même. Soudain, il s'arracha à son récit pour regarder Coustou.

Sur la table de nuit, était posée une carafe d'eau glacée. De l'eau s'était répandue sur la table. ... Titoan se déplaça, s'assit sur une chaise à côté du lit et prit son verre d'eau, le lui remplit et le lui tendit. Le corps affaibli de Jorge reprenait progressivement de la vigueur.

— Jorge, vous ne nous avez pas tout dit…
— Non, je crois que c'est tout, certifia Jorge.
— Pardon ? demanda Coustou, n'ayant pas du tout compris ce qu'il entendait par là
— C'est tout. C'est tout ce que je veux savoir et c'est tout ce que je peux dire.

Titoan le dévisagea gravement. Il savait d'expérience que ce type de personnage n'était pas digne de confiance.

— Vous savez Jorge, la moitié du travail d'un journaliste qui effectue une enquête consiste à poser les bonnes questions. L'autre moitié consiste à obtenir des réponses. Alors, il manque des réponses aux questions que l'on se pose.
— Et nous savons que vous savez, renchérit Florentin.

Titoan sortit son calepin et l'ouvrit devant lui :

— Nous allons essayer d'être cohérents Jorge. On reprend. Le professeur Thiboutot a été victime d'un accident mortel au niveau de l'arrêt de bus du Cirad de Baillarguet à Montferrier. C'était donc un meurtre.
— Oui.

— Qui conduisait ?
— Gaétan bien sûr. Il avait encore piqué une bagnole à son père.
— Il était seul ?
— Oui. Enfin … je crois.
— Pourquoi l'a-t-il supprimé ?
— C'était un ordre de Ghioan, il a tenté de le faire chanter. Erwan lui a dit que si lui tombait, il les entraînerait tous. On peut faire tout ce qu'on veut quand on est riche.
— Sur quel sujet, le chantage ? Il savait pour Arcisse ?
— Oui. Le vieux prof était un peu sourd mais pas débile. Il a tout compris lorsque vous lui avez parlé des Volques. Ça a un lien avec les Volques. Sans doute qu'Arcisse, lui avait fait des confidences, il a dû faire le lien avec vos questions.
— Je ne comprends pas, dit Titoan. Les pièces, c'est Gaétan qui les a récupérées, pas Ghioan. Vous allez devoir être plus clair !

Il ne manifesta aucune réaction. Il se comportait comme s'il n'avait pas entendu. Il regardait Florentin et Titoan à tour de rôle. Il hésita longuement avant de répondre, de plus en plus mal à l'aise, le regard fixé sur un point de la porte, au-dessus de la poignée, comme s'il craignait de la voir s'ouvrir à nouveau et de se retrouver face à ses bourreaux.

— Thiboutot savait que Ghioan avait découvert un site archéologique de premier ordre. Au début, il ne savait pas où, je pense, mais il en savait suffisamment pour tenter de faire chanter la poule aux œufs d'or.
— Qui a découvert cet endroit, Erwan ? Seul ?
— Non !

— Arcisse ?
— Non !
— Vous étiez présent ?
— Non !
— C'est où ?
— J'en sais rien ! Ils ne l'ont pas dit !
— Qui ça ils ? Je ne comprends pas ! Ils ont découvert un trésor et ils ont décidé de le partager ?
— Non ! C'est pas ça ! Vous ne comprenez rien à rien ! s'énerva l'homme au visage tuméfié.
— Expliquez-nous, alors.
— Ghioan a acheté un terrain, plusieurs hectares, pour y construire une nouvelle clinique dont il aurait la majorité des parts. Pour monter ce financement, il s'est associé avec des familles du milieu mafieux. Il y en a pour des dizaines de millions d'euros, sans doute plus. Il dispose de relais et de moyens financiers considérables.
— Je ne vois pas le lien avec le trésor.
— Je vais vous expliquer, ce que Bedefer a raconté…

Il laissa encore s'écouler un peu de temps en buvant un nouveau verre d'eau que Titoan lui avait servi. Florentin s'efforçait de rester calme pendant qu'il semblait jouer machinalement avec un briquet Zippo après avoir allumé un cigare, mais son ami savait qu'il ne perdait pas un mot de ce qui se disait dans cette pièce. Plusieurs heures s'étaient écoulées depuis leur intrusion dans la maison. Ils touchaient au but, il fallait qu'ils soient patients.

— Grâce à Arcisse nous avons tous appris et Ghioan également, bien sûr, que les services de l'INRAP devaient donner leur feu vert avant que tout permis de construire soit accordé. Mais un chantier peut être fortement retardé si des fouilles archéologiques préventives sont ordonnées.

Les deux journalistes savaient que les recherches effectuées préalablement dans les zones des secteurs archéologiques réputés sensibles étaient le cauchemar des entrepreneurs de travaux publics et de leurs clients. Cela pouvait durer plusieurs mois. D'autre part, la destruction de vestiges archéologiques était une infraction à la loi et entraînait des poursuites judiciaires.

— Je ne vois pas le rapport, lança Florentin.
— Plusieurs week-ends de rang, Ghioan, sa sœur Romane, Armelle et Gaétan sont partis fouiller dans le secteur du futur chantier de la clinique. Après plusieurs jours de recherche ils sont tombés sur une tombe Volques comportant de nombreuses pièces de monnaie. Il s'agissait de la tombe d'un guerrier. Il y avait les pièces, mais aussi un casque et des armes qui ont été récupérés par Erwan.
— Si j'ai bien compris le trésor a servi à payer Gaétan Bedefer pour le récompenser de tous ses crimes. C'est cela ?
— Oui, c'est exactement ça, c'était le deal ! souffla Jorge.
— OK. Mais pourquoi ont-ils tué Arcisse ?
— Arcisse a tout découvert.
— Comment a-t-il fait ?
— Comme je vous l'ai dit, huit week-ends à la suite, les Ghioan n'ont pas effectué de sortie avec l'Amicale. Cela pouvait leur arriver deux, trois fois par trimestre de ne pas venir, mais jamais autant. C'étaient les fois où ils partaient à l'étranger, faire du ski ou des voyages dans des pays éloignés. Et dans ces cas-là, ils n'omettaient jamais de s'en flatter sur les réseaux sociaux, d'en faire l'étalage. Et là rien, aucune d'info, R.A.S !

— Rien de tel pour mettre la puce à l'oreille du professeur Poissenot, ajouta Florentin.
— Oui. Alors une fois, il les a suivis et à tout découvert. Puis, il a appelé Ghioan et l'a menacé de tout révéler s'il ne se mettait pas en conformité avec la loi.

Les deux journalistes échangèrent un regard. L'homme faisait visiblement un effort de mémoire.

— Que s'est-il passé ?
— D'après Gaétan, Erwan était furieux. Mais il a caché son jeu, il a fait le magnanime, en lui disant que ce terrain appartenait à un ami et que dans un premier temps, la fouille serait réservée à l'amicale et que toutes les découvertes iraient, bien sûr au musée.
— Arcisse a été dupe ?
— Oui et non. Non, car il était en relation avec un gars du cadastre pour savoir à qui appartenait ce terrain. Et il a découvert que Ghioan venait de l'acheter. Oui, car il a accepté le rendez-vous tôt le matin, je suppose qu'il pensait pouvait encore raisonner Ghioan et le faire changer d'avis. Et vous savez ce qui s'est passé ensuite.
— Oui. Ils ont tué Arcisse et le même jour monsieur Rotoulp a été victime d'un accident qui le handicapera à vie, précisa Florentin, la mâchoire serrée.
— Là, c'est encore Gaétan qui conduisait ! Il faut me protéger ! cria presque Jorge.
— C'est un cercle vicieux. Les personnes manipulées se font entraîner dans une spirale d'actes criminels de plus en plus graves.

— C'est un psychopathe ce type ! Ne le laissez plus faire !
— Oui, mais il a un seuil de dissimulation élevé. Il est plus dangereux que bien d'autres, précisa Coustou.
— Vous savez où sont partis Gaétan et Armelle ? Vous connaissez leur plan ?
— Non ! Je vous le jure. Si je le savais, je vous le dirais, c'est mon intérêt.
— Vous avez de la famille ou des amis loin d'ici ? interrogea Florentin.
— Oui, oui.
— Attention, de la famille ou des amis qui soient inconnus d'Armelle. Cela vaut mieux, précisa-t-il.

L'homme réfléchit un instant. Ses mains tremblaient encore, il était en sueur.

— Ah oui. C'est vrai… J'ai trouvé, j'ai des amis en Bretagne.
— Vous avez des amis Bretons ? Alors vous êtes peut-être récupérable, lança le plus âgé des deux journalistes.

Les deux amis savaient que la vie de cet homme ne serait plus jamais la même. Il sentirait toujours autour de lui un danger que l'on perçoit, mais qu'on ne voit pas, le plus souvent nourri par l'imagination. Une menace éprouvante et écrasante.

— C'est votre voiture qui est garée dans l'allée ?
— Oui !
— Alors prenez-la et cassez-vous ! Ne passez pas à votre domicile. Partez immédiatement. Surtout, ne contactez pas Armelle, vous signeriez votre arrêt de mort ! Vous avez toujours eu le choix, Jorge, déclara Florentin d'une voix lasse.

Mais, c'est juste que vous avez fait le mauvais, alors ne recommencez pas !

— Et vous, qu'est-ce que vous allez faire ?

Les deux hommes se regardèrent.

— Ne vous inquiétez pas pour nous.

Jorge finit de ramasser ses affaires, ne dit rien et détala le plus vite que son état le lui permettait. Ils entendirent les pneus de sa voiture crisser sur le gravier dans l'allée et l'emballement du moteur vrombir au bout de la rue.

Ils décidèrent de fouiller la maison de fond en comble à la recherche d'un indice les orientant vers le lieu où pourraient se trouver et Gaétan. Pendant près de trois heures, les deux journalistes fouillèrent la maison. Les deux hommes, travaillant méthodiquement et en silence, inspectèrent chaque pièce, chaque tiroir, chaque meuble et placard.

Il fallut se rendre à l'évidence. Il n'y avait rien. Aucun indice. Le ménage avait été fait. Bien évidemment, Gaétan Bedefer avait emporté son ordinateur portable ainsi que son téléphone.

CHAPITRE 29

Quand ils sortirent, la nuit touchait à sa fin et la ruelle était déserte. Le jour se lèverait bientôt. Parvenus à la voiture, le téléphone de Titoan sonna.

— Matsumi ! s'exclama Coustou
— Une heure bien matinale ! Tu as oublié un rendez-vous hier soir ? questionna, amusé, Florentin.

Titoan haussa les épaules.

— Titoan ? Je ne vous réveille pas au moins ? Ce n'est pas trop tôt ?
— Ne vous inquiétez pas. Vous ne me réveillez pas. Vous avez des informations ?
— Oui, j'en ai, elles me semblent importantes, c'est pour cela que je vous appelle aussi tôt.
— Vous avez bien fait, je vous écoute.
— Mon ami le hacker Enkako, m'a indiqué que cinq portables ont été éteints à peu près au même moment, le jour de la disparition d'Arcisse. Il suppose qu'il s'agissait d'éviter leur traçage.
— Pouvez-vous me dire à qui appartenaient ces portables ?

— Arcisse, Erwan Ghioan, Gaétan Bedefer, Armelle Racicos et Romane Accattabriga, la sœur d'Erwan.
— Ceci vient confirmer les dires de Jorge ! s'écria Florentin.
— Parfait ! Bon boulot Matsumi ! Pourriez-vous essayer autre chose ?
— Oui bien sûr, si c'est possible.
— Tenter de localiser ces portables aujourd'hui et nous donner leurs positions, même s'il n'y en a qu'un ce sera une belle piste.
— Nous allons nous y mettre Titoan. La fonction géolocalisation GPS devrait nous permettre de relever la position des téléphones... Mais il y a autre chose…
— Oui, quoi ?
— Vous m'avez donné une série de chiffres. Je les ai fait tourner dans tous les sens. Et bingo ! Ils correspondent à des coordonnés GPS d'un lieu à Saint-Orfons.
— À Saint-Orfons ? L'endroit où Arcisse a été tué ?
— C'est dans la même commune mais pas au même endroit c'est de l'autre côté. Cela donne 43.802337 en latitude et 3.724055 en longitude, route de Frouzet sur la départementale 122. Je vous envoie la photo satellite et les coordonnés sur votre portable. Vous trouverez plus facilement. Je vous tiens au courant pour le reste.
— Merci Matsumi vous êtes formidable !

Quelques instants plus tard, les informations parvenaient sur le portable de Coustou.

— Allons-y. Nous y serons dans moins d'une heure et le jour se sera levé.

Enthousiastes, les deux journalistes ne ressentaient plus la fatigue d'une nuit sans sommeil.

Titoan fit gronder le moteur de la Ford Mustang. Il suivait les indications du GPS presque pied au plancher. En cette heure matinale il y avait peu de monde sur la route. Florentin s'accrocha d'un geste nerveux à la poignée au-dessus de sa tête.

Les deux hommes firent le point sur les informations obtenues dans la nuit afin de tenter de reconstituer ensemble le puzzle des évènements. Une chose ressortait clairement, Gaétan Bedefer avait de toute évidence été le bras armé de Ghioan et sa rétribution consistait en la somme perçue pour la vente du trésor des Volques.

— Le trésor a été fourgué à Gaétan, l'homme de main, en récompense de ses crimes, c'est la marionnette de Ghioan.
— D'après toi Armelle et Romane ne sont que complices ?
— Je n'en donnerais pas ma main au feu, à mon avis elles ne sont pas que complices, je les vois mal spectatrices. Je suis même sûr qu'elles ont dû lui donner la main dans l'assassinat du pauvre Arcisse. Entre le frère et la sœur, les relations familiales sont primordiales, au point qu'il a toujours eu une grande emprise sur elle. Il a su la manipuler afin qu'elle fasse passer les intérêts de la fratrie avant ceux de son époux, celui que l'on avait dans le collimateur. Et puis la danseuse est folle de Gaétan, donc elle l'a suivi dans sa descente aux enfers.
— Oui ! Je vois mal le Ghioan se salir les mains. Intelligent et manipulateur, il a laissé faire le sale boulot aux autres. Le poursuivre, l'assommer, le pendre. Ils sont liés jusque dans la lâcheté. Il a sans doute participé à la poursuite, je le vois

bien encourager les trois autres, il a contribué à la curée l'ordure !

— Gaétan est l'assassin de Thiboutot. Il l'a tué sur l'ordre d'Erwan, car l'autre avait tout compris. C'est pour cela que Thiboutot, le prof retraité nous a envoyé sur la fausse piste Accattabriga.

— C'était bien joué. J'y ai cru un instant, mais c'était un peu trop gros. Thiboutot avait besoin d'argent. Et puis, il a sous-estimé Erwan.

— Il n'aurait pas dû. Il a sans doute pensé qu'il pourrait lui aussi avoir sa part du gâteau.

— Il ne faut jamais sous-estimer un adversaire. Cela vaut pour nous aussi. Nous avons tous un ennemi que nous ne soupçonnons pas.

— La tentative de meurtre du mari d'Isabeau Rotoulp était inutile.

— Pas si on se met à la place de Ghioan. Il y avait un risque qu'il puisse apporter un témoignage à la police sur les éléments qu'il avait fournis à Arcisse, concernant le futur emplacement de la clinique.

— Acheter un terrain pour construire une clinique ?

— Rappelle-toi, on nous a dit qu'il possédait des parts dans des cliniques. S'il est propriétaire ou majoritaire d'une clinique et qu'il souhaite la déménager afin de faire une plus-value immobilière, cela peut être une affaire juteuse, les seuls murs d'une clinique cédés à un spécialiste de l'immobilier peuvent valoir plus que le fonds de commerce vendu avec son bâtiment à un groupe de santé.

— Sans doute.

— D'autant plus que les transactions portant sur l'immobilier du secteur de la santé sont en forte hausse en France. Elles

sont notamment dopées par les foncières américaines. De plus l'hôpital privé, c'est un tiers de l'activité hospitalière, largement financée par l'Assurance-Maladie.
— Tout ça c'est encore une question de pognon, de business !
— Tout à fait. L'objectif officiel est d'améliorer le système de soins. Mais en parallèle, ce qui n'est pas dit, c'est que le but réel est d'économiser de l'argent, en réduisant les frais administratifs, les frais de gestion et de personnel. Pour ce qui est des examens inutiles ou redondants, ils s'en foutent un peu, c'est la Sécu qui rembourse.
— Ce qui m'exaspère aussi, c'est que ce genre de type s'enrichisse tout en bavant sur un système construit pour le bien de tous en 1945 et qui subit le feu des réformateurs de tout poil.
— Le fait est, que ces gens sont partout, même dans des endroits que l'on ne soupçonne pas.

Ils tournèrent sur une route qui formait un grand virage au milieu des vignes, elles se nichaient au creux des collines et produisaient des vins particulièrement savoureux et parfumés. Quelques minutes plus tard, ils passèrent devant un panneau qui leur signala que Saint-Orfons n'était plus qu'à cinq kilomètres.

Puis la route se fit progressivement étroite et la forêt de chênes verts devint de plus en plus dense. Enfin, le GPS les avertit qu'ils étaient parvenus à destination.

Le soleil se levait lorsque Titoan se gara dans un chemin pentu. Sortant de la voiture, il jeta un coup d'œil autour de lui. Ils se trouvaient dans une vallée peu profonde, au milieu des collines. Il leva les yeux. C'était une matinée parfaite. Lumineuse, avec à peine un souffle d'air, excepté une brise légère.

Les deux journalistes étaient aux aguets à l'écoute de tout bruit suspect qui leur aurait signalé la présence des meurtriers. Ils n'y croyaient guère, mais tout était possible. Mais ils étaient seuls avec comme partenaires un croissant de lune décroissante et la brise de l'aube.

Après avoir attendu quelques minutes, ils décidèrent d'explorer les lieux. Le secteur à prospecter semblait relativement vaste, mais ils avaient convenu de se séparer afin que chacun examine un secteur à l'affût de trace de fouille ou d'éléments qui viendraient corroborer leurs déductions.

Coustou pénétra dans les bois. Un vent léger flottait et agitait les branches, le parfum ample et pur des chênes verts le surprit. Plus loin, ce fut la senteur du thym et du romarin. Il releva la tête. Quelques oiseaux volaient au-dessus de lui. Poursuivant son chemin il atteint un grand lapiaz avec un gros cairn. Il s'approcha, la petite pyramide de pierres était en bon état, et semblait assez récente. Le journaliste pensait que cette piste était sans doute la bonne. Il en fut conforté lorsqu'une vingtaine de mètres plus loin il vit un sentier s'offrir à lui. Sans aucun doute, des gens étaient récemment passés par là.

Le soleil poursuivait sa lente ascension au-dessus des collines. Pendant quelques minutes, Titoan regarda la lumière glisser sur la garrigue.

Puis, il s'enfonça prudemment, à nouveau entouré par des chênes verts et des pins d'Alep. Rien ne lui parvenait que la rumeur de la forêt et, plus haut dans le ciel, d'un petit bimoteur à l'approche de l'Aérodrome. Titoan, nerveux, attendit que son souffle redevienne régulier, puis il continua à marcher le plus discrètement possible.

Un moment, il eut l'impression de sentir une présence toute proche. Il jeta un coup d'œil autour de lui. Il ralentit, s'arrêta et regarda par-dessus son épaule. Le sentier était dans l'ombre. Il tendit l'oreille. Il perçut le craquement de branches et la caresse du vent dans les arbres. Mais, le lieu était absolument désert. Il n'y avait pas une âme dans le bois. Il ne détectait aucun mouvement, aucun être humain. Sans tarder, il reprit sa marche d'un pas plus vif.

Le chemin le mena jusqu'à une petite clairière. Au premier regard, bien qu'il ne soit pas expert, il sut qu'il était tombé sur l'endroit exact où les criminels avaient effectué leurs fouilles. À présent, tout avait été recouvert, la zone archéologique saccagée représentait une vingtaine de mètres carrés. Elle était à présent recouverte de terre et non plus de bruyères et de repousses de pins à la différence de la végétation qui l'entourait. Soudain, il eut l'impression d'être observé. Il pivota sur un talon, laissant son regard errer sur la végétation alentour. Il perçut un mouvement parmi les arbres, à la lisière de son champ de vision, mais il tourna la tête et ne vit rien.

Coustou s'avança encore un peu. Il y eut à nouveau un bruit, au milieu des chênes sur son côté droit. Il arrêta net sa marche, sur ses gardes, tous ses sens aux aguets, il écouta. À présent, il était persuadé de n'être plus seul.

Était-ce l'un des criminels, ou bien un animal ? Un sanglier peut-être ?

Sa respiration lui parut tout à coup assourdissante. Le cœur battant, lentement, il se saisit de son portable, tout en ne quittant pas des yeux l'endroit où il avait localisé le bruit. Sur son mobile, il composa le numéro mémorisé de Florentin.

— Flo, dit-il à voix basse, ramène-toi, fais vite.

— OK. T'es où ?
— Va vers l'ouest, après le cairn, suis le sentier.
— OK. J'arrive.

Un animal sortit brusquement des taillis. Terrorisé, Titoan reconnut un loup gris. Il savait que cette espèce avait été localisée depuis peu dans l'Hérault, puisque ces carnassiers avaient attaqué des brebis un plus au Nord, mais il ne s'imaginait pas qu'ils puissent être dans ce secteur aussi proche des zones urbaines.

L'animal le regardait, mais ne semblait pas vouloir l'attaquer. Il s'approcha lentement d'un mètre ou deux. Coustou tétanisé ne bougeait pas. Le loup se dirigea vers l'endroit où il se trouvait. Ses pattes s'enfonçaient légèrement dans le sol. Le soleil donnait une teinte cuivrée à son pelage. Quand il ne fut plus qu'à quelques mètres, il referma les yeux. Il l'imagina, tout proche, s'arrêtant un instant pour le regarder, pour le flairer. Mais le loup s'immobilisa, gratta le sol, puis s'enfuit dans les bois, là où il n'y avait ni maisons, ni voitures, ni êtres humains.

Lorsque Florentin rejoint Titoan, ce dernier n'avait toujours pas bougé, sidéré. Coustou avait les mâchoires contractées et les dents soudées sans même en avoir conscience.

— Que se passe-t-il ? Qu'est-ce qu'il y a ? questionna le plus âgé des deux journalistes.
— Un loup !
— Un loup ? Ici ?
— Si je te le dis ! Il vient de disparaître dans les taillis là-bas !
— Ok. Ok. Ne t'emballe pas, je te crois.

Nerveux et tendus, les deux hommes scrutèrent les buissons pour le cas où l'animal ferait demi-tour. Mais au bout de quelques minutes il était évident que la bête les ignorait et ne reviendrait pas.

Coustou s'avança à l'endroit exact où le loup avait gratté la terre. Du pied, il balaya quelques feuilles mortes. Mais un petit objet rond et brillant attira son attention. Il s'agenouilla. En fouillant sous les feuilles, il y trouva une pièce d'argent qu'il montra à Florentin.

— Regarde ! Une pièce, à l'endroit exact où le loup a gratté ! Il est écrit sur l'avers T CAES IMP VESPASIANVS. Tu peux m'expliquer Flo ?
— Titus Cæsar Imperator Vespasianus, je te traduirai cela en Titus César Empereur Vespasien. C'est un denier d'argent de la période de l'empereur Titus. Il n'a régné que deux ans de 79 à 81 après Jésus-Christ. Belle trouvaille, ce n'est pas un trésor. Mais elle a sa petite valeur.
— C'est un signe ! Mais cela ne nous donne aucune information sur la localisation des criminels. Ils ne sont pas là !
— Peut-être qu'Enkako, le hacker de Matsumi aura fait un miracle ? On devrait l'appeler ! Retournons à la voiture, nous lui téléphonerons de là-bas.

Coustou approuva. Jetant un dernier coup d'œil alentour, les deux journalistes rejoignirent leur véhicule d'un pas rapide.

— Allo Matsumi ?
— Oui. Titoan. J'allais justement vous contacter, j'ai quelque chose pour vous.
— Vous en êtes où ? Je voulais savoir si vous aviez des infos ?
— Tout ce que je peux vous dire c'est que les quatre téléphones portables se sont éteints quasi simultanément hier soir vers vingt-trois heures.

— Vous pouvez les situer ? À quel endroit se sont-ils éteints ?

— Oui, c'est possible... Attendez, je regarde. Selon le bornage de leurs téléphones. À cette heure-là, ils étaient sur le port du Grau-du-Roi.

— Cela laisse supposer que Gaétan, Armelle, Romane et Erwan ont embarqué sur le bateau de Ghioan.

— À tous les coups. C'est sans doute pour exfiltrer Bedefer et sa complice vers l'étranger. Il doit craindre qu'ils se mettent à table ou bien cela fait partie de leur accord. Son bateau est assez puissant pour les emmener jusqu'à Gènes en cinq heures, affirma Florentin.

— Tu penses qu'il est trop tard ?

— Pour cueillir Bedefer et Armelle probablement.

— Par contre, pour ce qui concerne le frère et la sœur Ghioan tout laisse supposer qu'ils vont revenir. Trop d'intérêts financiers sont en jeu.

— Tu l'as dit. Le seul souci est que nous n'avons aucune preuve.

— On avisera.

— OK. Je pense que nous devrions aller au port du Grau-du-Roi pour y accueillir Erwan et Romane qu'en dis-tu ?

— Allons-y !

CHAPITRE 30

À cet instant, le téléphone de Florentin se mit à sonner. Il s'immobilisa, surpris de cet appel. Il souleva ses lunettes afin de voir qui pouvait l'appeler à une heure aussi saugrenue.

— D'habitude, personne ne m'appelle à une heure si matinale.

Il se saisit du mobile. Sa surprise fut complète lorsqu'il répondit et qu'il reconnut la voix de son interlocuteur. Titoan ne perdit pas une miette de la conversation.

— Salut Florentin.

Ce dernier regarda Coustou tout étonné. Celui-ci haussa un sourcil interrogateur.

— Bonjour Cristin.
— Il faut qu'on se voie. C'est urgent.
— Il s'est passé quelque chose ?
— Je ne peux pas en parler au téléphone.

Florentin toujours sur le coup de la surprise réfléchit. Il entendait son interlocuteur respirer dans le téléphone.

— D'accord. Quand ? Et où ?
— De suite. À l'entrée du cimetière Saint-Lazare.

— Mais… tu es à Montpellier ?
— Oui. Et puis amène Coustou. De l'endroit où vous êtes, il vous faut trente minutes au maximum. L'homme raccrocha brusquement.
— C'était Cristin. Comment sait-il où nous nous sommes ? interrogea Florentin, encore abasourdi par cet appel.
— C'est qui ce type ?
— Mon contact à la DGSE. Un gars haut placé, une pointure !
— Mais qu'est-ce qu'il veut ? Comment est-il informé que je suis ici ? Avec toi ?
— Ecoute, j'en sais pas plus. Le plus simple serait d'aller lui poser la question. Il veut nous voir. Je ne sais pas pourquoi. On va y aller. Cela semble très important.

L'espace d'une fraction de seconde, la mâchoire de Florentin se durcit. Les deux hommes se regardèrent déconcertés.

Quelques instants plus tard, Titoan démarra en trombe. La voiture avala les kilomètres, les deux journalistes étaient restés silencieux chacun perdu dans ses pensées.

Ils s'arrêtèrent en bordure du trottoir qui longeait Saint-Lazare. À leur arrivée, un, puis deux, puis trois hommes en costume noir étaient sortis des voitures et s'étaient positionnés à l'entrée des portes du cimetière, tous un peu en retrait, veillant à ne pas s'exposer, ni se faire remarquer.

Les journalistes s'avancèrent avec circonspection. Florentin n'eut pas besoin ou l'envie de raconter à son ami l'histoire de ce lieu connut des vieux Montpelliérains pour avoir été bâti en 1849 en lieu et place d'une léproserie médiévale.

Levant la tête, ils constatèrent qu'un homme situé au centre de l'allée semblait les attendre. À leur approche, l'inconnu en costume noir, également, posa ses lunettes de soleil. Il semblait avoir plus de cinquante ans, mesurait environ un mètre quatre-vingt, des cheveux courts grisonnants et des yeux d'une couleur marron clair que Titoan n'avait jamais vu auparavant. Il portait une chemise blanche classique et une cravate soigneusement nouée qu'il réajusta d'un geste machinal.

Il s'approcha d'eux, leur serra les mains brièvement, mais avec force. Puis il examina le visage des deux journalistes sans dire un mot. L'homme rechaussa ses lunettes. Coustou remarqua qu'il avait les mâchoires serrées et le cou raide. L'individu était tendu. Il fit un geste de la main vers les trois hommes qui, manifestement l'escortaient, comme un signe convenu, ceux-ci restèrent en place.

— J'aime bien les cimetières, en fait je les envisage comme des sortes de villes peuplées de fantômes. Faisons quelques pas, voulez-vous ?

La question, qui n'en était pas une, n'eut pas de réponse et les trois hommes avancèrent lentement dans l'une des allées. Ils passèrent devant quelques chapelles ardentes monumentales érigées par de riches familles et devant une tombe dont l'épitaphe leur arracha un sourire... "Laissez tomber les fleurs. Apportez-moi plutôt une bière".

— Cela fait un bail, n'est-ce pas, Flo ?
— Que se passe-t-il, capitaine ? Ou bien dois-je maintenant t'appeler commandant ou colonel ? L'as-tu finalement obtenue, cette promotion ?
— Cessons ces enfantillages. Si je suis là, c'est pour des motifs sérieux.

— Cette entrevue a-t-elle un motif officiel ? tenta Coustou.
— Je ne saurais vraiment pas comment la définir, répondit l'homme mûr aux tempes grises.
— Il doit s'agir de quelque chose d'important pour que l'un des responsables de la DGSE vienne jusqu'ici. Cesse de tergiverser, sinon je m'en vais, dit Florentin faisant mine de tourner les talons.

Cristin le rattrapa et lui prit le bras sans agressivité, mais fermement.

— Pourquoi les journalistes sont-ils si pressés, Florentin ? remarqua aimablement l'homme, en lui lâchant le bras pour lui taper sur l'épaule tout en le ramenant dans l'allée.

Un couple d'oiseaux vint se poser dans une petite flaque d'eau à ses pieds. Se déplaçant avec une légèreté inattendue, il les évita.

— Poursuivons notre petite balade entre les tombes voulez-vous ? Vous avez vu ce ciel ? Quel ciel bleu magnifique, pas un nuage, une belle journée en perspective.
— Nous ne sommes pas ici pour discuter de la pluie et du beau temps ! le coupa l'ancien officier de marine.
— Profitons-en, regardez autour de vous tous ces pauvres gens dont la vie est finie et qui ne peuvent en bénéficier. J'ai toujours aimé flâner dans les cimetières, cette mélancolie qui m'étreint en lisant les noms, les dates et en songeant à toutes ces vies éteintes. Une légende raconte qu'un jour, au début du siècle dernier, un jeune homme aurait rencontré une très belle jeune femme, ici, aux pieds de la tombe d'Alexandre Cabanel, le peintre dont il admirait tant les œuvres. Après une longue conversation où les deux jeunes gens s'étaient découverts de nombreux points communs et

des centres d'intérêt identiques elle lui aurait donné rendez-vous chez elle le lendemain. Lorsqu'il s'y rend, c'est une dame âgée qui lui ouvre, la mère de la jeune femme. Elle lui explique que sa fille unique est morte depuis des mois et qu'elle est enterrée non loin de la tombe du peintre. Tu crois aux fantômes Florentin ?

Florentin l'observait, exaspéré.

— Tu sais ce qui m'a toujours énervé chez toi ?
— Non.
— Tes métaphores. Tes façons de ne pas rentrer directement dans le vif du sujet, de tourner autour du pot. Si tu as quelque chose à dire ou bien à nous apprendre dis-le, mais vite ! Vide ton sac !
— La raison pour laquelle je suis venu jusqu'ici est pour vous demander de cesser vos investigations sur la mort d'Arcisse Poissenot, affirma l'homme brusquement.
— Quoi !? s'exclamèrent de concert les deux journalistes. Il n'en est pas question !

Florentin tout rouge, manquait de s'étouffer. Se demandant sans doute, si son ami ne disait pas cela pour tester sa capacité à se maîtriser.

— Laissez-moi vous expliquer…
— Tu n'as pas le droit de me demander cela, protesta le plus âgé des deux journalistes.

Il fit un pas vers l'homme des services secrets.

Cristin explosa en jurons. Les oiseaux jaillirent des arbres comme une volée de plombs et recouvrirent le ciel.

— Mais bon dieu, tu vas m'écouter ?

— Il n'y a aucune explication qui tienne ! Cet homme, ce paisible professeur est mort assassiné, ainsi qu'un autre, sans compter Rotoulp qui est handicapé à vie ! Tu n'as pas le droit de nous demander cela ! hurla Florentin.

— Bon dieu ! Mais, écoute un peu ! s'écria l'homme de la DGSE. Tu n'as pas changé ! Aucune patience ! Toujours prêt à t'enflammer !

— Il y a une autre explication ! s'exclama Florentin.

Il pointa le doigt vers la poitrine de Cristin et ajouta :

— Vous avez laissé filer les assassins pour pouvoir préserver votre deal ! Une entente entre criminels et le contre-espionnage. Ce ne serait pas la première fois !

— Tu n'y es pas du tout.

Titoan parvint à garder son sang-froid. Et à demander, avec un calme extrême :

— Je pense que nous devrions entendre ce que monsieur Cristin peut nous apprendre.

— Je constate que votre réputation de journaliste qui sait écouter, n'est pas usurpée, monsieur Coustou.

— Votre présence ici, démontre que cette affaire n'est pas aussi simple que ce qu'elle semblait être.

— Tout à fait. Je vais donc commencer par le commencement. Messieurs, soyons francs. Je sais qui vous êtes et vous savez qui je suis. Mais, aujourd'hui, je ne suis pas ici, je ne suis pas censé vous parler et d'ailleurs, je ne vous ai rien dit. Sommes-nous d'accord ?

— Oui, firent les deux journalistes en hochant la tête.

— D'autre part, je sais que vous n'avez pas de moyen électronique d'enregistrement sur vous, je m'en suis assuré. Vous pouvez vérifier, vos portables sont éteints et neutralisés. Que ne fait-on pas avec la technologie de nos jours !

Titoan et Florentin fouillèrent dans leurs poches et sortirent leurs téléphones pour vérifier : ils étaient effectivement éteints !

— Je vais peut-être vous surprendre. Mais … Arcisse. Ce bon Arcisse avait été l'un des nôtres.
— Arcisse Poissenot ? Le professeur ? fit Titoan, tout étonné.
— Oui. Je ne peux pas rentrer dans les détails et vous le comprendrez bien. Mais ce que je puis vous dire est que depuis tout jeune, il a émargé chez nous. À ses débuts, il faisait de courtes missions lors de fouilles archéologiques. Il a toujours été sérieux et efficace. À l'étranger, Arcisse était un homme courtois et spirituel qui adorait changer d'apparence pour mieux se fondre dans le décor. Très discret, il était parfait pour des missions de courte durée en pays hostiles. Sa couverture de professeur d'histoire spécialiste en archéologie était parfaite, nul besoin de la créer ou de la retoucher puisque tout était vrai !
— Il a toujours travaillé avec vous ?
— Oui. Pendant toute sa carrière de professeur. Et il adorait enseigner. Le monde de l'enseignement avait été pour lui un refuge, un sanctuaire. Mais pour lui, la dimension patriotique était essentielle. Il agissait pour servir son pays et protéger ses concitoyens.
— Vous le connaissiez bien ?
— Oui. J'étais son officier traitant, comme on dit chez nous. Il y avait de l'affect et du respect entre nous. On s'était perdu de vue depuis qu'il était en retraite. D'autre part, au

moment de sa disparition, j'étais en poste à l'étranger. Je ne suis rentré en France qu'il y a un mois. C'est toi, Flo qui m'a appris sa mort. Je n'en savais rien.
— Tu as bien su cacher ta surprise !
— Ma surprise, mon émotion, ma tristesse. Cela fait partie du métier de cacher ses sentiments. Il ne faut pas se fier aux apparences. Dans notre profession, il faut apprendre à gérer le mensonge sans jamais perdre de vue sa mission, qui exige loyauté et sens du sacrifice.
— Alors comme ça Arcisse était un espion !
— Espion n'est pas le terme exact, ni celui que j'emploierai. Ne vous méprenez pas. On est loin du fantasme James Bond. Chez nous, il n'y en a pas. Il va de soi que je ne vais pas entrer dans les détails de son passé, je n'en ai pas le droit, ni l'envie. Mais son activité a été très utile. Il récoltait de nombreux renseignements, sur le terrain lors de ses fouilles à l'étranger. Nos agents, sont des gens comme vous qui prenez les transports en commun, qui ont une vie sociale et privée. Leurs informations nous permettent parfois de déjouer des attentats et personne ne parle d'eux. Ce n'est jamais spectaculaire. Souvent, leur entourage n'est même pas au courant.
— Y a-t-il un lien entre ses anciennes activités et sa mort ? demanda Titoan.
— Je me suis posé la question. Quelqu'un l'a attiré dans un traquenard, il a sans doute perdu les anciens réflexes ou oublié. Mais qui et pourquoi ? Il faut toujours partir de ce que l'on sait, des certitudes... Chercher la simplicité... Les choses facilement vérifiables.
— Vous avez exploré ces pistes ? demanda Florentin.
— Oui bien sûr. Mais nous en avions d'autres.

— D'autres ?
— Oui. D'autres … et les vôtres. Dès l'appel de Florentin, nous vous avons mis sous surveillance. Je vous vois tiquer… Ne vous offusquez pas. C'était une surveillance bienveillante. Nous n'avons jamais espionné vos vies privées. Il n'en était pas question. Pas une seconde, affirma Cristin.
— Je ne sais pas si je dois te croire, déclara Florentin d'un air interrogateur.
— Tu peux… Tu peux… Bon. Résultat, nous avons constaté que vous faisiez du bon boulot et que vous étiez sur une piste intéressante.
— Ce que je ne comprends pas c'est que vous nous demandiez d'abandonner.
— Bien. Je vais vous expliquer. … Parce que c'est la seule façon de satisfaire votre curiosité, déclara-t-il enfin. La seule façon pour vous de connaître l'entière vérité.
— Ce n'est pas trop tôt, bougonna Florentin.
— Ce Ghioan, le commanditaire, je pense qu'on peut se permettre de l'appeler ainsi. Outre ses affaires officielles, il possède des sociétés fictives, dotées de dirigeants inexistants, des comptes dans les paradis fiscaux. Il a des alliés puissants, un peu partout en Europe, en Asie, ainsi qu'aux Etats-Unis. Il est même à la colle avec les industriels du pétrole. Si vous poursuiviez votre action, vous alliez heurter un mur invisible à pleine vitesse. L'échec direct et programmé.
— Mais nous avons confiance en la justice, essaya Titoan.
— Voyez-vous les faits sont têtus. Un meurtrier, il se défend, il a droit aux avocats, s'il est riche et puissant, les meilleurs, et même, on lui trouve des circonstances atténuantes alors que

la victime ne réclame rien, on ne la voit pas. Donnez aux humains la possibilité de se comporter de façon monstrueuse et vous ne serez jamais déçu.

— Alors il faut laisser tomber ?

— Non. Il faut agir de façon professionnelle. Un professionnel est calme, plus méthodique, plus dénué de scrupules également. Il a calculé tous les risques éventuels. Il a donc plus de chances de réussir que n'importe qui, mais il ne bougera pas avant d'avoir mis au point un plan qui lui permette non seulement de remplir sa mission, mais aussi de s'en tirer indemne.

— C'est quoi votre plan ?

— Nous sommes des gens ordinaires en surface mais nous avons une réflexion philosophique très poussée.

— Elle dit quoi votre réflexion philosophique ?

— La justice ça n'existe pas. Ou à titre d'exception, de rares leçons par-ci par-là pour sauver les apparences. Voyez-vous, je suis d'un naturel pessimiste et je ne crois pas que tout peut s'arranger, vous constaterez qu'au fil des années, il y a dans nos vies une somme d'événements destructeurs et de tragédies.

— Excusez-moi, je ne parviens plus à vous suivre.

— Rappelez-vous bien ce que je vais vous dire. L'affaire Arcisse Poissenot n'existe pas. Officiellement, il s'est suicidé. Je ne suis même pas censé en parler. Ce rendez-vous n'est pas seulement officieux, il est secret. Et cette conversation n'a jamais eu lieu. D'ailleurs, qui en serait témoin ? Vous voyez des gens alentour ? Non. Il n'y a que des morts et peut-être le fantôme de Titus.

— Titus ? Vous l'aviez appelé Titus ? C'est cela ?

— Oui. Quand il a été recruté, il lui fallait un surnom. L'un d'entre nous, je ne sais plus qui, lui a trouvé une ressemblance avec un acteur américain de son âge, un gars qui débutait et qui s'appelait Titus Welliver. Titus, comme l'empereur romain. Comme il était prof d'histoire ça lui a plu. Va pour Titus.

— Et votre plan ?

— La plupart des gens vont jusqu'au bout de leur vie, sans savoir quand ils en atteindront la limite. Simplement, un jour, les lumières s'éteignent en raison de la maladie, de l'âge. Ce n'a pas été le cas pour Titus qui est mort en raison de la vénalité des hommes. Il a trouvé la mort, cette ennemie fidèle et implacable, tué par des individus sans scrupule.

— Ghioan n'a pas fait ça tout seul, vous le savez !

— Bien sûr ! Nos conclusions sont identiques aux vôtres. Les quatre sont des meurtriers, ils y ont tous participé ! Bedefer, Romane, Armelle Racicos et Ghioan comme commanditaire, mais aussi acteur de ce crime.

— Ce sont vraiment des ordures !

— Au cours de ma carrière, j'ai affronté des hommes ou femmes, qui avaient la constitution psychologique de dégénérés ou de sadiques. Ces quatre-là ont toutes les qualités pour entrer dans ce club très spécial, stipula l'homme.

— Évidemment, l'argent est la réponse ultime, le mobile principal de ce meurtre, précisa Titoan.

— L'argent, bien sûr, mais aussi le goût et la vanité du pouvoir pour un homme sournois, rusé et cruel.

La température matinale était fraîche, Titoan tapa des pieds pour essayer de faire descendre un peu de sang chaud dans ses orteils.

— Il est mort un jour de tempête. Ce jour-là de quoi parlait le vent ? De la mort d'un homme aux deux visages, soit. Mais il était mon ami avant tout.

Il jeta un rapide coup d'œil circulaire avant de s'éloigner entre quelques tombes mal entretenues surmontées de croix en fer rouillées. Cristin avait fait demi-tour et le groupe des trois hommes se rapprochait de la sortie.

— Il n'est pas de pire crime pour un Service comme le mien de laisser vivre des ordures qui ont tué l'un des nôtres. Nous ne serions pas humains si nous ne réclamions pas vengeance. Il fallait châtier implacablement.
— Qu'avez-vous fait ?
— Toutes les enquêtes finissent, à un moment ou un autre, par se transformer en jeu du chat et de la souris. Aujourd'hui, les souris sont mortes. Les dés sont jetés, nous ne pouvons plus revenir en arrière. C'est terminé.

Florentin le regarda, clignant des yeux, incertain de ce qu'il venait d'entendre.

— Cristin. Qu'as-tu fait mon ami ?

L'homme avait ôté ses lunettes de soleil et les astiquait avec le bout de sa cravate.

— Juste donné quelques ordres. Tout voyage a sa logique : un départ, une arrivée. Les quatre criminels sont partis du port du Grau-du-Roi dans le bateau de Ghioan, hier soir, direction Gênes. Leur navire a explosé en mer deux heures après leur départ.
— Ils sont morts ?

Cristin se saisit de son téléphone portable, se connecta sur l'un des sites d'informations, le consulta, puis leur montra un gros titre :

— Oui. Vous pouvez en être certains.
— Que s'est-il passé ?
— Si vous écoutez ou lisez les informations vous apprendrez qu'un bateau, occupé par quatre touristes, parti la nuit dernière du Grau-du-Roi a été victime d'une spectaculaire explosion.
— Faites-voir !

Les deux hommes se penchèrent sur le portable de Cristin : Une spectaculaire explosion a causé la mort de quatre personnes dont les personnalités Erwan Ghioan et sa sœur Romane Accattabriga. Deux autres passagers se trouvaient à bord, leurs amis : Gaétan Bedefer et Armelle Racicos. L'origine de ce terrible accident semble avoir été causée par une étincelle dans le compartiment moteur. Il semblerait qu'une fuite d'essence dans l'espace confiné du compartiment des moteurs du navire ait entraîné l'accumulation de vapeurs pour atteindre un mélange explosif. Cette fuite serait probablement due au desserrement d'un écrou sur le circuit de retour de carburant du moteur bâbord. L'explosion s'est produite lorsque le navire voguait à vive allure vers Gênes. Calciné jusqu'à la ligne de flottaison, le bateau gît à présent par une cinquantaine de mètres de fond. Les quatre corps carbonisés ont pu être récupérés par un équipage de la marine nationale.

— Vous pensez que les journalistes vont se satisfaire de ces conclusions ?

Le visage de Cristin s'était rembruni et ses rides creusées.

— Les médias ont pu bénéficier de l'expertise de spécialistes qui ont su leur apporter des réponses précises sur un problème complexe. Ils ont eu du grain à moudre. Ils vont donc s'en satisfaire.
— Vous croyez que cela va suffire ?

Il posa un regard sombre sur les deux journalistes :

— Avec l'information en continu, la vérité a laissé place aux discours irréfléchis et aux accusations sans fondement. Vous le savez bien, dans les médias, on donne toujours la priorité aux événements exceptionnels. Les journalistes vont aller camper dans le petit port du Grau-du-Roi jusqu'à ce qu'une nouvelle tragédie bouleverse le pays et les attire ailleurs.
— Vous êtes cynique !
— Pensez ce que vous voulez ! Vous pouvez estimer que je suis bizarre. Mais bizarres, nous le sommes, tous pour les autres. D'une façon ou d'une autre. Dans certains milieux, on peut décider que notre violence, ma violence est un moyen de purifier l'humanité et je ne le regrette pas.
— Ce que vous dites n'a pas de sens.
— Mais, il n'y a pas de règle qui affirme que le monde doit avoir un sens. Je peux sourire d'un côté et ordonner la mort de l'autre. Je ne sais pas et je pense que vous ne savez pas non plus… comment s'appelle cette sensation que l'on éprouve quand on est convaincu que la société dans laquelle on a vécu est condamnée ? C'était la théorie d'Arcisse, ce sentiment si particulier. Ce monde-là a évolué. De nos jours, les gens ne veulent pas la liberté, ils veulent la sécurité. Ils ont passé un marché sans en être vraiment conscient, mais leur sécurité a un prix et elle est assurée par des

types comme moi. Certains pensent que le monde a besoin de mauvaises personnes, pour que les bonnes soient récompensées… Foutaises !

Sans plus attendre, Cristin, l'homme de l'ombre, les salua et prit la direction de la sortie.

Non loin, Titoan perçut des bruits de pas, il distinguait les apparences furtives d'hommes athlétiques en costumes qui se dirigeaient en foulées rapides, tête baissée, vers deux véhicules sombres en marche qui les attendaient. Les portières s'ouvrirent, Cristin s'installa ainsi que son groupe de protection. Puis, le cortège de voitures banalisées prit la route lentement.

Un coup de vent glacial souffla dans son cou comme l'haleine d'une présence invisible, ce qui le fit sursauter, puis se retourner brusquement, juste le temps d'apercevoir, peut-être, comme une silhouette qui se déplaçait et se glissait entre les tombes. Au loin, il crut entendre la mélodie d'une chanson des Rolling Stones : Living in a Ghost Town.